ullstein

JUDITH ARENDT ist das Pseudonym der Autorin Henrike Engel. Sie schreibt gelegentlich Drehbücher für deutsche Fernsehserien und sieht umso lieber amerikanische. Ihre Leidenschaft gilt dem Kriminalroman, insbesondere dem skandinavischen und britischen. Judith Arendt lebt mit ihrer Familie seit einigen Jahren in der Nähe von München.

JUDITH ARENDT

UNSCHULDS LAMM

DER ERSTE FALL FÜR
SCHÖFFIN RUTH HOLLÄNDER

Kriminalroman

Ullstein

Besuchen Sie uns im Internet:
www.ullstein.de

Wir verpflichten uns zu Nachhaltigkeit
• Papiere aus nachhaltiger Waldwirtschaft und anderen kontrollierten Quellen
• ullstein.de/nachhaltigkeit

MIX
Papier | Fördert
gute Waldnutzung
FSC® C021394

Neuausgabe im Ullstein Taschenbuch
1. Auflage Dezember 2024
© Ullstein Buchverlage GmbH, Berlin 2014
Wir behalten uns die Nutzung unserer Inhalte für Text und
Data Mining im Sinne von § 44b UrhG ausdrücklich vor.
Umschlaggestaltung: zero-media.net, München
Titelabbildung: Stadt: © E.J Miles / Arcangel Images;
Himmel: © FinePic®, München
Satz: LVD GmbH, Berlin
Gesetzt aus der Scala, Courier und Helvetica
Druck und Bindearbeiten: ScandBook, Litauen
ISBN 978-3-548-06964-7

Der Blick aus seinen schwarzen Augen folgte ihr überall-
hin. Derya hatte sich mit dem Rücken zu ihm gesetzt, aber
selbst jetzt, wo sie ihn nicht mehr sehen musste, spürte sie
quer durch den gesamten Raum das giftige Brennen seines
Blickes.

Derya nahm einen weiteren klebrigen Fruchtwürfel und
zog ihr Handy aus der Tasche. Vali hatte sich immer noch
nicht gemeldet, dafür schickte Michelle schon die zehnte
SMS. Ihrer besten Freundin war langweilig, zu Hause, in
Berlin. Fast viertausend Kilometer weit entfernt. Lichtjahre
weit entfernt. Sie und Michelle hatten sich vor Wochen, zu
Beginn der Schulferien, den Spaß gemacht und Akalin ge-
googelt. Sie hatten sich schlappgelacht, als der Satellit von
Google Maps immer näher rangezoomt hatte auf das Dorf
in den Bergen, das die große Suchmaschine zu Deryas Erstaunen tatsächlich gefunden hatte. Sie hatten gelacht, als
sie gesehen hatten, wie klein es tatsächlich war und dass es
dort nichts gab außer Bergen, einer Straße und Staub. Aber
als Derya gesehen hatte, dass es von dort nur ein Katzensprung war nach Syrien und in den Irak, hatte sie Angst
bekommen. Richtige Angst. Sie hatte sich plötzlich vorgestellt, ihr Vater würde sie dortlassen, sie Onkel Bozan als
Pfand geben. Michelle hatte Witze gemacht über Moslems
und lange Bärte, verschleierte Frauen und Typen, die es mit

5

Ziegen trieben, aber Derya konnte darüber nicht lachen. Viertausend Kilometer für ein Fest, das ein Fremder gab. Derya war der Sinn dahinter unklar gewesen, aber Aras hatte ihr klargemacht, dass sie keine Wahl hatte. Ihre Anwesenheit sei wichtig für ihren Vater. Es ging um einen Clan, mit dem ihr eigener Clan, den sie gar nicht kannte, der vielmehr der Stamm der Familie ihres Vaters und ihrer Mutter war, einen Streit gehabt hatte. Es ging um die Ehre und den Stolz, um Arbeitsplätze und den Staudamm.

Derya hatte nicht verstanden, was ihr Bruder ihr erklärte, sie hatte es nicht verstehen wollen, sie hatte nur kapiert, dass sie ihre gesamten Sommerferien in den verschissenen anatolischen Bergen verbringen sollte. Wo es nichts gab außer trockenen Steinen und fremden Menschen, die sie in den Arm nahmen und auf die Wangen küssten und die sie Onkel, Tante, Cousin und Cousine nennen sollte. Zum Glück wohnten sie nicht hier in den Bergen, sie wohnten eine Stunde entfernt in Yasikan Köyü, bei Verwandten von Mama. Deryas einzige Rettung war, dass es beinahe überall Netz gab, sogar in dem Ziegenkaff hier. Derya schickte Michelle verstohlen eine Nachricht zurück. »Sucks. Ldgd.« Dann schob sie das Handy wieder in ihre Hosentasche. Sie guckte kurz über die Schulter, aber er starrte noch immer, obwohl jetzt Onkel Bozan neben ihm saß, ihm den Arm um die Schultern gelegt hatte und auf ihn einredete. Jetzt sah auch Bozan zu ihr herüber und lächelte. Derya wandte sich wieder um. Sie sollte Bozan »Onkel« nennen, dabei waren auch sie nicht verwandt. Nicht dass sie wusste jedenfalls. Sie hatte ihn vor diesem Fest noch nie gesehen. Ihre Verwandtschaft war offenbar weitläufig. Auch in Berlin brachte ihr Vater ständig irgendwelche Cousins und Cousinen, Onkel und Tanten an und schwor seine Familie darauf ein, dass sie ja zuvorkommend sein sollten. Mama kochte dann tagelang und fuhr ohne Ende kurdische Spezialitäten auf, und der gläserne Couchtisch im Wohnzimmer war viel zu klein, um alle Teller, Schalen und Schüsseln zu tragen. Papa stellte zwei gelbe Metro-Kisten links und rechts daneben und legte Sperrholzplatten darauf, die er passend zugeschnitten hatte. Dann kamen die furchtbaren Spitzendeckchen darüber, die mal Teil von Deryas Ausstattung werden sollten. Sie hatten bereits zu Mamas Ausstattung gehört, und Derya hoffte, dass sie im Zuge der vielen Bewirtungen eines Tages so ruiniert sein würden, dass Mama und Papa sich schämen würden, sie ihrem Ehemann mitzugeben. Aber eigentlich wollte sie sowieso nicht heiraten.

Die Mehrzahl dieser angeblichen Verwandten sah Derya nie wieder. Nur wenige kamen weiterhin zu Besuch in die Wohnung in Moabit. Meistens traf Papa sich mit den Männern irgendwo, schloss Geschäfte ab und nahm Aras mit. Sie und Mama hatten damit nichts zu tun.

Derya leckte sich den Puderzucker von den Fingern. Ihr war schon ein bisschen schlecht von dem Zuckerzeug. Diese klebrigen Fruchtwürfel fand sie richtig eklig, in Berlin fasste sie das Zeug nicht an. Aber jetzt hatte sie furchtbaren Heißhunger auf Süßes; das Gebäck, das auf der großen Silberplatte direkt vor ihrer Nase lag, sah trocken aus. Also stopfte Derya sich mit den Fruchtwürfeln voll – der letzte schien Papaya gewesen zu sein, eine Frucht, die sie schon in frischem Zustand widerlich fand – und nippte an dem starken Tee, den sie sich geholt hatte. Sie dachte an Ben & Jerrys. Es ging nichts über das Ben-&-Jerrys-Eis mit den Stückchen, die schmeckten, als seien sie aus rohem Kuchenteig. Häägen Dasz war Dreck dagegen. Wenn sie bei Vali war, aßen sie immer Ben & Jerrys. Derya dachte daran, wie sie das letzte Mal bei Vali gewesen war, bevor die Ferien angefangen hatten, und bekam schreckliche Sehnsucht. Vali sollte mit seinen Eltern nach Südfrankreich fahren, sie hatten dort ein Haus, natürlich. Vali fand es zum Kotzen, dass er in die Provence musste, er beschwerte sich, dass es stinklangweilig war, seine Mutter arbeitete im Garten und trank zu viel. Sein Vater las, arbeitete und trank ebenfalls zu viel. Vali und sein kleiner Bruder mussten den ganzen Tag am Pool sitzen.

»Du Armer, den ganzen Tag am Pool!«, hatte Derya ihn gespielt bemitleidet und dann in die Seite gezwickt. Daraufhin hatte Vali sie gekitzelt, und als sie schreien wollte, hatte er ihr den Mund zugehalten, damit seine Eltern sie nicht hörten. Sie hatten ein bisschen auf dem Bett gerauft und dann geknutscht. Und dann, gerade als Derya den Reißverschluss von Valis Hose geöffnet hatte, klopfte seine Mutter an der Zimmertür. Vali hatte sich stöhnend von ihr heruntergerollt und sich ein Kissen vor die Hose gehalten. Derya hatte einen Lachkrampf bekommen. Valis Mutter hatte es echt raus, immer dann ins Zimmer zu kommen, wenn sie kurz davor waren. Sie tat stets so, als sei sie echt super offen und als täte es ihr furchtbar leid, dass sie gestört hatte, aber Derya wusste genau, dass Valis Mutter ein todsicheres Gespür dafür hatte, wann es brenzlig wurde. Sie konnte Derya nicht ausstehen, obwohl sie immer scheißfreundlich war. Aber Derya hatte die Blicke aufgefangen, die Valis Mutter ihr zuwarf, wenn ihr Super-Söhnchen nicht in der Nähe war. Wenigstens hatte sie ihnen das Ben-&-Jerrys-Eis gebracht. Das hatten sie dann gegessen und

»Dark Shadows« dazu gesehen, zum zehnten Mal. Sie hatten sich mit dem Eis gefüttert, bis der Becher leer gewesen war. Sie hatten geknutscht und das Eis auf der Zunge des anderen geschmeckt. Aber mehr hatten sie sich nicht getraut. Es war wunderschön gewesen. Und jetzt meldete sich Vali nicht mehr. Seit fast fünf Wochen. Jeden Tag schickte sie ihm SMS. Jede Stunde eine.

»Träumst du?« Sergul saß ihr gegenüber und rüttelte Derya leicht am Arm.

Derya hatte ihre Cousine tatsächlich nicht bemerkt, umso mehr freute sie sich, dass Sergul jetzt zu ihr an den Tisch gekommen war.

»Kommst du mit? Eine rauchen.« Sergul wartete Deryas Antwort nicht ab, sondern stand auf und zeigte mit dem Kopf zur Tür. Sergul war noch besser als das Handynetz überall. Sie war auch eine »Cousine«, die Tochter von Bozan, aber sie war total anders als der »Onkel« und seine Söhne, ihre Brüder. Sergul war schon zwanzig, und sie studierte in Ankara. Derya hatte nicht gewusst, dass es kurdische Mädchen wie Sergul gab. Sie war groß, schlank und hatte wunderschöne Haare, die sie zu einem kurzen Bob geschnitten hatte. Sie trug so coole Klamotten, dass sie genauso gut aus Mitte hätte kommen können. Sergul musste sich auch nicht verstecken beim Rauchen, sie diskutierte lebhaft mit den Männern auf dem Fest, und sie hatte Derya von ihrem Leben in Ankara erzählt. Es war ein normales Studentenleben, sie ging in Bars, hatte Typen, ging shoppen und auf Konzerte. Derya hätte geschworen, dass es Mädchen wie Sergul und ein Leben, wie Sergul es führte, nur außerhalb der Türkei gab. Aber ihre Cousine hatte schallend gelacht und Derya damit aufgezogen, dass sie

»bescheuerte Vorurteile« gegen Ausländer habe. Derya schämte sich ein bisschen, dass sie nicht mehr wusste über das Leben als Kurdin. Über das Leben in der Türkei. Aber nur Sergul gegenüber, weil die offenbar mühelos hinbekam, was für alle anderen Mädchen, die Derya kannte, egal, ob türkisch oder kurdisch, ein Kampf war. Sie selbst war Berlinerin, in Berlin geboren, mit kurdischen Wurzeln. So sah sie es, und sie glaubte, dass auch Mama das so sah. Heimlich jedenfalls. Mama war stolz auf ihre kleine Meerjungfrau, so nannte sie Derya. Sie war stolz darauf, dass Derya das Abi machte und studieren wollte. Papa und Aras waren auch stolz, aber Derya wusste, dass die beiden fanden, dass sie einen hohen Preis dafür zahlten. Den Preis, dass ihre kleine Derya eine westliche Frau war. Eine Frau ohne Tradition, wie Papa sagte.

Derya beobachtete, wie Aras Sergul hinterhersah, als sie an ihm vorbeiging. Sergul wackelte absichtlich mit ihrem Po, und Aras sagte etwas, das Derya nicht verstand, weil sie direkt neben den Musikern saß, die jetzt Coverversionen türkischer Popsongs spielten, und das so laut, dass man sich die Ohren zuhalten musste. Sergul wendete sich zu Aras um, rief ihm etwas zu und zwinkerte. Derya fand, dass die zwei gut zusammenpassen würden. Sie hätte sich eine Freundin wie Sergul für Aras gewünscht. Nicht dass ihr Bruder eine Freundin brauchte. Er zog ständig mit irgendwelchen Mädchen um die Häuser. Dauernd hatte er eine andere, meistens Deutsche. Aber er brachte sie nie mit nach Hause. »Aus Respekt vor der Familie«, sagte er. Er war so spießig, wahrscheinlich wartete er, bis er die Richtige gefunden hatte, und dann würde er ein großes Fass aufmachen und sie natürlich nicht mit nach Hause bringen, sondern seinen Vater dazu kriegen, sich der Familie seiner Auserwählten vorzustellen, wie es die Tradition verlangte. Denn es würde ein kurdisches Mädchen sein, daran zweifelte Derya kein bisschen. Aras bumste die Deutschen, aber heiraten würde er traditionell. So war ihr Bruder.

»Gefällt er dir?«, fragte sie Sergul, als sie draußen auf der Terrasse standen und sie sich eine *Gauloise* aus der Packung zog, die ihre Cousine ihr hinhielt.

»Dein Bruder?« Sergul lachte und warf dabei den Kopf nach hinten. Dann zog sie tief an ihrer Kippe und schüttelte den Kopf. »Wenn du mich verkuppeln willst: danke nein.«

»Wieso nicht? Aras sieht doch gut aus«, wandte Derya ein.

»Eben. Er sieht zu gut aus. Und er weiß es auch noch.«

Derya musste lachen. Ja, Aras war eitel. Er brauchte morgens im Bad noch länger als sie.

»Und überhaupt, ich steh nicht auf diese bigotten Typen.« Sergul schnipste einen Tabakkrümel von ihrer Zunge.

Derya blies den Rauch durch die Nase und blickte in den Sternenhimmel. Hier in den Bergen war die Luft so dünn und klar, dass die Sterne doppelt so hell leuchteten wie in Berlin. Es schien auch, als hätte sich ihre Anzahl verdoppelt. »Woher weißt du das? Dass er bigott ist, meine ich.«

Sie sah wieder ihre kluge Cousine an. Die zuckte mit den Schultern und sparte sich die Antwort. Aber natürlich hatte sie recht.

Sergul fuhr sich durch die Haare, setzte sich dann auf den kleinen Mauervorsprung, der die Terrasse, die aussah, als befände sie sich noch im Rohbau, umschloss. Derya setzte sich neben sie, und sie rauchten eine Weile schweigend. Schließlich trat Sergul ihre Kippe mit dem Fuß aus.

Sie trug Cowboyboots, wie Derya neidisch bemerkte. Obwohl ihre Eltern ihr weitgehend Freiheit bei der Wahl ihrer Klamotten ließen – mit solchen Stiefeln anzukommen, hätte sie niemals gewagt.

»Und selbst wenn«, setzte Sergul das Gespräch wieder fort, »er müsste so eine wie Nazamin heiraten.«

»Nazamin?« Derya war perplex. Nazamin war die Tochter von irgendwem aus dem weitläufigen Clan von Onkel Bozan. Sie war eine ziemlich unansehnliche Frau, bestimmt schon zwanzig, ungeschminkt und trug ein Kopftuch, unter dem sie träge hervorblinzelte. Und sie war das glatte Gegenteil von Sergul.

»Warum die denn?«

Derya glaubte, dass Sergul sie verarschen wollte.

»Na, darum geht's hier doch.« Sergul sah ihr direkt in die Augen. Und jetzt lachte sie nicht. »Du hast echt keine Ahnung, oder?«

Derya schüttelte stumm den Kopf.

»Clanversöhnung. Es gab Streit zwischen den Stämmen. Zwischen unserem und eurem.«

Derya zuckte mit den Schultern. Dieses Gerede von den Stämmen, davon fingen Papa und Aras auch immer an, aber sie hörte nie hin. Sie hatte eine Familie, Papa, Mama, Aras, Oma, Opa und eine Handvoll echter Onkel, Tanten, Cousins und Cousinen. Von einem Stamm oder Clan wusste sie nichts.

»Und das ist die Versöhnungsfeier. Die Männer da drinnen arrangieren etwas.«

Sergul sah Derya prüfend an, aber bei ihr fiel noch immer nicht der Groschen. Sie dachte an den Tisch, an dem die Männer saßen. Papa, Bozan und noch zehn oder fünfzehn andere. Söhne und Brüder, Cousins und Onkel. In ihren Anzughosen und den weißen Hemden. Die Ärmel waren hochgerollt, die Krawatten und Jacken hatten die Männer abgelegt. Sie rauchten und tranken Tee oder Raki. Sie hatten einander die Arme um die Schultern gelegt, manchmal tanzten sie, sie steckten die Köpfe zusammen, und sie redeten.

»Keine Ahnung«, erwiderte Derya mürrisch. »Geht mich nichts an.«

Sergul nickte leicht. »Das will ich für dich hoffen, Derya. Du bist aber noch nicht raus aus dem Spiel.«

Sergul war plötzlich ganz ernst geworden, sie stand auf, blickte kurz auf Derya hinunter, als wollte sie etwas sagen, ging dann aber wieder hinein.

Derya blieb sitzen und sah Sergul nach. Der kleine Hintern in der Jeans schwang sanft hin und her, bevor die Dunkelheit des langen Flures, der ins Innere des Hauses führte, ihre Cousine verschluckte. Derya wollte nicht darüber nachdenken, was Sergul mit ihrer Bemerkung gemeint hatte. Sie wollte überhaupt nicht über dieses Fest oder die Leute nachdenken. Sie wollte nur, dass Vali sich endlich meldete. Zum Glück begann die Schule in einer Woche wieder, und sie würden sich endlich sehen. Sie schrieb ihm eine SMS, obwohl sie wusste, er würde nicht antworten. Wahrscheinlich hatte seine Mutter ihm verboten, das Handy mit nach Frankreich zu nehmen, wegen Auslandstarif und Telefonkosten und so. Das war typisch für Valis Eltern. Sie schenkten ihm ein iPhone und ein iPad und den ganzen coolen Kram, aber dann meckerten sie dauernd rum, dass er zu viel spielte und zu viel im Internet war und dass Facebook gefährlich war und die ganze hysterische Pädagogenscheiße.

Derya schrieb ihm, dass sie in die Sterne sah und an ihn dachte. Und als sie die SMS verschickte, küsste sie ihr Handy. Sie schloss dabei die Augen und versuchte, sich Valis Gesicht ins Gedächtnis zu rufen. Die blonden Wuschelhaare und die grünen Augen. Und die weichen Lippen. Dann stand sie auf und ging hinein. Der Bungalow, in dem die Feier stattfand, war seltsam. Seltsam für ihre Begriffe, denn auf dem Weg hierher hatte Derya gesehen, dass der Großteil der Häuser so aussah. Die wenigsten waren wirklich fertig, und beinahe kein einziges Haus sah so aus, wie sie es aus den Vororten von Berlin kannte: mit Carport, weißem Zaun und angelegtem Garten, Vordach, Terrasse und Balkon.

Die Wände des Bungalows waren nicht verputzt, es waren rote aufeinandergestapelte Ziegel, zwischen denen der Mörtel hervorquoll. Türen und Fenster gab es nicht, Licht war auch nur in der unfertigen Küche, dem einen Klo und dem großen Saal vorhanden, in dem die Feier stattfand. Derya ging durch den langen dunklen Flur und ließ die Finger an der rauen Wand entlangstreifen, als sich auf einmal eine kräftige Hand auf ihren Mund legte und so fest drückte, dass sie augenblicklich keine Luft mehr bekam. Ein Arm umklammerte ihren Brustkorb, so dass sie sich nicht mehr bewegen konnte. Aber sie machte auch keine Anstalten dazu. Sie stand erstarrt vor Schock und blickte mit angstgeweiteten Augen auf den hellen Fleck am Ende des Ganges, wo im gelben Licht die Feiernden tanzten. Sie sah den Rücken ihrer Mutter, der sich im Takt der Musik wiegte. Deryas Körper verkrampfte sich, als die heisere Stimme an ihr Ohr drang. »Ich weiß, wer du bist, du Hure.«

Wieder war sie zu spät aufgestanden, eine halbe Stunde, daran war die verdammte Schlummerfunktion schuld. Ruth Holländer drehte sich in der engen Dusche um und ließ den warmen Strahl auf das Gesicht prasseln. Die Haut am Rücken müsste sich schon schälen, so lange hatte sie regungslos im heißen Wasser gestanden und versucht, wach zu werden. Ruth drehte das Gesicht zur Seite und griff nach dem Shampoo. Die Plastikflasche fühlte sich verdächtig leicht an, und tatsächlich, als sie versuchte, das Shampoo auf den linken Handteller zu spritzen, gab die Flasche nur ein empörtes Schnaufen von sich. Ruth schüttelte sie verärgert und drückte erneut, aber außer ein paar lächerlichen Spritzern Restflüssigkeit war in dem Behälter nur noch Luft. Das konnte nicht wahr sein, rechnete Ruth, sie hatte das Shampoo vor nicht mal einer Woche gekauft – und jetzt sollte es schon leer sein? Sie blinzelte durch den Schwall heißen Wassers und durchwühlte die vielen großen und kleinen Plastikflaschen, die dichtgedrängt auf dem Regal in der Ecke der Dusche standen, aber jede Flasche, die Shampoo beinhalten sollte, war leer. Ruth griff schließlich genervt nach der Tube mit ihrem Duschgel, aber diese glitt ihr aus den Fingern und rutschte auf den Keramikboden. Sie bückte sich, drehte sich dabei herum und stieß sich zu allem Überfluss beim Hochkommen das Steißbein am Wasserhahn.

»Verdammte Hacke!«, brüllte Ruth und schlug vor Wut und Schmerz an die zweigeteilte Plastikduschtür, die sich daraufhin sofort öffnete. Das Wasser aus der Brause ergoss sich sogleich auf den flauschigen Vorleger, und Ruth drehte überraschend geistesgegenwärtig den Hahn zu. Der Tag konnte nicht mehr gelingen, ob mit gewaschenen Haaren oder ohne, und so riss sie das große Handtuch von der Stange und kauerte sich auf dem kleinen trockenen Teil des Duschvorlegers zusammen. Sie hüllte sich zur Gänze in das Handtuch und atmete in die dunkle Höhle, die sich zwischen ihren Knien, den Brüsten und dem Frottee über dem Kopf gebildet hatte.

Ichwillwiederinsbettabersofortwarummussichnachdrau-ßenichrufimladenanundsageichbinkrankverdammterscheiß-tagwarumbinichüberhauptaufgestanden.

»Annika!!!«, brüllte sie voller Inbrunst aus der Frottee-höhle hervor, um sich an der Verursacherin ihres Dilem-mas abzuarbeiten. Ruth erwartete nicht ernsthaft eine Re-aktion ihrer sechzehnjährigen Tochter, und es kam auch keine. Seufzend ließ sie das Handtuch zu Boden gleiten, wodurch sich ihre Poren sofort vor Kälte zusammenzogen und großflächig Gänsehaut entstand. Ruth beschloss, das zu ignorieren, und begann, sich mit der unangenehm kal-ten Bodylotion – die zu ihrem großen Erstaunen von ihrer Tochter noch nicht aufgebraucht war – einzucremen. Da-nach schlüpfte sie in ein gemütliches Kapuzensweatshirt und die weite schwarze Hose mit dem Gummizug. An Ta-gen wie diesen ertrug Ruth nur Gummizug. Eine Jeans mit Gürtel hätte ihre Pein heute noch vergrößert. Sie musste Klamotten tragen, in denen sie sich fühlte, als läge sie noch im Bett, nur dann würde sie die kommenden Stunden überstehen. Das hieß auch: keine Absätze! Während sie sich die Zähne putzte und einen Blick in den Spiegel auf ihre nassen, aber ungewaschenen Locken vermied, sah sie durch das schmale Altbaufenster nach draußen in den trüben Berliner Winter. Besser gesagt, sie versuchte, einen Blick durch das Fenster zu werfen. Denn durch das einfache Glas und den alten verzogenen Holzrahmen kam die bittere Kälte von draußen ins warme Bad, und am Fensterglas hatte sich Kondenswasser gebildet. Ruth wusste, wie es jetzt draußen roch.

Obwohl es weitaus weniger Kohleheizungen gab als damals vor dreißig Jahren, als sie zum Studium nach Berlin gezogen war, hing noch immer ein leichter Geruch von verbrannter Kohle in der Stadt. Vermischt mit den Abgasen der nahen Turmstraße. Am stärksten hatten die ersten Winter nach Maueröffnung gerochen, als sich die Ausdünstungen der unzähligen Berliner Altbau-Ofenheizungen mit dem Gestank aus den Auspuffen der Zweitaktmotoren der Trabbis und Wartburgs vermischt hatten. In den tiefen Straßenschluchten stand die stickige Luft hellgrau und undurchdringlich, weil sie von der Feuchtigkeit niedergedrückt wurde und bis zum Abend nicht abzog. Auch heute hing dicke Suppe in ihrer Straße, und Ruth konnte die Hausfassade auf der anderen Seite des Hinterhofes nur schwerlich erkennen.

Sie bewohnte die Moabiter Vierzimmer-Altbauwohnung im dritten Stock seit zwanzig Jahren. Sie und Johannes hatten damals eine billige, aber geräumige Wohnung gesucht und waren auf dieses heruntergekommene Juwel gestoßen. Sie war mit Lukas schwanger gewesen. Vier Jahre später kam Annika zur Welt, und die Hundertquadratmeterwohnung, die ihr anfangs wie ein Palast vorgekommen war, schrumpfte zusehends. Kinderklamotten, Schlitten, Bobbycars, Kuscheltiere, später Eishockeyschläger, Skateboards und zwei Katzen bevölkerten nun jede Ecke und jeden Schrank. In den ersten Jahren, als die Kinder klein waren, hatte Johannes noch den Ehrgeiz gehabt, kreative Lösungen für die Platzmisere auszutüfteln. Hatte Hängeböden und ein Hochbett und Wandschränke gebaut. Bis es ihm zu viel geworden war. Dann hatte er das Schlafzimmer okkupiert, die Bücherregale waren an allen Wänden bis zur Decke gewuchert, eines Tages stand ein Schreibtisch darin, und Johannes hatte nachts gearbeitet, so dass Ruth zum Schlafen auf das Wohnzimmersofa zog. Vorübergehend, wie sie zunächst gehofft hatte, dann aber langfristig. Irgendwann war Johannes ausgezogen.

Und jetzt, dachte Ruth ein bisschen wehmütig, während sie den Mund ausspülte und sich anschließend das Gesicht eincremte, jetzt erobere ich mir den Palast nach und nach zurück. Denn ihr Sohn Lukas war zu Beginn des Semesters ebenfalls ausgezogen, nach Neukölln. Auch wenn ein Großteil seiner Sachen noch bei Mutter und Schwester deponiert war – sein WG-Zimmer war schließlich zu klein, um die Boards, die Comicsammlung und die peinlichen Möbel mitzunehmen.

Ruth griff zum Föhn, gab aber nach wenigen Minuten den Versuch auf, so etwas wie eine Frisur in ihre wuchernde blonde Lockenmähne zu bringen, und legte ein bisschen Lippenstift, Rouge und Wimperntusche auf. Für die Augencreme war sie zu faul, auch wenn die ziemlich schlaffe Haut und die leicht geschwollenen Tränensäcke etwas liebevolle Pflege wohl verdient hätten. Aber die Verkäuferin im Bioladen, die ihr die Creme – *Aging Eye Regeneration* – aufgeschwatzt hatte, hatte Ruth sofort mit der Demonstration, wie man die Creme sorgfältig und sanft in die Haut einklopfen sollte, verschreckt. Das dauerte gefühlte zehn Minuten, und dafür hatte Ruth morgens wie abends keine Zeit. Ebenso wenig wie für Beckenbodentraining und Zahnseide. Nun stand die teure Augencreme auf der Ablage unter dem Spiegel und gemahnte Ruth strafend daran, wie schnell sie altern würde, wenn sie ihren Körper weiterhin so rüde behandelte. Dieses Kosmetikprodukt durfte leider nicht so bald darauf hoffen, von ihrer pubertären Tochter aufgebraucht zu werden.

Die saß seelenruhig mit einem großen Frotteeturban in der Küche auf der alten Kinobank und lackierte sich die Fußnägel.

»Du hast mein Shampoo aufgebraucht, vielen Dank«, sagte Ruth schnippisch, als sie in die Küche kam.

»Echt.« Vollkommenes Desinteresse.

Ruth wusste aus Erfahrung, dass Diskussionen und Vorwürfe nicht zielführend waren – sie würde ein neues Shampoo kaufen und kommende Woche wieder eines und die Woche darauf ebenfalls. So lange, bis auch Annika ausgezogen war. Ihre beste Freundin Jamila warf Ruth stets vor, zu inkonsequent in Erziehungsfragen zu sein, aber die hatte auch nur ein ganz kleines Kind sowie einen Lebenspartner und noch absolut keine Ahnung, wie anstrengend Erziehung über die Jahre sein konnte. Ruth war irgendwann an den Punkt gekommen, wo sie beschlossen hatte, einfach damit aufzuhören.

Sie ließ das Wasser aus der Filterkanne in den Wasserkocher laufen, aber Annika klopfte mit ihrem Nagellack gegen die Teekanne auf dem Tisch.

»Ist schon fertig.« Dann konzentrierte sie sich weiter auf ihre Zehennägel.

Versöhnt setzte Ruth sich an den Tisch und füllte ihren chinesischen Lieblingsbecher mit frischem Earl Grey. Sie schloss beide Hände um die heiße Tasse und fühlte, wie die Wärme in ihren Körper strömte. Der Geruch von Bergamotte tat das seinige dazu, dass Ruths schlechte Laune verflog und sie sich wieder entspannte.

»Musst du nicht los?«, erkundigte sich ihre Tochter, während sie seelenruhig eine zweite Lackschicht auftrug. Ruth warf einen Blick auf die Bahnhofsuhr, die über der Spüle hing. Es war halb sieben, Zeit für den Großmarkt. Eigentlich wollte sie längst dort sein, heute hatte sie für ihr kleines Bistro »La Paysanne« Rotbarben geplant, da musste man schon früh vor Ort sein, um die beste Ware erstehen zu können. Aber Ruth gab sich selbst noch eine halbe Stunde, um die Wärme in der Küche, den Geruch des Tees und das Zusammensein mit ihrer Tochter zu genießen.

Diese Augenblicke gab es immer seltener. Annika kam nach der Schule oft nicht mehr nach Hause, war mit ihren Freundinnen oder der Clique unterwegs. Oder ihre Freunde belagerten die Wohnung, wenn Ruth abends aus ihrem Bistro kam und sich nach einem langen anstrengenden Arbeitstag auf die Ruhe zu Hause freute. Ab und zu kam es noch vor, dass sie und ihre Tochter gemeinsame Fernsehabende auf dem Sofa verbrachten, und Ruth genoss jede Sekunde. Zu schnell waren die Jungen flügge, das hatte sie bei Lukas erlebt. Gerade noch war er ihr »Kleiner« gewesen, sie waren auf dem Weihnachtsmarkt oder spielten Kniffel in seinem Zimmer. Doch schon kurz darauf hatte er seinen ersten Rausch, verstopfte mit seinen Bartstoppeln den Abfluss im Bad, hielt das Abizeugnis in den Händen, und Ruth musste *Chili con carne* für seine Kumpels kochen, die ihm beim Umzug halfen. Seit Lukas nicht mehr zu Hause wohnte, klammerte sie sich an jede gemeinsam mit ihrer Tochter verbrachte Minute.

»Du hast die Kohle für die Klassenfahrt noch nicht überwiesen. Das muss morgen auf dem Konto sein, sonst darf ich nicht mit.«

Annika sah ihre Mutter über den Rand ihrer Teetasse hinweg vorwurfsvoll an.

Ruth war verwirrt.

»Welche Klassenfahrt? Wann soll das denn sein? Ich weiß von nichts.«

Anstelle einer Antwort stöhnte Annika nur und rollte mit den Augen. Dann beugte sie sich wieder über ihre Zehennägel.

Ruth ärgerte sich über die Ignoranz ihrer Tochter, beschloss aber, den Mund zu halten, denn sie fühlte sich auch schuldig. Sie besuchte aus Prinzip seit einigen Jahren keine Elternabende mehr. Zu oft hatte sie sich aufregen müssen – wahlweise über die Lehrer oder die anderen Eltern. Stattdessen hatte sie ihren Kindern eingebläut, dass diese absolute Auskunftspflicht hatten über alles, was die Schule betraf. Ruth hatte geglaubt, Lukas und Annika auf diesem Weg zu mehr Selbstverantwortung zu erziehen, aber dieses gutgemeinte pädagogische Konzept war mit Pauken und Trompeten gescheitert, wie die Sache mit der Klassenfahrt erneut bewies.

»Du hast mir keinen Zettel hingelegt. Woher soll ich das denn wissen?«, setzte sie ärgerlich nach.

»Klar hab ich. Schon gleich nach den Sommerferien.«

›Aha‹, rechnete Ruth. ›Vor über drei Monaten also.‹

Annika schob bockig die Unterlippe vor. »Wir fahren doch nach Florenz. Morgen muss das Geld auf dem Konto sein.«

Ruth nickte resigniert, schenkte sich einen weiteren Becher Tee ein und tippte dann eine Notiz in ihr Handy, dass sie später eine Online-Überweisung vornehmen musste und außerdem das Sekretariat des Gymnasiums anrufen und um einen Aufschub bitten. Dann überlegte sie es sich anders. Sie würde Johannes anrufen und ihm den Schwarzen Peter zuschustern. Der muss auch mal etwas tun, fand Ruth, schließlich wartete sie schon wieder auf die Unterhaltszahlungen der letzten drei Monate. Die Kosten der Klassenfahrt konnte er gleich voll übernehmen, als Zinsen gewissermaßen.

»Und überlass das bloß nicht Papa«, wies ihre Tochter sie an, »der zahlt das Geld erst ein, wenn ich schon Abi hab.«

Ruth seufzte, löschte die Notiz und schmiss das Handy in ihre Tasche. Sie nahm einen letzten Schluck Tee und schüttete den Rest in ihren Thermobecher. Sie war schon zur Hälfte aus der Küche, als Annika sie aufhielt.

»Mama?!«

Ruth drehte sich auf der Schwelle noch einmal um.

Ihre Tochter sprang vom Stuhl, wackelte auf den Fersen auf ihre Mutter zu und breitete die Arme aus.

»Ich hab dich lieb«, sagte sie sanft und schlang ihre Arme um Ruth. Diese erwiderte die liebevolle Geste und gab Annika einen dicken Kuss auf die Backe.

»Ich dich auch. Viel Spaß in der Schule.«

Annika löste sich aus der Umarmung.

»Kotz. Ich schreib heut Mathe.«

Und schon sah Ruth ihre Tochter von hinten zurück zum Stuhl wackeln. Ruth grinste, schlüpfte in ihre Sneakers, zog den langen Wollmantel von der Garderobe und verschwand ins Treppenhaus.

Obwohl es von der Wohnung der Holländers nur ein Katzensprung zum Großmarkt war, brauchte Ruth mit ihrem Fiat Doblo fast eine halbe Stunde, bis sie endlich bei den großen Lagerhallen parken konnte. Auf der Beusselbrücke war seit mehreren Monaten eine Baustelle, und da der Berliner Autofahrer das Prinzip des Einfädelns zwar verstand, aber nicht akzeptierte, dauerte es eine halbe Ewigkeit, bis sie das Nadelöhr erreicht und schließlich passiert hatte. Dabei hatte sie eine ungute Auseinandersetzung mit einem Fahrradkurier, der sich von links hinten an ihrem Kastenwagen vorbeiquetschte, als Ruth sich endlich eine Lücke zum Spurwechseln erkämpft hatte. Sie trat erschrocken auf die Bremse, als der Radler unvermutet in ihrem Blickwinkel auftauchte, aber statt einer Entschuldigung trat ihr dieser, ein nicht mehr ganz junger Mann, der sich in eine grelle Plastikpelle gequetscht hatte, die seine rachitische Brust unvorteilhaft zur Geltung brachte, im Vorbeifahren mit dem Schuh auf den linken Kotflügel und zeigte ihr den erhobenen Mittelfinger.

Der restliche Tag verlief zu Ruths großer Erleichterung ohne weitere Ärgernisse und Überraschungen. Fernando, ein Portugiese, bei dem Ruth seit ein paar Jahren den Fisch für ihr Restaurant einkaufte, überraschte sie damit, dass er ihr einige besonders schöne Rotbarben zurückgelegt hatte, obwohl Ruth sich nicht daran erinnern konnte, von ihrem Vorhaben erzählt zu haben. Aber Fernando war stets aufmerksam. Obwohl einige Jahre jünger und glücklich verheiratet, flirtete er auf schmeichelhafte und niemals aufdringliche Weise mit Ruth. Er gab ihr immer wieder das Gefühl, eine besondere Kundin zu sein, obwohl sie nur kleine Mengen abnahm. Natürlich war Ruth vollkommen klar, dass dies Teil des Geschäftskonzeptes von Fernando war, jeden seiner Käufer so zu behandeln, als wäre er der, den er bevorzugte, indem er ihm die beste Ware zurücklegte – aber sie akzeptierte diesen Verkäufertrick gerne. Fernando gab ihr ein gutes Gefühl, und das brauchte sie zwischen sechs und sieben Uhr morgens ganz unbedingt. Wenn sie seinen Stand als Erstes aufsuchte, gab es zum charmanten Plausch einen starken portugiesischen Kaffee, schmeichelhafte Komplimente und gute Ware. Danach trat Ruth beschwingt ihren Weg durch die Hallen an und fühlte sich immer so, als könne ihr der Tag nichts mehr anhaben.

Obwohl der Großmarkt in Moabit vollkommen ohne Flair war und nichts von der faszinierenden Weltläufigkeit des Pariser »Rungis« hatte, genoss Ruth ihre Besorgungen dort. Sie mochte die Berliner Schnauze der Händler, der deutschen wie der türkischen, den Geruch der Lebensmittel, der von Halle zu Halle und Händler zu Händler unterschiedlich war und in alle kulinarischen Welten führte. Die Schnelligkeit, mit der die Ware gekauft und verkauft wurde, die Gabelstapler, die durch die Gänge rasten und einen beinahe über den Haufen fuhren, wenn man nicht aufpasste, die Tüchtigkeit der polnischen und ukrainischen Helfer in ihren dick gepolsterten Jacken, die die LKWs entluden, Pappkisten stapelten und mit wenigen geübten Handgriffen verdorbene Ware aus den Kisten sortierten – all das gab

Ruth den Kick für den Tag. Hier schlenderte man nicht gemütlich wie über einen Wochenmarkt, hier hasteten die Einkäufer der großen und kleinen Gastronomie von einem Anbieter zum nächsten, um die bestmögliche Ware zum kleinstmöglichen Preis zu erwerben.

Ruth war keine von den gerissenen Geschäftsfrauen. Sie konnte handeln und feilschen, aber es war ihr zu anstrengend, jedes Mal aufs Neue die Preise verschiedener Händler zu vergleichen. Sie war Stammkundin und nahm es dadurch in Kauf, dass sie für manche Ware ein paar Cent mehr bezahlte als beim benachbarten Händler.

Gegen halb neun konnte sie sich schon auf den Weg in ihr Bistro machen. Ruth hatte es vor fünf Jahren eröffnet, nach einer langen Phase der Depression, weil sie nach der Trennung von Johannes einfach nicht gewusst hatte, was sie beruflich unternehmen sollte. Ursprünglich hatte sie Deutsch und Französisch auf Lehramt studiert, aber nie in dem Beruf gearbeitet, weil es bei Johannes mit dem Journalismus so gut lief, dass sie in den Anfangsjahren bei den Kindern zu Hause bleiben konnte. Sie hatte für einen Sachbuchverlag nebenberuflich Lektorate als freie Mitarbeiterin gemacht, jämmerlich bezahlt, aber sie hatte gehofft, auf diese Weise ein Bein im Beruf zu haben. Doch als Johannes ausgezogen war und sie einen Vollzeitjob gebraucht hatte, Lukas war damals zehn und Annika sechs Jahre alt gewesen, hatte sich herausgestellt, dass man in diesem Bereich nicht auf eine Vollzeittätigkeit als Festangestellte hoffen durfte. Vier Jahre hatte Ruth verzweifelt gesucht und orientierungslos herumgepusselt, bis sich ihre Eltern, beide ehemalige Beamte, der Enkel wegen erbarmt und Ruth zur

Gründung einer selbstständigen Existenz eine kleine Finanzspritze gegeben hatten.

Noch während sie überlegt hatte, mit was sie sich selbstständig machen konnte, war ihr das winzige Ladenlokal, nur ein paar Straßen von ihrer Wohnung entfernt, aufgefallen. Der deutsche Imbiss, der vorher darin gewesen war, hatte dichtgemacht, der Besitzer suchte einen Pächter, und Ruth hatte sich kurzerhand entschieden, dort ein französisches Bistro zu eröffnen. Sie hatte das damals für eine ideale Lösung gehalten, vor allem wegen der Kinder. Die konnten nach der Schule ins Lokal kommen, hatten es von dort nicht weit nach Hause, und sie, Ruth, konnte ihrem liebsten Hobby nachgehen: kochen und Gäste bewirten. Und so eröffnete vor fünf Jahren das kleine französische »La Paysanne« in der Bochumer Straße unweit des Spreeufers seine Pforten.

Ruth hatte alle ihre Einkäufe in den Doblo gestapelt und machte sich auf den Weg ins Bistro, als ihr Handy klingelte. Es war ihre Mutter, und Ruth überlegte, ob sie den Anruf überhaupt annehmen sollte. Sie hatte keine Freisprecheinrichtung im Auto und eigentlich wenig Lust, sich einhändig durch den morgendlichen Berliner Berufsverkehr zu schlängeln. Doch kurz bevor die Mobilbox den Anruf annehmen würde, erbarmte sie sich.

»Mama?!«

»Guten Morgen, mein Schätzchen.« Ihre Mutter hörte sich forsch an, sie war also nicht zum Plaudern aufgelegt.

»Was gibt's?«

»Ja, hör mal, ich ruf an wegen dem Spartarif. Papi will morgen buchen, und da muss ich natürlich wissen, ob du jetzt feierst oder nicht.«

Das war typisch für ihre Mutter. Sie hielt es nie für nötig, ihre Gesprächspartner darüber aufzuklären, was sie von ihnen wollte und um was genau es ging. Sie hatte sich vorher bereits ihre Gedanken gemacht und stellte die sich daraus ergebenden Fragen, die sie gefälligst sofort und ohne Umschweife beantwortet haben wollte. Ruths Mutter war Finanzbuchhalterin bei der Stadt gewesen, und da zählten nur Fakten, Fakten, Fakten. Aber Ruth und auch ihr Vater Helmut hatten mit den Jahren gelernt, auch das Unausgesprochene mitzudenken, und so reimte Ruth sich zusammen, dass ihre Mutter wissen wollte, ob sie ihren fünfzigsten Geburtstag feiern würde. Dieser war im Februar, in drei Monaten also, der Vorverkauf für die Bahnfahrkarten begann. Ihr Vater würde, im Falle einer Feier, versuchen, Superspartickets über das Online-Portal der Bahn zu buchen. Seit er in Rente war, hatte er sich, zunächst widerwillig, aber nun zunehmend begeistert, mit dem Internet beschäftigt.

»Mama, ich weiß es noch nicht.« Ruth stieg abrupt auf die Bremse, weil sie die rote Ampel erst im letzten Moment gesehen hatte. Sofort warf sie einen prüfenden Blick in den Rückspiegel, aber überraschenderweise hatte auch ihr Hintermann rechtzeitig auf ihr überstürztes Bremsmanöver reagiert. »Eher nicht. Nein. Mir ist nicht so nach Feiern.«

Ihre Mutter stöhnte.

»Kindchen, das ist aber wirklich ungünstig.« Ruths Mutter war ungehalten. »Wenn du erst wieder so kurzfristig Bescheid sagst, können wir vielleicht nicht dabei sein«, fügte sie pampig hinzu.

Ruth verdrehte die Augen. Das war auf die Geburt von Lukas gemünzt, der zwei Wochen vor dem Termin geboren worden war und damit den Terminplan ihrer Eltern gehörig durcheinandergebracht hatte.

»Ich mach mir Gedanken und sag euch Ende der Woche, ob ich feiere oder nicht. Dann gibt's die Sparpreise immer noch«, sagte sie versöhnlich.

»Na, wenn du dich da mal nicht täuschst.« Ihre Mutter war mit der Antwort äußerst unzufrieden. Vermutlich hatten die beiden die Reise nach Berlin schon fest geplant.

»Dann kommt doch auf alle Fälle. Auch ohne Party«, bot Ruth an und wich geschickt einem Betrunkenen aus, der sich nicht mehr gerade auf dem Bürgersteig halten konnte. »Dann könnt ihr auch mal Lukas' neue Wohnung sehen.«

»Das machen wir«, trompetete ihre Mutter besänftigt durch den Hörer. Offensichtlich hatte sie auf genau diesen Vorschlag von Ruth spekuliert. Ruth war gewiss, dass ihr Vater bereits alle Zugverbindungen gecheckt hatte und sie spätestens morgen seiner Tochter per Mail zukommen ließ.

»Also gut. Ich muss auflegen, ich sitz im Auto.«

»Um Himmels willen!«, gab ihre Mutter zurück und hatte aufgelegt, noch bevor sich Ruth verabschieden konnte.

Ruth schmiss ihr Handy auf den Beifahrersitz und bremste direkt vor ihrem Laden. In der Einfahrt parkte wieder einer so, dass Ruth kaum mit ihrem großen Kastenwagen durchkam, aber sie beschloss, das Manöver zu wagen. Tatsächlich schaffte sie es, sich ohne Lackschaden zwischen den Stoßstangen hindurchzuschlängeln, und als sie neben den Mülltonnen im Hof parkte, hatte Jamila bereits die hintere Tür zur Küche geöffnet und begrüßte ihre Chefin lachend.

»*Bad hair day*?«, fragte sie und zeigte amüsiert auf Ruths wild abstehende Locken.

»Frag nicht«, gab Ruth zurück und öffnete die Heckklappen ihres Autos, damit sie gemeinsam die Lebensmittelkisten in die Küche bringen konnten. Aber Jamila musste nicht fragen. Mit wissendem Blick musterte sie die Sneakers, die weite Schlabberhose und den Kapuzenpulli und wusste genau, in welcher seelischen Verfassung Ruth heute das Haus verlassen haben musste. Denn Jamila war nicht nur Ruths Angestellte und im »La Paysanne« die gute Fee für alles, sie war seit ihrer Anstellung vor fünf Jahren auch Ruths Ansprechpartnerin für Probleme aller Art.

Obwohl die Frauen rein äußerlich unterschiedlicher nicht sein konnten – Jamila, Marokkanerin, war fast zwanzig Jahre jünger, groß, schlank, mit rabenschwarzen langen Haaren und einer makellosen dunklen Samthaut gesegnet, seit zwei Jahren Mutter einer reizenden kleinen Tochter und mit einem Algerier verheiratet –, hatte Ruth von Anfang an das Gefühl gehabt, einer Seelenverwandten begegnet zu sein. Die beiden Frauen arbeiteten Tag für Tag eng zusammen und hatten voreinander keine Geheimnisse, trotzdem war es in den vergangenen Jahren noch nie zu ernsthaften Unstimmigkeiten gekommen.

Und so verging auch dieser Tag, der für Ruth nicht eben ideal begonnen hatte, wie im Flug. Sie arbeiteten Hand in Hand, ohne Pause und perfekt aufeinander abgestimmt. Jamila war für das Frühstück zuständig, während Ruth die *Mise en place* für das Mittagessen zubereitete. Um elf kam Susan, die derzeitige studentische Aushilfe im Service, später, wenn der Andrang, der zu Mittag herrschte, abgeebbt war, übernahm das Jamila. Ruth bereitete in der Zeit die Kuchen und kleinen Gebäckteile für den kommenden Tag vor, bis sie schließlich um sieben die Stühle hochstellte, den Laden schloss und den Schlüssel an Kabir, den Putzmann, übergab. Obwohl Ruth ihren Wagen über Nacht nicht im

Hof stehen lassen durfte, ignorierte sie das an manchen Abenden geflissentlich und ging die paar Blöcke zu Fuß nach Hause. Es war die einzige Zeit des Tages, die sie draußen verbringen konnte, und so sog sie auch jetzt die feuchte, abgasgeschwängerte Winterluft tief durch die Nase. In ihrem Kopf ging es nach einem arbeitsreichen Tag wie diesem meistens drunter und drüber. Während sie überlegte, was sie am übernächsten Tag auf die Karte setzen sollte, fiel ihr ein, dass sie noch einen Umweg zum Supermarkt machen musste, nicht nur das Shampoo war alle, auch der Kühlschrank war völlig runtergefressen. Nicht einmal eine Flasche Rotwein hatte sie noch zu Hause, und sie hatte leider auch vergessen, sich eine aus dem Bistro mitzunehmen.

Als Ruth um zehn nach acht völlig erschöpft die Wohnungstür hinter sich zufallen ließ, wurde sie von lautem Gegacker aus der Küche empfangen. Wie es schien, war Annika nicht allein. Eine Horde Teenager war das Letzte, was Ruth heute für einen entspannten Abend brauchte, und so entschied sie, sich mit dem Rotwein, dem Shampoo sowie ein paar Kerzen ungesehen ins Badezimmer zurückzuziehen. Sie würde sich ein heißes Aromabad einlassen und sich danach sofort in ihr Bett kuscheln.

»Mama, da ist ein Brief für dich«, hielt die Stimme ihrer Tochter sie auf, als sie versuchte, lautlos an der Küche entlangzuschleichen. Ruth seufzte und bog vom Flur in die Küche ab. Als sie in der Tür stand und einen Blick auf die Szenerie warf, kam sie sich mit ihren Strubbelhaaren, der ausgebeulten Hose und dem Sweater vor wie eine Vogelscheuche. Drei Mädchen, perfekt geschminkt, in knappen Tops und engen Jeans, gruppierten sich mit zwei schlaksigen Kerlen, die aussahen, als wären sie einem Deo-Werbespot entsprungen, um den Küchentisch. Auf diesem stand eine Schüssel mit knackigem grünen Salat, kaltes Bier und ein Blech frisch gebackene Pizza.

»Ich frag dich jetzt nicht, ob du mitessen willst«, sagte Annika mit schlecht verborgenem Stolz auf die eigene Küchenleistung, »du hast doch im Laden schon gegessen. Oder?!«

Ruth entging der drohende Unterton nicht, der besagte, dass sie sich möglichst schnell atomisieren sollte, um ihrer Tochter weitere Peinlichkeiten zu ersparen. Obwohl ihr das Wasser im Mund zusammenlief, nickte sie, rang sich ein Lächeln ab und nahm den Umschlag, den Annika ihr hinstreckte.

»Na, dann lasst's euch schmecken«, brachte Ruth noch betont munter hervor, bevor sie sich wieder in den Flur zurückzog.

»Hast du an die Kohle für die Klassenfahrt gedacht?«, rief ihre Tochter ihr hinterher, und Ruth kniff ärgerlich die Augen zusammen. Natürlich nicht.

»Klar«, antwortete sie, um einer hysterischen Anklage zu entgehen. ›Morgen aber‹, dachte sie bei sich, als sie die Tür des Badezimmers hinter sich verriegelte, das Wasser in die Wanne ließ und sich aus den Klamotten schälte. Den Brief wollte sie nicht öffnen, es war etwas Offizielles, vom Amtsgericht. Bestimmt war sie geblitzt worden und musste den Lappen abgeben. Oder sie hatte beim Ausparken ein Auto gerammt und unwissentlich Fahrerflucht begangen. Was immer es auch war, es war nichts, das ihr jetzt große Freude machen würde, das war Ruth vollkommen klar. Sie goss sich nackt ein Glas Rotwein ein, prüfte mit dem Zeh die Temperatur und stellte sich dann in das kochend heiße

Wasser. Ihre Füße kribbelten, aber Ruth schloss die Augen und genoss den wohligen Schauer, den das viel zu heiße Wasser und der erste Schluck Wein bei ihr auslösten. Dann ließ sie sich ganz in die Wanne gleiten und riss doch den Umschlag des Briefes auf. ›Besser jetzt als morgen früh‹, dachte sie, während sie das Schreiben überflog, ›sonst vermiese ich mir den nächsten Tag auch noch.‹ Es dauerte eine Zeit, bis sie begriffen hatte, dass es sich keinesfalls um einen Bußgeldbescheid handelte. Es war auch keine sonstige Zahlungsaufforderung. Es war die Benachrichtigung, dass sie zum 1. Januar als Schöffin ans Landgericht Berlin-Moabit berufen wurde.

»Ehrenmord«-Täter vor Gericht

BERLINER MORGENPOST, IM JANUAR

Sie wird davon nicht mehr lebendig werden, aber ihr Bild wird vielen Menschen vor Augen stehen, wenn am heutigen Dienstag der Prozess um den Mord an Derya D. vor der 28. Strafkammer des Landgerichts Moabit eröffnet wird. Im August des vergangenen Jahres wurde die Deutsch-Kurdin Derya D., 16 Jahre, durch mehrere Messerstiche getötet und ihre Leiche in der Nähe der Teufelsseestraße gefunden. Angeklagt wird ihr Bruder Aras D., 22, dem die Staatsanwaltschaft vorwirft, seine Schwester vorsätzlich und heimtückisch ermordet zu haben. Der mutmaßliche Täter gibt an, seine Schwester bereits schwer verletzt aufgefunden zu haben. Warum die beliebte und lebenslustige junge Kurdin ihr Leben auf so grausame Weise lassen musste, erklärt Oberstaatsanwalt Hannes Eisenrauch so: »Derya wollte ihr Leben selbst bestimmen. Sie wollte sich ihren Freund aussuchen, an Partys teilnehmen und ein normaler Berliner Teenager sein. Das war mit der traditionellen Auffassung ihrer Familie von der Rolle der kurdischen Frau nicht vereinbar.« Die Staatsanwaltschaft fordert lebenslange Haft für Aras D. wegen Mordes, die Verteidigung plädiert auf Freispruch. Aras D. schweigt ebenso wie die Eltern der beiden Geschwister zu den Vorwürfen.

Offenbar handelt es sich also auch bei dem Fall der jungen Derya um einen »Ehrenmord« – ein Delikt, mit dem sich die deutschen Behörden immer öfter in Berlin konfrontiert sehen. Ist die Multikulti-Gesellschaft gescheitert?

Ruth wartete geduldig an der Ampel, bis sie über die Straße gehen durfte. Sie hatte heute Morgen beschlossen, den unfreiwillig freien Tag dafür zu nutzen und ein paar Schritte zu Fuß zu gehen. Trotz des grauen Januarhimmels und des Schneematsches auf den Straßen war sie von zu Hause zum Ufer hinunterspaziert, von dort zum Landgericht gegangen, und weil sie dann immer noch viel zu früh war, hatte sie beschlossen, noch eine Runde im Fritz-Schloss-Park zu drehen. Es war herrlich gewesen – obwohl sie noch immer schlechte Laune hatte und unwillig war, sich als Schöffin zur Verfügung zu stellen.

Als Ruth das Schreiben im November bekommen hatte, war für sie sofort klar gewesen, dass sie Widerspruch einlegen würde. Das war eigentlich nicht vorgesehen, aber Ruth hatte vorgehabt, sich schlauzumachen, ob es nicht doch Schlupflöcher geben könnte. Es war für sie gar nicht erst in Frage gekommen, sich über ein Engagement als Schöffin überhaupt Gedanken zu machen. Sie fand, dass sie bereits genug um die Ohren hatte und schlicht keine Zeit, an den avisierten zwölf Verhandlungstagen, die man ihr mitgeteilt hatte, teilzunehmen. Was sie jedoch erstaunt hatte, war, dass sie in ihrer unmittelbaren Umgebung mit dieser Haltung auf keinerlei Gegenliebe gestoßen war.

»Geil, voll spannend«, urteilte Annika, »das sind bestimmt end die krassen Geschichten.«

Auf Ruths Einwand, dass sie keine Zeit und erst recht keine Nerven für »end die krassen Geschichten« hatte, hatte ihre Tochter nur die Augenbrauen hochgezogen und angemerkt, dass es typisch für ältere Single-Frauen sei, immer so gestresst zu sein. Die hätten ja sonst nichts.

Auch bei ihrem Sohn fand Ruth kein Verständnis.

»Klar, da musst du hin«, urteilte Lukas. »Den Richter und den Bullen auf die Finger gucken. Die machen ja sonst, was sie wollen.«

Nur Jamila hatte sich in Ruhe Ruths Sturm der Entrüstung über die »zwangsweise Rekrutierung« angehört. Sie hatte verständnisvoll genickt und ruhig weitergearbeitet. Erst später am Abend, als sie das Lokal und die Küche aufgeräumt hatten, hatte Jamila ihnen beiden ein kleines Glas Rotwein eingegossen und das Thema noch einmal angeschnitten.

»Weißt du«, hatte sie vorsichtig begonnen und Ruth mit ihren schwarzen Augen ernst über den Rand des Glases angeblickt, »wir schaffen den Laden hier auch mal ohne dich.«

»Kommt gar nicht in Frage!« Ruth hatte den Wein hastig hinuntergestürzt und war hinter der Theke verschwunden. Sie wollte der Diskussion um jeden Preis entgehen.

»Ich glaube, es ist ganz gut für dich, hier mal rauszukommen«, hatte Jamila unbeirrt das Thema fortgesetzt.

»Pfff. Da kann ich mir Besseres vorstellen. Ein Wellness-Wochenende im Spreewald zum Beispiel.«

»Das meine ich nicht.« Jamila hatte Ruth an der Hand gefasst, damit sie sich ihr nicht entziehen konnte.

»Ich meine, es ist gut, wenn man sich mal mit etwas anderem als der eigenen Nabelschau beschäftigt.«

Ruth wollte sofort beleidigt zurückschießen, denn sie fand, dass sie sich andauernd für andere aufopferte, für das Bistro, ihre Kinder, die Angestellten und den Ex-Mann, aber Jamila ließ sie nicht zu Wort kommen.

»Du machst seit Jahren keine Pause, Ruth. Du kommst jeden Morgen in den Laden, gehst erst am Abend hier raus, kümmerst dich dann um deine Familie und bist am nächsten Tag wieder hier. Sogar, wenn der Laden geschlossen ist. Dein ganzes Leben kreist darum.«

Die Marokkanerin sah Ruth eindringlich an, und diese konnte nicht anders, als ihr recht zu geben. Es stimmte schon, sie musste mal raus. Aber das hieß in ihren Augen eigentlich nicht, um die Ecke ins Landgericht zu gehen, sondern mal Urlaub zu machen.

»Es ist eine Chance, sich mit anderen Leben auseinanderzusetzen. Sich mit etwas zu beschäftigen, das nicht mit dem ›Paysanne‹ zu tun hat.«

Ruth goss sich noch ein kleines Schlückchen Wein ein und starrte in ihr Glas, nur um Jamila nicht ansehen zu müssen. Ihre Freundin war klug. Und sie hatte recht. Und das stank Ruth gewaltig.

»Ich denk drüber nach«, hatte sie gesagt. Jamila hatte genickt und versucht, ihr Lächeln zu verbergen.

Natürlich hatte Ruth nicht darüber nachgedacht. Aber sie hatte auch keinen Widerspruch eingelegt. Sie hatte den Bescheid einfach unter den Stapeln auf ihrem Schreibtisch verschwinden lassen und geflissentlich ignoriert. Schließlich war der Dezember angebrochen, der Monat der Weihnachtsfeiern und der Vorbereitungen. Sie und Jamila machten für Stammkunden in Ausnahmefällen, und wenn es sich wirklich rechnete, ab und zu auch Catering, und vor Weihnachten häuften sich diese Ausnahmefälle. Zusätzlich war Ruth mit den Geschenken für ihre Familie, Streit mit Johannes wegen der immer noch nicht eingegangenen Unterhaltszahlungen und einer verschleppten Erkältung beschäftigt. Erst als sie am Neujahrstag an ihrem Schreibtisch saß und versuchte, Ordnung in ihr ganz und gar nicht kreatives Chaos zu bringen, fiel ihr der Brief wieder in die Hände. Sie hatte sich am neunten Januar in Raum 500 der großen Strafkammer am Kriminalgericht Berlin einzufinden. Um zehn Uhr begann der Prozess, und sie sollte eine Viertelstunde vorher im Beratungszimmer sein. Ruth seufzte, fügte sich in ihr Schicksal und regelte mit Jamila alles für den Tag ihrer Abwesenheit.

Nun stand sie hier und genoss den Morgen, obwohl dieser alles andere als lieblich war. Über die Jahreswende war Berlin im Schnee erstickt, und die Berliner Stadtreinigung hatte es, wie immer, wenn es mal überraschend Schnee im Winter gab, nicht geschafft, die Schneemassen zu beseitigen, zu streuen und zu salzen. So lagen riesige Haufen auf den Straßen und Bürgersteigen und erinnerten an die ausschweifende Silvesternacht und die Katerstimmung danach. Raketenreste, schwarz verbrannte Chinaböller, matschige und farblose Luftschlangen, leere »Rotkäppchen«-Sekt-Flaschen, »Kleine Feiglinge«, Reste von Erbrochenem, und immer wieder verunzierte Hundekot in allen Schattierungen die ehemals weißen Haufen. Am vergangenen Wochenende hatte es dann einen Temperatursprung gegeben, und all der Schnee hatte sich in einen glasig braunen Matsch verwandelt, der jeden noch so gut imprägnierten Schuh sofort bis auf die Sohle durchweichte. Ruth hatte ihre hochhackigen Stiefel angezogen, die sich nun bereits vollgesogen hatten, sowie ihr graues Kostüm und eine weiße Bluse, weil sie um »angemessene Kleidung« gebeten worden war. Annika hatte die Sachen aus Ruths Kleiderschrank hervorgezerrt, und Ruth hatte überrascht festgestellt, dass ihr Rock und Oberteil noch passten wie vor fünf Jahren. Damals hatte sie das Kostüm extra für den Termin bei der Bank angeschafft, als sie wegen des Kredits für das »La Paysanne« vorstellig geworden war. Es hatte ihr heute Morgen Spaß gemacht, sich businessmäßig zu kleiden, und sie hatte das Outfit noch mit Make-up und einem neuen Lippenstift getoppt. »Geht doch, Mama«, hatte Annika kommentiert, und Ruth hatte überlegt, ob sie das als Beleidigung oder Kompliment auffassen sollte. Sie entschied sich für Letzteres.

Die Ampel schaltete für die Autofahrer auf Gelb, und Ruth wollte gerade einen Schritt auf die Straße setzen, als ein silberner SUV mit hohem Tempo die Kreuzung überquerte. Der Fahrer raste dabei durch eine Pfütze, und ein gehöriger Schwall dunkelbraune Matschbrühe landete auf Ruths Wollmantel. Empört sprang sie zurück auf den Bürgersteig. Der Mantel war vorne im unteren Drittel tropfnass, und sogar das Kostüm darunter hatte ein paar Spritzer abbekommen. Fluchend kramte Ruth ihre Taschentücher aus der Handtasche und versuchte, die Feuchtigkeit damit aufzusaugen, was ihr nur mäßig gelang. Zum Glück war der Mantel schwarz, so dass der Dreck der Straße darauf verschwand, aber dennoch war Ruth stocksauer. Sie hatte den

Fahrer hinter dem Lenkrad nur flüchtig gesehen, ein eisgrauer Mittfünfziger in seinem Riesenschlitten, einem BMW, der wie ein Panzer wirkte. Genau die Sorte Mann, die sie gefressen hatte. Leider konnte sie sich das Kennzeichen nicht merken, sonst hätte sie umgehend Anzeige erstattet. Ärgerlich überquerte Ruth die Straße und stand dann vor dem pompösen und respekteinflößenden Bau des Berliner Landgerichts.

Obwohl sie seit Jahr und Tag an dem prominent platzierten Gebäude vorbeikam, hatte Ruth sich noch nie Gedanken darüber gemacht, was sich wohl hinter den dicken Mauern verbarg. Es war diese Art wilhelminischer Prachtbauten, mit denen Berlin nicht kleckerte, sondern klotzte, und die architektonische Verschwendungssucht ging so weit, dass sich oftmals nur unbedeutende Behördennebenstellen in den palastartigen Bauten befanden. Das Landgericht Moabit jedoch war bereits von Beginn an hier untergebracht gewesen, und Ruth konnte angesichts der ehrfurchtgebietenden Fassade mit ihren wuchtigen Stuckverzierungen nachvollziehen, was die Baumeister und Architekten hatten bezwecken wollen. Dies ist Justitias Wirkungsstätte, hier soll der Mensch, winzig und unbedeutend, vor seinen Richter gestellt werden. Und sich der Macht der Gerechtigkeit bewusst werden. Und wer nicht schon vor der Fassade auf seine eigene Bedeutungslosigkeit zurückgeworfen wurde, würde spätestens in der Eingangshalle erkennen, dass er ein Nichts ist im Reiche der Justiz.

Ruth stand in dem ausladenden Foyer, von dem zwei breite, gewundene Treppen in die oberen Stockwerke führten, die sich dann verzweigten in ein labyrinthisches Gewirr von weiteren Treppen, Balkonen und Galerien. Es herrschte reger Betrieb auf den unzähligen Gängen, hastig eilende Menschen mit Aktenstapeln unter dem Arm, darunter einige in schwarzer Robe. Angehörige, die Opfer oder Täter begleiteten, unterschiedlich in ihrem Gang und Auftreten. Verzweifelte, gebückte Gestalten, die zögernd die Treppen nach oben schlichen, auf der angstvollen Suche nach dem Raum, in dem sie mit Justitia konfrontiert werden sollten. Beschwingte Männer und Frauen, in Erwartung eines Urteils, das ihnen Recht verschaffen würde. Und nicht wenige wie Ruth, die einfach nur überfahren und verloren in dem beeindruckenden Gebäude standen und nicht weiterwussten.

Doch bevor man sich die Treppen hinaufwagen konnte, musste man zuerst die Einlasskontrolle der Polizei passieren, wo mehrere Beamte in Uniform die Besucher einer strengen Durchsuchung unterzogen.

Ruth wandte sich an den Pförtner, zeigte ihr Schreiben vor und ließ sich den Weg zu Raum 500 weisen, in welchem das Verfahren eröffnet wurde. Sie nahm die linke Freitreppe und ging den Gang zu dem mittig gelegenen alten Gerichtssaal. Sie warf einen vorsichtigen Blick durch den Türspalt und sah den Teil eines Raumes mit Eichenvertäfelung, eine hölzerne Empore, hinter der anscheinend die Richter Platz nehmen würden, sowie harte Bänke für die Zuschauer. Sie zögerte, den Saal zu betreten, obwohl es eine Viertelstunde vor dem Beginn der Verhandlung war, exakt der Zeitpunkt, zu dem sie in dem Schreiben aufgefordert worden war zu erscheinen.

Ein älterer Herr in grauer Hose und blauem Hemd öffnete nun von innen die Tür und warf einen Blick auf Ruth und ihren Zettel.

»Bitte?!«, fragte er.

Ruth hielt das Schreiben in die Höhe.

»Ruth Holländer. Ich soll mich hier melden. Als Schöffin.«

Der Mann nickte zufrieden, öffnete die große Flügeltür zum Saal nun ganz und ließ Ruth eintreten.

»Ihr Kollege ist bereits da.«

Ruth nickte, obwohl sie keinen Schimmer hatte, wovon die Rede war.

Der Mann durchquerte den Raum und öffnete hinter der Richterempore eine Tür, die in ein kleines gesichtsloses Zimmer führte, in dem sich bereits vier Menschen befanden.

»Wir sind dann vollzählig«, teilte ihre Begleitung einer Mittfünfzigerin in Richterrobe mit. Außerdem waren noch zwei weitere Menschen in Robe anwesend, ein sehr junger Mann, höchstens Mitte dreißig, sowie ein älterer, weißhaariger, der in eine Akte vertieft war und es nicht für nötig hielt, bei Ruths Eintreffen aufzublicken.

»Veronika Karst, Vorsitzende Richterin«, stellte sich die Mittfünfzigerin freundlich vor. Sie hatte einen schulterlangen Bob, war sorgfältig und dezent geschminkt und strahlte die Art freundlicher Kompetenz aus, in deren Gegenwart Ruth sich stets sofort wohl fühlte.

»Dann würde ich Ihnen beiden gerne den Fall skizzieren«, fuhr die Richterin fort und blickte dabei zu einem weiteren Mann, der neben Ruth stand und diese skeptisch musterte. Er hatte bereits bei ihrem Eintritt in den Raum einen demonstrativen Blick auf seine Armbanduhr geworfen und sah sie nun missbilligend an.

»Ernst Hochtobel«, stellte er sich vor und straffte die Schultern, während er Ruth seine Hand hinstreckte, vermutlich, um sich etwas mehr Größe und Statur zu verleihen. »Ist meine zweite Amtszeit als Schöffe«, fügte er nicht ohne Stolz hinzu. »Bin ein alter Hase. Sozusagen.« Dabei blickte er beifallheischend zu den drei Richtern, die ihn aber keines Blickes würdigten.

Richterin Karst lächelte Ruth aufmunternd zu. »Ist das Ihr erster Tag als Schöffin?«, erkundigte sie sich.

Ruth nickte.

»Nun, dann ist es bestimmt zweckmäßig, wenn Herr Hochtobel Sie nach dem heutigen Verhandlungstag ein bisschen in das Schöffenamt einweist«, fuhr sie fort. Hochtobel nickte wichtig, während Ruth dachte, dass sie bestimmt Besseres zu tun hätte, als den Tag mit diesem aufgeblasenen Rentnergockel in einer traurigen Justizkantine ausklingen zu lassen.

»Es sei denn, Sie haben sich schon damit vertraut gemacht?« Die Richterin sah Ruth mit prüfend-freundlichem Blick an, und Ruth gelang es nicht, dieser staatlichen Autorität ins Gesicht zu flunkern, also schüttelte sie nur wortlos den Kopf und murmelte verlegen etwas davon, dass sie keine Zeit gehabt hatte.

»Schade«, kommentierte die Richterin ihre Ausflüchte und schlug dann die Akten auf.

»Wir verhandeln heute den Fall der ermordeten Kurdin Derya Demizgül ...«

Mit einem Ruck setzte Ruth sich gerade hin, was der Richterin nicht entging.

»Sie wissen, um welchen Fall es sich handelt?«, erkundigte sie sich.

»Ja ... ich ... das Mädchen war auf der Schule meiner Tochter.«

Nun erwachte auch der weißhaarige Richter und hob interessiert den Kopf. Der junge Mann trat einen Schritt näher.

»Sie kannten das Opfer?«

Alle Blicke waren nun auf Ruth gerichtet, die sich überaus unwohl fühlte.

»Nein! Nicht direkt jedenfalls. Aber trotzdem«, unsicher nestelte sie an ihrer Kostümjacke herum. »Sie ist zwar nicht in der gleichen Jahrgangsstufe wie meine Tochter. Und ich kenne sie gar nicht, auch nicht ihre Familie. Aber ich habe das natürlich mitbekommen. Man ist ja irgendwie näher dran, wenn es sich um eine Mitschülerin handelt ...«, brachte sie um Entschuldigung heischend hervor.

»Dann ist ja gut«, sagte Richterin Karst knapp und nickte dem jungen Richter zu.

Dieser wandte sich nun an Ruth und klärte sie darüber auf, dass, hätte sie das Opfer oder die Familie des Opfers gekannt, die Verhandlung wegen Befangenheit hätte verschoben werden müssen und sie von diesem Strafprozess abgezogen werden müsste.

Ruth schämte sich, dass sie sich nicht besser auf diesen Termin vorbereitet hatte. Natürlich hätte sie wissen müssen, zu welcher Verhandlung sie geladen war. Und auch, was ihre Aufgaben als Schöffin waren. Stattdessen war sie bockig und naiv hierhergestolpert und musste sich nun der geballten Kompetenz dreier Richter aussetzen. Allerdings hatte sie erwartet, dass man sich ihrer annehmen würde, dass jemand sie in Empfang nehmen und sie über ihre Rechte, Pflichten und Aufgaben informieren würde. Aber so, wie sich die Dinge hier darstellten, war das nicht der Fall. Ruth spürte, wie eine Hitzewelle sie überrollte. Unter ihren Achseln breitete sich Feuchtigkeit aus, und sie öffnete schnell die Kostümjacke, um zu verhindern, dass sie gleich ihre Bluse durchschwitzte. Sie fühlte sich äußerst unbehaglich. Sie hatte keinen Schimmer davon, was sie erwartete. Wo sollte sie Platz nehmen? Musste sie etwas sagen? Wann würde sie vereidigt werden? Sie hatte so viele Fragen, aber es schien ihr, als sei dafür nicht die Zeit. Diesen anderen Schöffen, Ernst Hochtobel, wollte sie um keinen Preis fragen, er war ihr unsympathisch mit seiner aufgeblasenen Wichtigtuerei.

Die Vorsitzende Richterin skizzierte also kurz den Fall und erklärte Ruth im Schnelldurchgang, dass sie lediglich auf Grund des im Gerichtssaal Gehörten und Gesehenen zu urteilen habe, und dann stand auch schon der Gerichtsdiener in der Tür, um die Richter in den Verhandlungssaal zu bitten.

Jetzt erst wurde Ruth wirklich bewusst, um was es ging. Das Schicksal eines Menschen wurde hier verhandelt. Der vielleicht einen Menschen zu Tode gebracht hatte – vielleicht aber auch nicht. Das Urteil, welches die drei Berufsrichter und die zwei ehrenamtlichen Richter, also Hochtobel und sie, am Ende der Verhandlung fällen würden, würde darüber entscheiden, ob ein junger Mann lebenslang ins Gefängnis musste. Ob der Mord an seiner Schwester damit gesühnt werden würde, stand auf einem anderen Blatt. Aber es kam darauf an, dass sie im Lauf dieser Verhandlungen – fünf Termine waren dafür angesetzt, erinnerte sich Ruth – konzentriert und sorgfältig wären. Sie alle fünf, die dazu aufgefordert waren, über einen Menschen zu richten.

Ruth erhob sich von ihrem Stuhl. Auch ihre Hände waren jetzt schweißnass, das Herz klopfte, und sie betrat mit gesenktem Blick den Saal in banger Erwartung dessen, was sie dort erleben würde.

Am nachhaltigsten waren ihr die Lichter in Erinnerung geblieben. Zwei Tage nachdem die Leiche von Derya gefunden worden war, hatte Ruth damals nach der Arbeit noch einen ausgedehnten Spaziergang zum Gymnasium ihrer Tochter gemacht. Schon von weitem, als sie über die Hansabrücke kam, hatte sie das Lichtermeer auf der Treppe vor dem Eingang erkennen können. Es schien, als hätte jeder Schüler mindestens eine Kerze aufgestellt, unzählige Lichter hatten in der Sommernacht geflackert, und Ruth hatte es bei ihrem Anblick die Tränen in die Augen getrieben. Obwohl Annika die junge Kurdin nicht näher gekannt hatte – diese war eine Jahrgangsstufe über ihr gewesen –, war sie doch vollkommen geschockt aus der Schule gekommen, als der Direktor allen Schülern verkündet hatte, was ihrer Mitschülerin zugestoßen war. Noch Wochen danach hatte Annika sich in der Dunkelheit kaum aus dem Haus getraut, die Mädchen waren immer zu zweit in Begleitung von befreundeten Jungs unterwegs gewesen. Als der Bruder, Aras, angeklagt wurde, hatte sich schnell Erleichterung breitgemacht, und Annika war ebenso wie alle anderen bereit gewesen, zu glauben, was die einschlägigen Blätter kolportiert hatten: dass es sich um einen »Ehrenmord« gehandelt hatte. Dass Derya sich Freiheiten herausgenommen hatte, die in den Augen ihrer Familie Schande gewesen waren. Dass sie einen deutschen Freund gehabt hatte, den der Bruder nicht billigen konnte. Man kannte diese Fälle, es war in Deutschland und gerade in Berlin schon vorgekommen, dass Familienangehörige ein junges Mädchen ums Leben gebracht hatten, weil sie einfach nur eines wollte: Freiheit.

Obwohl Annika und die Mehrzahl ihrer Mitschüler damals überrascht gewesen waren, dass es bei der Familie Demizgül offenbar ebenso rigide zugegangen war, hatte doch schnell die einhellige Meinung vorgeherrscht, dass die kurdische Familie nur nach außen Offenheit demonstriert hatte, tatsächlich aber in archaischen Traditionen verhaftet war. Und so war die Schulgemeinde nach ein paar hastig eingeschobenen Workshops und Thementagen zum Thema »Fremd sein in Deutschland« zur Tagesordnung übergegangen; lediglich eine kleine Gedenktafel im Foyer erinnerte an die tote Mitschülerin. Derya Demizgül war zu einem kurdischen Mädchen geworden, das einem wahrscheinlich religiös motivierten Verbrechen zum Opfer gefallen war.

Auch Ruth hatte seit Monaten nicht an das Verbrechen gedacht, zu Hause war es kein Thema mehr gewesen. Bis sie im Gerichtssaal Aras Demizgül gegenübergesessen hatte. Sie hatte die gesamten vier Stunden, die dieser erste Verhandlungstag gedauert hatte, den jungen Mann angesehen. Fassungslos. Sie hatte sich vorgestellt, wie er seine kleine Schwester mit dem Messer attackierte. Wie er versuchte, ihr die Kehle aufzuschlitzen, und mit ihr gekämpft hatte, als sie sich gewehrt hatte. Wie er ihren blutenden Leichnam schließlich auf die Straße gezerrt und den trauernden Bruder gespielt haben sollte. Sie hatte versucht, sich diese Bilder vors Auge zu holen, und es war ihr nicht gelungen. Sie konnte nicht glauben, dass Aras Demizgül schuldig sein sollte am Tod seiner Schwester.

Berlin-Westend, S-Bahnhof Heerstrasse,
eine Nacht von Samstag auf Sonntag Ende August
des Vorjahres, kurz nach ein Uhr

Sie war ein bisschen sauer auf Valentin, er hätte eigentlich noch mit ihr auf die S-Bahn warten können. Derya sah sich um. Sie war nicht die Einzige auf dem Bahnsteig, trotzdem war ihr unwohl. Sie hätte schon längst zu Hause sein müssen, elf Uhr war abgemacht gewesen. Aber sie hatte eine SMS geschickt, dass sie noch ein Video gucken wollten und dass Michelles Mutter sie dann nach Hause fahren würde. Stattdessen stand sie hier, der Schein der gelben Gasbeleuchtung war diffus, und die schweren gusseisernen Träger der Bahnhofsüberdachung warfen tiefe Schatten. Derya ging zum Süßigkeitenautomaten und kramte nach Kleingeld für eine Packung M&Ms. Sie hatte Hunger. Valis Mutter hatte ihnen heute nichts ins Zimmer gebracht, überhaupt war die Alte tierisch zickig gewesen. »Du schon wieder«, hatte sie gesagt, als Derya mit Vali nach Hause gekommen war. Okay, es war schon spät gewesen und nicht abgemacht, aber hallo?! Vali war kein kleiner Junge mehr, seine Mutter wollte das einfach nicht schnallen. Vali hatte sie ins Haus gezogen, an seiner Mutter vorbei, hatte sie nicht eines Blickes gewürdigt. Derya aber hatte die Mutter triumphierend angeguckt, und sie konnte genau sehen, dass die scheißsauer gewesen war.

Vali, Georg, Lenny, Michelle, die blöde Lana und sie, Derya, waren in der Sandgrube hinterm Teufelssee gewesen, grillen und Party machen. Klar hatten sie getrunken. Michelle hatte diese geilen Maracuja-Shots mitgehabt, auf die sie so abfuhren, und die Jungs hatten Bier und Wodka Red Bull getrunken, bis Lenny gekotzt hatte. Vali war irgendwann neben ihr aufgetaucht, und dann hatten sie doch wieder geknutscht. Sie hatte gewusst, dass sie ihn wiederkriegen würde. Nach den Ferien hatte er mit ihr Schluss gemacht, aber Derya hatte gespürt, dass er es eigentlich nicht wollte. Es waren seine Eltern. Deswegen hatte er ihr keine einzige SMS aus Frankreich geschickt. Als sie ihm Stress gemacht hatte, hatte er gemeint, dass er nicht mehr mit ihr zusammen sein wollte. Und dabei hatte er sie nicht einmal angesehen! Derya war total klar gewesen, was los war, und Michelle war der gleichen Meinung. Die Eltern von Vali hatten keinen Bock auf sie. Valentin Bucherer, der Sohn aus gutem Hause, hatte was Besseres verdient. Bloß keine »Türkin«. Aber sie hatte es geschafft, dass er wieder angekrochen kam.

»Interessant«, hatte die Mutter gesagt, als Vali sie zum ersten Mal zu sich nach Hause gebracht hatte.

Vorhin, in der Sandgrube, war er aber wieder zu ihr gekommen. Sie hatten rumgemacht, und sie hatte die SMS an ihre Eltern geschrieben, dass sie bei Michelle noch Video gucken würden. Dabei war Michelle mit Georg abgezogen. Sie hatte ihrer Mutter gesagt, dass sie bei Derya übernachten würde. Michelles Mutter würde das sowieso nicht checken, die hatte noch nie bei Derya zu Hause angerufen, um nach Michelle zu fragen. Michelles Mutter schnallte wahrscheinlich gar nicht, dass Michelle schon längst mit Typen rummachte und die Pille nahm. Klar, die Alte hatte auch keinen Mann, aber einen fetten Job und war immer gestresst. Deshalb machte Michelle auch, was sie wollte.

Jedenfalls waren sie alle abgehauen, nur die blöde Lana hatten sie in der Sandgrube sitzen lassen. Sollte die sich doch um Lenny kümmern.

Vali war mit dem Fahrrad da gewesen, und Derya hatte sich auf den Lenker gesetzt, und dann hatte Vali versucht, so die Teufelsseechaussee hochzufahren. Einmal waren sie umgekippt und in die Büsche gefallen. Sie hatten gelacht, und Vali hatte unter ihr T-Shirt gefasst, an ihre Brüste. Es war so wahnsinnig schön gewesen, und Vali hatte gestöhnt. Derya war total heiß geworden und hatte es unbedingt gewollt.

Derya riss die Packung M&Ms auf und schüttete sich die Schokonüsse in den geöffneten Mund. Während sie kaute, musste sie lächeln. Vali schmeckte auch so süß. Obwohl er Bier getrunken hatte, schmeckten sein Mund und seine Zunge süß und frisch. Ein bisschen kühl. Sie hatte gedacht, heute würde es passieren. Sogar Gummis hatte sie dabeigehabt. Aber sie hatten wieder nur gefummelt. Immerhin hatte sie seine Jeans aufgemacht und ihre Hand in seine Boxershorts geschoben. Derya bekam Gänsehaut, als sie daran dachte, und musste grinsen. Sie warf einen Blick auf die Anzeigentafel. Die S 5 nach Strausberg kam in acht Minuten. Gut so. Die S-Bahn in die Gegenrichtung war gerade durch, und die zwei Leute, die auch auf dem Bahnsteig gestanden hatten, waren eingestiegen. Derya hatte echt Schiss. So spät war sie noch nie allein unterwegs gewesen. Aras würde ausflippen. Sie sah sich auf dem Bahnsteig um. Am anderen Ende standen noch drei Typen, Ausländer. Russen oder Albaner oder so was. Mit schwarzen Lederjacken und diesen schlimmen Billigjeans. Ihr war unwohl, aber die drei waren miteinander beschäftigt, sie hatten noch nicht einmal zu ihr rübergeguckt. Derya hätte sich wohler gefühlt, wenn Vali noch bei ihr gewesen wäre. Aber die Mutter hatte Derya alleine losgeschickt, ihr Valentin sollte so spät nicht mehr raus. Was für eine Ziege. Aber ein Mädchen ließ sie nachts einfach so auf die Straße! Valis Mutter hatte gesagt, dass in ihrer Gegend die Straßen sicher wären, und Derya könnte die paar Meter zur S-Bahn auch alleine laufen. Und Vali hatte natürlich nicht widersprochen. Typisch. Er war süß, aber echt ein Hosenscheißer, was seine Mutter betraf. Das hatte er von seinem Vater, der traute sich auch nichts, wenn die Alte in der Nähe war. Derya hatte ihn gefragt, ob er sie zur S-Bahn bringen könnte, aber der Typ hatte nur zu seiner Frau geschaut, und die hatte den Kopf geschüttelt.

Derya dachte an ihren Vater. Der hätte keinesfalls ein junges Mädchen nachts auf die Straße gehen lassen. Er hätte sie in ein Taxi gesetzt oder ihr ein Gästebett herrichten lassen. Und hätte sich niemals von seiner Frau dabei reinreden lassen.

Jetzt sah Derya weit hinten die gelben Augen der nahenden S-Bahn, wie die lieben Augen des weißen Glücksdrachen Fuchur aus der »Unendlichen Geschichte«, die sie so gerne gelesen hatte. Die Angst fiel von ihr ab, und Derya wusste, dass sie gleich in Sicherheit und bald zu Hause sein würde. Da fasste ihr von hinten jemand an die Schulter. Derya drehte sich um und war überrascht.

Ruth kuschelte sich noch enger in die weiche Fleecedecke und legte den Kopf auf das Sofakissen. Sie würde heute schlecht einschlafen, der Tag im Gericht hatte sie total mitgenommen. So hatte sie sich das nicht vorgestellt. Der nächste Verhandlungtag war eine Woche später, und sie fürchtete sich ein bisschen davor. Heute hatte der Staatsanwalt seine Anklageschrift verlesen. Er war ein sportlicher Mittfünfziger, Hannes Sowieso, mit eisgrauem kurzen Haar, und Ruth hatte gegrübelt, ob er der Rowdyfahrer des SUVs gewesen war, dem sie die Flecken auf ihrem Mantel zu verdanken hatte. Jedenfalls war er der gleiche Typ. Ein völlig von sich überzeugter Obermacho. Er wollte Aras Demizgül hinter Gitter bringen, und zwar so schnell wie möglich. Zweifel waren unangebracht.

Der Verteidiger des jungen Mannes hingegen, ein Landsmann von Aras offenbar, war total zurückhaltend, schien aber nicht unglücklich über den Verlauf des ersten Verhandlungstages. Ab und zu blickte er in seine Unterlagen und schüttelte bei jedem zweiten Wort des Staatsanwalts lächelnd den Kopf. Mit dem Angeklagten wechselte er kaum ein Wort, was wohl auch daran lag, dass der sich vorgenommen zu haben schien, nur das Nötigste von sich zu geben. Aras Demizgül hatte, so viel war selbst Ruth bei all dem juristischen Kauderwelsch klargeworden, die Tat nicht gestanden. Er schwieg zu den Vorwürfen, er schwieg zum Tathergang, er schwieg bei der Vernehmung durch die Polizisten, die ihn verhaftet hatten. Er bestätigte lediglich die Angaben zur Person. Das war auch eines der wenigen Male, dass er den Kopf hob. Er hatte einmal aufmerksam alle Anwesenden gemustert und kurz seinen Blick mit dem von Ruth gekreuzt. Aber dieser Sekundenbruchteil, als sie in die Augen von Aras Demizgül geblickt hatte, war Ruth durch Mark und Bein gefahren. Der Blick aus seinen schwarzen Augen war so tief und voller Trauer gewesen. Sie wollte nicht glauben, dass ein Mörder so unendlich betrübt sein könnte.

Natürlich war Ruth klar, dass das völlig naiv war. Jeder, der beruflich mit Straftätern zu tun hatte, würde sie auslachen. Sie sehen also am Blick, ob jemand schuldig ist oder nicht? Na, herzlichen Glückwunsch, wenn das so einfach wäre ...

Ruth seufzte und goss sich noch einen kleinen Schluck von dem Bordeaux ein, den sie sich heute geöffnet hatte. Ein schwerer Wein, der eigentlich immer auf eine besondere Gelegenheit gewartet hatte. Ein vielversprechendes Rendezvous etwa. Stattdessen »feierte« sie heute mit ihm die Teilnahme an einem Mordprozess. Einem Prozess, den weder sie und erst recht nicht Aras Demizgül unbeschadet überstehen würde.

BERLIN-MOABIT, BOCHUMER STRASSE,
JANUAR, EINEN TAG SPÄTER, ELF UHR VORMITTAGS

Ruth hobelte die Scheiben der Konstantinopler Apfelquitte mit einer Verve, dass ihre Fingerkuppen akute Gefahr liefen, ebenfalls der Aufschnittmaschine zum Opfer zu fallen. Jamila, die neben ihr stand und mit der Hand in liebevoller Kleinarbeit aus Kartoffeln Pommes frites schnitt, sah dann und wann beunruhigt zu ihrer Chefin hinüber. Eine

53

Bemerkung verkniff sie sich wohlweislich. Ruth hatte heute Morgen schon eine dicke schwere Wolke über ihrem Kopf mit ins Geschäft gebracht, und weder der gesüßte Chaitee noch der Café au Lait, von Jamila jeweils mit einem Witz und einem Wangenküsschen serviert, hatten diese vertrieben. Stumm hatte Ruth ihre Arbeit verrichtet und mit ihrer besten Freundin nur das Notwendigste gesprochen.

Jetzt schaltete sie die Höllenmaschine, durch die sie die gelben Früchte gejagt hatte, ab und begann, braunen Zucker in drei Tarteformen zu streuen. Dann schichtete sie die hauchdünnen Quittenscheiben darüber, in perfekter Fächerformation. Währenddessen sprach Ruth kein Wort, sie stierte vor sich hin. Die Arbeit, die sie sorgfältig und akkurat erledigte, war es aber nicht, die sie so konzentriert aussehen ließ, vielmehr war sie tief in Gedanken versunken. Sie ließ den Verhandlungstag noch einmal Revue passieren.

»Gleich geht der Mittagstrubel los«, begann Jamila vorsichtig ein Gespräch.

Ruth nickte bloß.

»Aber vielleicht ergibt sich später ja mal eine Gelegenheit«, tastete sich Jamila behutsam vor, »dass du mir erzählst, wie es gestern war.«

Keine Reaktion von Ruth. Mechanisch verteilte sie die Quittenscheiben in die weißen Steingutformen. Scheibe auf Scheibe, im immer gleichen Abstand. Wie Schneckenhäuser drehten sich die perfekten Quittenspiralen auf die Mitte zu.

»Ruth?« Jamila berührte die Freundin leicht am Arm. Ruth zuckte zusammen und sah auf. Sie war mit ihren Gedanken weit weg gewesen.

»Hast du mich nicht gehört?«, erkundigte sich die Marokkanerin mit einem sanften Lächeln. Ruth schüttelte die blonden Spirallocken.

»Nein. Tut mir leid.«

»Schon gut.«

Jamila wischte sich die Hände an ihrer Kochschürze ab und griff zu ihrer Teetasse. Ruth roch den aromatischen Duft von Zimt und Honig, der sich mit der fruchtigen Säure der von ihr gehobelten Quitten perfekt verband. Das machte ihre kleine Küche zu einem wohligen Ort, weit weg von der kalten Januarwelt da draußen und noch weiter entfernt von dem grausamen Ort, an dem sie am Vortag gewesen war. Von dem sie in der Nacht geträumt hatte und an den sie seit dem Aufwachen wieder hatte denken müssen. An den Ort, an dem ein junges und lebendiges Mädchen brutal niedergestochen worden war. Mit dreiundzwanzig Messerstichen, von denen erst der letzte, ein tiefer Schnitt durch die Kehle, tödlich gewesen war. Ruth schüttelte sich.

»Ich habe gefragt, ob du mir von gestern erzählen möchtest.«

Sofort und ohne dass sie Kontrolle darüber hatte, stiegen Ruth die Tränen in die Augen. Sie wollte nicht darüber reden. Sie wollte nicht noch einmal ausbreiten, was sie gestern im Gerichtssaal hatte anhören müssen. Die Polizisten, die als Erste am Tatort gewesen waren. Die Rettungssanitäter, die versucht hatten, zu retten, was von Derya noch zu retten war. Der Gerichtsmediziner, der die Leiche der Sechzehnjährigen untersucht hatte.

Jamila stellte sofort die Teetasse ab und fasste Ruth leicht an die Schulter.

»Sorry, Liebes. Ich wusste nicht ... So schlimm?«

Ruth schniefte und schnäuzte geräuschvoll in ein Stück Küchenrolle.

Susan streckte den Kopf zur Tür rein.

»Zweimal Consommé, ein Steak frites und ... Oh!«

Susan, die Studentin, die mittags im Service aushalf, bemerkte erst jetzt Ruths Tränen und sah verunsichert zu Jamila.

»Ich wollte nur fragen, ob ihr schon so weit seid, eigentlich ist es ja noch zu früh ...«

Aber ihre Chefin hatte sich wieder im Griff und nickte der jungen Frau zu. »Schon okay. Wenn sich die Gäste noch zehn, fünfzehn Minuten gedulden, dann rollt alles an.«

Die Studentin grinste schief, legte den Bon mit der Bestellung auf die Arbeitsfläche und zog sich wieder in den Gastraum zurück.

Jamila stellte den großen Topf mit der Rinderbrühe auf den Induktionsherd und schaltete diesen an, während Ruth sich um das Steak kümmerte. Sie mussten sich nicht abstimmen, bei ihnen saß jeder Handgriff, und sie kamen sich nie in die Quere.

Der Mittagsservice, der an diesem Tag früher begonnen hatte, dauerte bis weit nach vierzehn Uhr, so dass Ruth und Jamila erst gegen fünfzehn Uhr die Küche sauber sowie die Reste für die Lagerung präpariert hatten und sich bei einem kleinen süßen Café noir, den Susan ihnen zum Abschluss ihrer Schicht hinstellte, eine erste Atempause gönnten.

Jamila öffnete die Tür in den Hinterhof und stellte den Behälter mit den Küchenabfällen nach draußen. Sie blinzelte in den grauen Himmel und zündete sich eine Zigarette an. Ruth, die seit ihrer Schwangerschaft mit Lukas von dem Laster befreit war, sah zu, wie die Marokkanerin den ersten

Zug tief inhalierte und dann den Rauch genüsslich durch die Nase ausstieß. Es war stets dieser eine Zug, dieser erste, den Jamila nach dem stressigen Mittagsservice tat, um den Ruth ihre Freundin beneidete. Obwohl sie nie mehr das Bedürfnis verspürt hatte, wieder mit dem Rauchen zu beginnen, ganz im Gegenteil, aus ihr war eine überzeugte Nichtraucherin geworden, war sie manchmal drauf und dran, Jamila um einen Zug aus ihrer Zigarette zu bitten. Wenn Jamila an ihrer Kippe sog und dabei den Kopf leicht in den Nacken legte, die Augenlider träge schloss und den Rauch ganz langsam ausstieß, schien es, als atme sie sich damit jeden Stress und jede Anspannung von der Seele. Es schien genau das zu sein, was Ruth jetzt auch dringend benötigt hätte. Sie hatte es gestern mit dem schweren Bordeaux versucht. Hatte sich betäuben wollen, beruhigen, den Gedanken an Derya, Aras und ihre Eltern hinunterspülen wollen, aber es hatte nicht funktioniert. Ruth hatte sehr schlecht geschlafen, geschwitzt, geträumt und sich herumgewälzt und war am Morgen mit trockenem Gaumen und dickem Schädel aufgewacht. Und natürlich wusste sie, während sie Jamila beim Rauchen zusah, dass ein Zug von der Zigarette die bösen Gespenster ihrer Gedanken nicht vertreiben würde.

»Es ging um den Mord an einem jungen Mädchen«, fing sie unvermittelt das Gespräch an. »Derya Demizgül. Sie war auf Annikas Gymnasium.«

Jamila sah sie überrascht an. Natürlich wusste auch sie, wer die junge Kurdin gewesen war. Nicht, dass Jamila sie gekannt hatte, aber das Schicksal der Sechzehnjährigen hatte vor einem halben Jahr viele Menschen in Berlin sehr beschäftigt. Es war der wiederholte Anlass gewesen, über die deutsche Migrationspolitik und die Probleme der noch immer nicht zusammengewachsenen Stadt nachzudenken. Es hatte Podiumsdiskussionen gegeben über die Probleme der Integration und Demonstrationen von jungen Musliminnen, die sich von den Patriarchen nicht unterdrücken lassen wollten. Und nicht zuletzt hatten an jedem Sicherungskasten in Moabit, an jeder Straßenlaterne, auf den Mülleimern und den Busfahrplänen schwarze Sticker geklebt mit dem schlichten Slogan: »Derya, R. I. P.«. Eine Aktion ihrer Mitschüler vom 12. Gymnasium, das hatte Annika Ruth erzählt.

»Diese Sache?!« Jamila zog erneut an ihrer Zigarette und kniff dabei die Augenbrauen zusammen. »Das ist ja hart. Das war doch der Bruder, oder?«

»Er ist jedenfalls der Angeklagte«, gestand Ruth ein. »Aber der Prozess läuft ja gerade erst an. Gestern haben die Sachverständigen ausgesagt, die Polizisten, die Sanitäter. Es gibt noch fünf Verhandlungstage.« Ruth trat nun neben Jamila in den Hinterhof. Es war sehr kalt, die Minusgrade hielten auch tagsüber an, und Ruth schlang die Arme fest um den Oberkörper. Vor Mund und Nase bildeten sich weiße Wölkchen, Ruth atmete die Kühle tief in die Lungen. Es tat ihr gut, bestimmt besser als ein Zug von der Zigarette.

»Ich war darauf nicht vorbereitet.« Ruth schluckte und überlegte, ob sie Jamila davon erzählen sollte. Von dem, was sie sich in dem nüchternen Gerichtssaal anhören musste und was sie noch jahrelang verfolgen würde. Und nicht nur sie. Vor allem die Eltern würden immer wieder daran denken müssen, wie ihr kleines Mädchen zu Tode gekommen war. Vielleicht sogar durch die Hände ihres Sohnes.

Am Sonntag, den 26. August 2013, um 1.25 Uhr geht ein
Notruf ein: An der Teufelsseestraße im Bezirk West-
end wird ein junges Mädchen mit Stichwunden gefun-
den. Sie ist laut Anrufer schwer verletzt und blutet
stark aus vielen Wunden.

Polizeihauptwachtmeister Hans Seltsam und Po-
lizeimeisteranwärter Heike Rastatt fahren zum Einsatzort,
den sie um 1.35 Uhr erreichen, zeitgleich mit dem von ihnen verständigten Notarzt. Sie sehen ungefähr in Höhe
Einmündung Insterburgallee auf der gegenüberliegenden
Straßenseite einen Mann, Aras Demizgül, auf dem Bürgersteig sitzen, der den Oberkörper eines jungen Mädchens
hält, Derya Demizgül, seine Schwester, wie sich später her-
ausstellt. Das Mädchen ist blutüberströmt und bewusstlos.
Die Beamten wollen Erste Hilfe leisten, aber der junge
Mann will seine Schwester nicht aus den Armen lassen. Er
wirkt verzweifelt, er weint und schreit. Immer wieder wiederholt er den Namen seiner Schwester, beugt sich über sie
und küsst sie. Erst als der Notarzt eingreift, gelingt es den
Polizisten, die Verletzte dem Mann zu entwinden.

Der Notarzt stellt um 1.50 Uhr den Tod des Mäd-
chens fest. Da Aras D. sichtlich unter Schock steht
sowie am gesamten Körper Blutspuren anhaften und
nicht erkenntlich ist, ob der Mann verletzt ist, ver-
abreicht der Notarzt ihm eine Beruhigungsspritze.
PMA Rastatt und PHW Seltsam setzen den Mann in das
Einsatzfahrzeug. Während PHW Seltsam den Kriminal-
dauerdienst verständigt, beginnt PMA Rastatt, die

Personalien der Umstehenden für etwaige Zeugenaussagen aufzunehmen. Der Mann, Aras D., unternimmt keinen Fluchtversuch. Als PHW Seltsam beginnt, den Fundort abzusperren, nimmt PMA Rastatt eine erste Aussage des Aras D. auf.

Protokoll der ersten Zeugenvernehmung von Aras Demizgül am 26. August, 1 Uhr 45, Ort: Einsatzfahrzeug, Teufelsseestraße, 14193 Berlin, in Höhe Einmündung Insterburgallee.

RASTATT: Wie ist Ihr Name? Können Sie sich ausweisen?

Der Befragte reagiert zunächst nicht, er weint.

RASTATT: Können Sie mich verstehen? Sprechen Sie Deutsch?

Der Befragte nickt.

RASTATT: Können Sie mir Ihren Namen sagen?

Der Befragte nickt erneut, aber er ist nicht in der Lage zu antworten.

PMA Rastatt wartet eine Minute, bis sie die Frage wiederholt.

RASTATT: Sagen Sie mir, wie Sie heißen.

DER BEFRAGTE: Aras Demizgül.

RASTATT: Aras Demizgül.

Der Befragte nickt. Er weint erneut.

RASTATT: Können Sie sich ausweisen?

Der Befragte nickt und zieht eine Brieftasche aus der Hose. Er gibt der Beamtin den Ausweis. Der Befragte kann sich als Aras Demizgül ausweisen, er

ist deutscher Staatsbürger. PMA Rastatt nimmt die
Personalien auf.

RASTATT: Kennen Sie das verletzte Mädchen?

Aras D. ist nicht in der Lage zu antworten. Er bricht
erneut weinend zusammen.

Die Beamtin wartet, bis sich der Befragte etwas er-
holt hat.

RASTATT: Sie kennen die junge Frau?

Aras D. nickt.

DER BEFRAGTE: Derya. Meine Schwester.

RASTATT: Wissen Sie, was passiert ist?

Der Befragte schüttelt den Kopf. Er ist erneut nicht
in der Lage zu sprechen.

PMA Rastatt verständigt sich mit ihrem Kollegen PHW
Seltsam darauf, die Befragung von Aras D. zu unter-
brechen.

»Er hat sie gefunden, verstehst du? Er hat sie aus dem Gebüsch gezogen, seine eigene Schwester.«

Ruth drehte nervös die Teetasse in der Hand. Sie war mit
Jamila wieder nach drinnen gegangen. Die Marokkanerin
stand hinter dem Tresen, bediente die Kaffeemaschine,
schnitt Kuchen ab und servierte. Es saß lediglich ein Pär-
chen an dem kleinen Tisch am Fenster. Jamila stellte ihnen
Kuchen und Kaffee hin, dann kam sie zurück zum Tresen
und nahm Ruths Hände in ihre. Sie stellte keine Fragen,
und Ruth war dankbar dafür. Sie wollte reden, es tat ihr gut.
Am liebsten hätte sie gestern Abend noch jemanden gehabt, dem sie von ihren Erlebnissen erzählen konnte, aber

Annika war unterwegs gewesen und erst nach Hause gekommen, als Ruth schon schlief.

»Dreiundzwanzig Messerstiche. Am ganzen Körper. Sie hat sich massiv gewehrt.« Ruth stockte. Ihre Stimme versagte fast, als sie weitersprach. »Warum hat sie niemand gehört? Zum Schluss hat ihr der Täter die Kehle durchgeschnitten.«

Ruth blickte Jamila nun direkt in die Augen.

»Tut ein Bruder so etwas?«, fragte Ruth sie.

Jamila zog sanft ihre Hände weg und stützte sich auf den Tresen.

»Ruth, du weißt, wo ich herkomme. Meine Landsmänner sind keine Barbaren. Wir haben Studierte, Gelehrte, Künstler und Intellektuelle. Nicht anders als ihr. Aber es gibt Männer in meinem Land, die schrecken nicht davor zurück, Frauen mit Gewalt zu bestrafen. Väter, die ihre Töchter züchtigen. Brüder, die ein Mädchen steinigen.«

Ruth nickte. Das, was Jamila über ihr Land sagte, hätte auch sie selbst sagen können. Es gab auch in Deutschland Männer, die ihre Kinder wie Tiere im Keller hielten. Es gab menschliche Abgründe, mit denen Ruth sich nicht auseinandersetzen wollte. So etwas war in ihrer Welt nicht vorgesehen, und nun war sie dem doch ganz nah gekommen. Warum sollte Aras D. nicht seine Schwester getötet haben und danach trotzdem zusammengebrochen sein? Vielleicht war er in einem Blutrausch, war nicht mehr bei sich gewesen, und erst nachher, als Derya wirklich tot war, war er angesichts seiner eigenen Tat verzweifelt? Natürlich war das möglich. Das war auch das, worauf der Staatsanwalt abzielte. Die beiden Polizisten, die als Erste am Tatort gewesen waren, waren gestern befragt worden. Sie hatten beide

ausgesagt, dass sie angesichts der abgrundtiefen Verzweiflung von Aras D. zu keinem Zeitpunkt geglaubt hatten,
dass er als Täter in Frage komme. Aber dieser alerte Staatsanwalt Eisenrauch hatte die beiden so geschickt befragt,
dass zum Schluss rein theoretisch die Möglichkeit bestanden hatte, Aras D. hätte seine Schwester Derya in dem Gebüsch erstochen und dann selbst den Notruf abgesetzt. Er
hätte sie aus dem Gebüsch auf den Bürgersteig zerren und
so tun können, als hätte er das Mädchen gefunden.

Auszug aus dem Protokoll der Vernehmung des Zeugen
PHW Hans Seltsam, am 9. Januar um 14.10 Uhr im Land-
gericht Moabit, Saal 500

STAATSANWALT: Halten Sie das für möglich?
Der Zeuge Hans S. überlegt, bevor er antwortet: Ja.
*   Doch. Möglich ist das schon.*
STAATSANWALT: Keine weiteren Fragen an den Zeugen.

»Du glaubst also nicht an seine Schuld?«, fragte Jamila.
    Ruth scheute sich, das einfach so zu bejahen. Die Ermitt-
lungen zu dem Fall waren schließlich abgeschlossen. Die
Polizei hatte ihre Arbeit getan, und es war davon auszugehen, dass sie sie ordentlich getan hatte. Die Staatsanwaltschaft, der Anwalt von Aras – alle hatten fast ein halbes
Jahr Zeit gehabt, sich mit der Aufklärung des Mordes zu
beschäftigen. Die meisten waren überzeugt, dass die Indizien Aras belasteten und ihn als Mörder seiner Schwester
auswiesen. Sogar der Anwalt des Angeklagten plädierte auf
Freispruch, weil die Indizien nicht ausreichten, um Aras zu

belasten. Das sah fast schon nach einem Schuldeingeständnis aus. Und nun kam sie, Ruth Holländer, hörte sich vier Stunden lang an, was die ersten Zeugen zu sagen hatten, und kam zu dem Schluss, dass alles ganz anders war, dass sich alle, die sich mit dem Fall befasst hatten, täuschten. Sie wagte nicht, das auszusprechen.

»Ich *will* es nicht glauben«, antwortete sie ausweichend.

»Und was machst du damit? Als Schöffin?« Jamila sah sie prüfend an.

Ruth holte tief Luft, streckte den Rücken durch und sprach aus, was sie bis jetzt noch nicht einmal gedacht hatte.

»Weiß ich noch nicht. Aber ich geh nicht wieder so unvorbereitet in die nächste Verhandlung.«

»Ruth?«

Die Überraschung stand Johannes ins Gesicht geschrieben, und sofort blickte er sich ängstlich über die Schulter.

»Was willst du denn?«

Er machte nicht einmal Anstalten, ihr die Tür zu öffnen und sie hereinzubitten.

Im Hintergrund hörte Ruth das ungeduldige Zetern eines übermüdeten Kleinkindes.

»Wir bringen Joanna gerade ins Bett, es ist jetzt echt ungünstig.«

»Wir?«, konnte sich Ruth nicht verkneifen, »doch wohl eher deine Frau.«

Wieder blickte sich Johannes nervös über die Schulter.

Er sah schlecht aus, stellte Ruth befriedigt fest. Die grauen Haare, die er sich verwegen bis in den Nacken wachsen ließ, lichteten sich deutlich. Er war verschwitzt und roch nach Wein, der Teint, auf dessen leichten Olivton er sich immer so viel eingebildet hatte, war teigig und wirkte im matten Flurlicht eher grünlich.

›Er setzt Moos an‹, dachte Ruth und feixte innerlich.

»Johannes, komm doch mal bitte«, hörte Ruth die Stimme von Mona. Das Kleinkind quengelte noch immer.

Johannes öffnete den Mund, um seiner Frau etwas zu entgegnen, aber Ruth kam ihm zuvor.

»Ich bin's, Mona. Ruth! Bin gleich wieder weg, sorry, wenn ich störe«, rief sie in die Wohnung hinein.

Mona antwortete nicht sofort, und Johannes riss missbilligend die Augen auf und schüttelte leicht den Kopf. Ruth grinste ihn breit an. Ihr gefiel es, ihn in Schwierigkeiten zu bringen. Er hatte sie auch in Schwierigkeiten gebracht, hatte sie einfach sitzenlassen. Ohne Job. Mit zwei Kindern. Da war es nur recht und billig, wenn er ab und an etwas ins Schwitzen geriet.

Das Kleinkind quengelte nicht länger, sondern begann, wie am Spieß zu schreien. Ruth hörte Mona ungeduldig stöhnen, dann wurde eine Tür zugeschmissen, das Brüllen war aber auch locker durch den Schalldämpfer zu hören. Neugierig versuchte Ruth, einen Blick in die Wohnung zu werfen. Durch den hell erleuchteten Flur des Townhouses mit den großformatigen Schwarz-Weiß-Fotografien konnte Ruth einen flüchtigen Blick ins Wohnzimmer werfen. Auf der kakaofarbenen Ledercouch lagen Kinderbücher, eine Kuscheldecke und eine Plastiktasse mit dem Grüffelo darauf. Untrügliche Indizien dafür, dass die Zeremonie des Insbettbringens von langer Hand vorbereitet worden und nichtsdestotrotz misslungen war.

Johannes zog die Tür bis auf einen Spalt hinter sich zu, damit Ruth nicht länger in die Wohnung hineinsehen konnte. Er trug lediglich Socken, wie Ruth belustigt feststellte.

»Ich hab den Unterhalt Ende Dezember überwiesen. Müsste längst auf deinem Konto sein«, versuchte er, seine Ex-Frau abzuwimmeln.

»Mal ganz davon abgesehen, dass das Geld für die Klassenfahrt gefehlt hat und du außerdem schon wieder für den Januar blechen müsstest ...«

»Ich kann gerade nicht«, unterbrach Johannes sie. »Ich bin ein bisschen klamm. Joanna ... der Babysitter, du weißt doch, was das alles kostet.«

Nervös strich er sich die Haare zurück. Am Kinn waren die Stoppeln seines Fünftagebartes schlohweiß.

Ruth konnte sich nicht zurückhalten. »Ich weiß, was ein kleines Baby kostet. Aber du hast offenbar keinen Schimmer, was zwei erwachsene Kinder kosten.«

Sie war eigentlich nicht wegen des Geldes hier. Sie hatte auf keinen Fall streiten wollen. Im Gegenteil, Ruth hatte sich auf dem Weg sehr genau überlegt, wie sie Johannes davon überzeugen wollte, ihr zu helfen. Sie hatte Kreide gefressen, aber das hatte nichts geholfen. Sie und Johannes, einst ein Herz und eine Seele, stritten sich, sobald sie sich sahen.

Johannes senkte die Stimme. »Es läuft grad nicht so gut. Bitte, Ruth. Sag, was du willst, und dann ...«

›Zieh Leine, wolltest du sagen, aber das traust du dich dann doch nicht‹, dachte Ruth und spürte einen Anflug von Traurigkeit. Sie fragte sich einen kurzen Moment, ob es richtig war, ausgerechnet zu Johannes zu laufen, aber nun, wo sie schon einmal hier war, musste sie die Sache auch durchziehen. »Ich brauche deine Hilfe für eine Recherche.«

Johannes starrte sie an, hin- und hergerissen zwischen Erleichterung, weil es nicht um Geld ging, und Ängstlichkeit, weil er ihr Ansinnen nicht einordnen konnte.

»Ich bin Schöffin«, konkretisierte sie und fuhr schnell fort, bevor Johannes sie wegschicken konnte. »Ich bin zu einem Mordfall eingeteilt, Schwurgericht, und möchte ein bisschen mehr darüber wissen.«

Er verstand kein Wort von dem, was sie gesagt hatte. Ungewöhnlich für Johannes, der, das immerhin musste Ruth ihm zugestehen, sonst immer sehr schnell im Kopf war. Und selbst wenn er nicht verstanden hätte, worum es ging, verstand er es stets, das zu überspielen. Er war schließlich Journalist, das war sein Job. Und er war keiner von den schlechten. Aber jetzt schien der Groschen außergewöhnlich langsam zu fallen. Es lag entweder am Alter oder am Stress. Kleines Kind, junge Frau, Stress im Job – Johannes war nicht mehr der Alte. Er sah sie an und fragte etwas blöde: »Schöffin? Warum?«

Ruth wischte die Frage ungeduldig beiseite. Es wurde ungemütlich hier vor der Tür in der Kälte. Das ganze Unterfangen hatte sich als komplizierter erwiesen als gedacht. Anstatt sie hereinzubitten, ihr einen Schluck Wein anzubieten und die Dateien auszudrucken, die sie brauchte, standen sie sich in der Dunkelheit des ehemaligen Mauerstreifens in der bitteren Januarkälte gegenüber und zickten sich an. Dass sie sich auch hätte ankündigen können, kam Ruth in dem Moment gar nicht in den Sinn.

»Derya Demizgül. Die junge Kurdin. Stichwort ›Ehrenmord‹. Ich brauche alles darüber.«

»Aber fragen darf ich nicht?!« Jetzt lächelte er fast. Sie hatte seinen journalistischen Instinkt mit ihrer Bitte angesprochen, Johannes wähnte sich auf sicherem, weil professionellem Terrain. Und schon konnte er beinahe höflich sein. Ruth nahm wahr, wie er sich entspannte – trotz der kalten Füße, die er sich ohne Zweifel hier draußen auf der handgeknüpften Manufactum-Fußmatte holte.

Plötzlich wurde die Tür hinter ihrem Ex-Mann mit einem Ruck geöffnet. Mona trat hinter Johannes, die kleine Joanna auf dem Arm. Ganz die besitzergreifende Übermutter. Alles meins, sagte ihre Erscheinung aus. Mein Haus, mein Mann, mein Kind.

»Komm doch rein, Ruth«, lächelte sie breit, aber ihre Augen signalisierten ›Bleib bloß weg‹.

Mona war Ende zwanzig gewesen, als sie sich Johannes geangelt hatte. Die ehrgeizige Fotografin den arrivierten Journalisten. Jetzt war sie zehn Jahre älter und Mutter, aber das hatte ihr nicht geschadet, ganz im Gegenteil. Sie war noch schöner geworden. Reifer, voller, selbstbewusster. Sie stand aufrecht hinter ihrem Mann, und es schien, als sei sie mindestens zehn Zentimeter größer als er. Ihre dunklen vollen Haare fielen unfrisiert bis in das üppige Dekolleté, sie trug einen lockeren Hausanzug aus Frottee, der so teuer und lässig geschnitten war, dass sie darin hätte in die Oper gehen können. Ruth dagegen wirkte in einem Frotteeanzug wie ein Wischmopp. Nein, wie ein ausgestopfter Wischmopp. Dennoch ließ sie sich von Monas starker Präsenz nicht beeindrucken, denn Ruth wusste sehr wohl, dass deren zur Schau gestellte Dominanz nichts anderes war als Unsicherheit der Frau gegenüber, mit der Johannes eine Vergangenheit hatte – und zwei wunderbare große Kinder.

»Schon gut, danke«, entgegnete Ruth mit strahlendem Lächeln, »aber ich bin noch verabredet.«

Sie wandte sich wieder an Johannes und nickte ihm zu. »Demizgül. Vergiss es nicht.«

»Ich mail's dir«, antwortete ihr Ex, bevor er hinter seiner jungen Familie in sein schickes schmales Häuschen schlüpfte und die Tür hinter sich schloss. Nicht ohne Ruth noch einen kurzen Blick hinterhergeworfen zu haben.

Ruth kuschelte sich tiefer in ihren weiten Wollmantel und ging ein paar Schritte in Richtung U-Bahnhof. Doch dann zögerte sie. Sie war so lange schon nicht mehr in der Ecke gewesen, vielleicht sollte sie ein paar Schritte durch die Gegend bummeln. Seit sie das »La Paysanne« eröffnet hatte, kam sie so gut wie gar nicht mehr raus aus Moabit. Und außer einer einzigen Stippvisite, kurz nach der Geburt von Joanna, hatte Johannes ihr keine Gelegenheit gegeben, ihn in seinem neuen Zuhause zu besuchen. Sie hätte es auch nicht gewollt. Annika war dagegen häufiger Gast bei der neuen Familie ihres Vaters, sie verstand sich gut mit Mona und hütete manchmal das Baby. Von wegen Kosten für den Babysitter, dachte Ruth abfällig. Sie lenkte ihre Schritte in Richtung Strelitzer Straße und ging über das abschüssige Kopfsteinpflaster auf die Elisabeth-Kirche zu, die heute als Veranstaltungsort und Kindergarten genutzt wurde. Noch war es hier, im Hinterzimmer von Mitte, ruhig und beschaulich, es gab nur wenige Läden und Restaurants. Aber kaum hatte sie die Invalidenstraße überquert und war in die Ackerstraße eingebogen, änderte sich das Bild schlagartig. Kneipen, Restaurants, Designer Show Rooms, eine Schokoladenmanufaktur – dicht an dicht drängten sich die Läden und darin die Menschen. Hinter jeder Scheibe trinkende, lachende, sich unterhaltende Leute jeden Alters. Sie alle hatten jedoch eins gemeinsam: Sie konnten es sich leisten, ihr Geld für abendliche Vergnügungen auszugeben. Was man von einem Großteil der Menschen in ihrem Stadtbezirk nicht sagen konnte. Die Kneipendichte in Moabit war weniger hoch als hier in den Boombezirken, und von den neueröffneten Läden setzten sich nur wenige durch. Die alten Kneipen dagegen schlossen eine nach der anderen. Sie hatte Glück gehabt, dass sich ihr kleines französisches Bistro in der strukturschwachen Gegend durchgesetzt hatte, dachte Ruth dankbar und wandelte an den hell erleuchteten Fenstern vorbei. In der Sophienstraße schließlich kamen ihr Horden von Touristen entgegen, Japaner, Spanier, Amis. Jetzt erst fiel ihr auf, dass sie in den Läden, die sie passiert hatte, kaum Ausländer gesehen hatte. Nur wenige nicht-deutsche Gesichter, schon gar keine Türken oder Araber. In Mitte blieb man unter sich. Ob Derya Demizgül jemals hier gewesen war? Die Berliner, und auch die Einwanderer, waren in der Regel ihrem Kiez treu. Die Welt der Moabiter reichte allenfalls vom Hauptbahnhof bis zum Schloss Charlottenburg. Vom Hansaplatz bis zum Westhafen. Was hatte die junge Kurdin dann in den alten Westen getrieben, damals, an dem Samstag im August, fragte sich Ruth. Derya hatte sich mit Freunden getroffen, in der Sandkuhle hinterm Teufelssee. Warum waren sie dort hinausgefahren? Was für Freunde waren das?

Sie würde Annika fragen, ob das ein beliebter Treffpunkt war. Vielleicht wusste Annika auch, wo Derya und ihre Clique für gewöhnlich abgehangen hatten. Außerdem hoffte Ruth, dass sie schlauer werden würde, wenn Johannes ihr das Material geschickt hatte. Sie hatte es ihm gegenüber nicht konkretisieren müssen, er hatte gleich verstanden, dass er für sie das Archiv seiner Zeitung plündern und ihr alle Artikel schicken sollte, die sich mit dem Tod der jungen Kurdin befasst hatten. Natürlich hätte sie im Internet auch selbst recherchieren können, aber erstens bereitete es ihr keinen Spaß, zehn oder mehr verschiedene Suchkriterien bei Google einzugeben und dann eine fünfstellige Trefferzahl zu erhalten. Und zweitens hatte sie sich einen kurzen

Moment lang der Hoffnung hingegeben, dass es ihr Verhältnis zu ihrem Ex entspannen würde, wenn sie ein Mal ein anderes Thema als die versäumten Unterhaltszahlungen hätten. Eine Illusion, wie sie gerade gesehen hatte.

Anstatt am Hackeschen Markt in die S-Bahn zu steigen, lief Ruth unter den S-Bahn-Bögen hindurch in Richtung Unter den Linden. Es war erst halb neun Uhr abends, und der Spaziergang in der Kälte tat ihr gut. Sie hatte das Gefühl, als lüfte sie ihr Gehirn, als vertriebe die frische Kühle die trüben Gedanken, die sich seit dem gestrigen Tag hinter ihrer Stirn angesammelt hatten.

Die Verhandlung hatte etwas über vier Stunden gedauert. Nach der Verlesung der Anklage durch den Staatsanwalt und ihrer Vereidigung waren die ersten Zeugen aufgerufen und vernommen worden. Leider hatte Ruth nicht immer mit der nötigen Konzentration folgen können, sie hatte Aras, den mutmaßlichen Mörder, beobachtet und die Eltern, die schräg hinter dem jungen Mann unter den Zuschauern saßen. Es waren nur wenige Schaulustige zur Verhandlung in den viel zu großen Saal gekommen. Einige Journalisten, eine Handvoll Rentner, die sich gut zu kennen schienen und nicht das erste Mal einem Strafprozess beiwohnten. Drei junge Mädchen, zwei davon dem Aussehen nach türkisch oder eben kurdisch, eine Blonde. Die Mädchen hätten sicher in der Schule sein müssen, aber augenscheinlich waren es Freundinnen von Derya. Sie saßen dicht aneinandergedrängt und hielten während der Verhandlung Händchen. Alle drei waren tief erschüttert, manchmal wischten sie sich Tränen aus den Augen, und Ruth hatte gesehen, wie die Schultern eines der Mädchen zuckten, weil sie weinen musste. Ruth nahm sich vor, Annika danach zu fragen. Vielleicht wusste sie, wer die drei waren. Aus der Verhandlung war jedenfalls nicht hervorgegangen, welchen Umgang Derya pflegte, welches Leben sie führte. Auch das hatte Ruth sehr betroffen gemacht. Dass sie nichts über die Tote erfahren hatte. In den gesamten vier Stunden war Derya Demizgül nur ein toter Körper gewesen. Eine Sechzehnjährige, der man die Kehle durchgeschnitten hatte und über die der Rechtsmediziner gesagt hatte, dass sie vollkommen gesund und noch Jungfrau gewesen war.

Während sie an der Humboldt-Universität vorbeilief und einen Blick auf den Opernplatz warf, in dessen malerischer Kulisse sich Eisläufer auf der Kunsteisbahn vergnügten, dachte Ruth, dass sie mehr über Derya in Erfahrung bringen musste. Sie würde nie verstehen, wer das junge Mädchen umgebracht hatte, wenn sie nicht wusste, wer Derya gewesen war.

Seit die Verhandlung lief, kamen die Bilder wieder. Er wäre gerne hingegangen, Michelle, Lana und Özlem waren da gewesen. Aber dann hatte er sich nicht getraut. Wenn seine Mutter das mitbekommen hätte, wäre sie getillt. Valentin drehte »The Heavy« noch lauter und schloss die Augen. Seine Mom hatte an der Tür geklopft, aber er hatte ihr nicht geantwortet. Er konnte sie nicht mehr ertragen. Eigentlich hatte er schon vor der Sache mit Derya nicht mehr mit ihr gekonnt, sie nervte einfach IMMER. Aber seit er Derya mit nach Hause gebracht hatte, ging es gar nicht mehr. Von Anfang an war sie dagegen gewesen. Eine Kurdin, seine Mutter war geschockt gewesen. Er hatte sogar gehört, dass sie seinen Vater überreden wollte, dass er die Schule wechselte. Vielleicht sei die »Durchmischung an der Schule doch nicht so ideal«. Aber sein Vater hatte nur mit den Schultern gezuckt. Dem war alles egal. Seine Mutter bestimmte das Leben der Familie, und Valentin wusste, dass das seinem Vater nur recht war. Je weniger er sich einmischte, desto weniger Streit gab es, desto weniger musste er sich mit seiner Frau unterhalten. Seine Eltern waren so vertrocknet, sie waren eigentlich schon tot.

Valentin wurde es augenblicklich heiß, Tränen schossen ihm in die Augen, und sein Zwerchfell verkrampfte sich. Er schluchzte kurz auf. Der Schmerz war so groß, immer noch. Er dachte an Deryas Körper, den immer warmen, festen, lebendigen Körper. Ihre Haut war weich gewesen, er hatte darunter das Blut gespürt, wie es pulsierte. Warum musste Derya sterben? Warum hatte nicht seine Mutter sterben können? Derya war voller Leben gewesen, sie hatte weiße glatte Zähne gehabt, er war mit seiner Zunge über ihre Zahnreihen gefahren, hatte sie geschmeckt. Ihre starken Lippen, sie hatte Muskeln in den Lippen gehabt. Beim Küssen hatte sie sich richtig festgesaugt, er hatte sich manchmal gewünscht, in ihr zu verschwinden.

Valentin stöhnte. Er dachte jeden Abend an Derya, er ging mit seinem Traum ins Bett und stand mit ihm morgens auf. Er konnte den Schmerz nicht ertragen, dass sie nie wieder zurückkommen würde. Seine Freunde glaubten, dass er einfach eine andere nehmen sollte. Er war beliebt, die Mädchen fanden ihn scharf. Und seit er trauerte, fanden sie ihn noch schärfer. Er sah es in ihren Blicken. Sie wollten ihn trösten, ihn heilen. Valentin nahm das Kopfkissen, umklammerte es und drückte es an seine Brust. Er ließ seinen Tränen freien Lauf, weil er wusste, er würde niemals geheilt werden.

»Krass«, kommentierte Annika und ließ den Stapel Papier durch die Finger gleiten. Ihre Tochter hatte sich, für ihre Verhältnisse früh, aus dem Bett gewälzt und stand nun, in dicken Socken, Flauschhose und übergroßem Sweatshirt, am Frühstückstisch, den Ruth im Lauf der letzten Stunde vollständig mit Papier bedeckt hatte.

Ruth genehmigte sich einen freien Samstag im Monat. Dann kam Jamila auch am Wochenende in den Laden, gemeinsam mit der studentischen Aushilfe. Ansonsten hatte Jamila samstags und sonntags frei, sie hatte ja Familie. Ruth übernahm gerne das Wochenende, seit die Kinder so groß waren, dass sie nichts mehr mit ihr unternahmen. Wenn sie ehrlich war, musste Ruth eingestehen, dass sie gar nicht gewusst hätte, was sie mit einem freien Single-Wochenende hätte anfangen sollen. Manchmal kam es sogar vor, dass Ruth den freien Samstag nur zur Hälfte ausnutzte. Dann schlief sie zwar aus und frühstückte ausgiebig mit der Tageszeitung, schlug aber mittags im Bistro auf, um Jamila nach Hause zu schicken. Heute jedoch, das hatte sie beschlossen, als sie den dicken Umschlag von Johannes aus dem Briefkasten gezogen hatte, würde sie den ganzen Tag zu Hause bleiben.

Am Abend des Vortags war die Mail von Johannes gekommen, eine komprimierte Datei im Anhang, gekrönt von der süffisanten Bemerkung, dass er ihr den gesamten Packen Zeitungsartikel auch noch in ausgedruckter Form schicken würde, da er nicht auf ihre Fähigkeit vertraute, die Datei zu öffnen und obendrein noch auszudrucken.

Tatsächlich hatte Ruth, trotz ihrer Neugier, die Mail von Johannes gestern Abend nur noch gespeichert, aber nicht mehr geöffnet. Sie war, wie immer am Ende der Arbeitswoche, völlig k. o. gewesen und hatte es gerade noch geschafft, sich den Freitagskrimi reinzuziehen. Der wie immer so grottenschlecht gewesen war, dass sie dabei einschlief.

Aber kaum war die Post am Morgen durch gewesen – die für Berliner Verhältnisse extrem früh kam, nämlich bereits um neun, was den Verdacht nahelegte, dass die Oldenburger Straße der Beginn der Verteilerroute sein musste –, konnte sie ihre Neugier nicht mehr zügeln. Seit über einer Stunde saß sie nun auf der alten Kinobank in ihrer Küche und las die Artikel, die Johannes ihr geschickt hatte. Dabei ließ Ruth sogar ihren Tee kalt werden.

Annika hatte eine Kopie von oben aus dem Stapel genommen und ließ sich auf den Stuhl fallen, während sie las. Sie zog die Beine an, schlang die Arme darum, und Ruth konnte ihrer Tochter ansehen, dass die Betroffenheit, die die Mädchen damals alle ergriffen hatte, als Derya gerade gestorben war, wieder von ihr Besitz ergriff.

Annika guckte hoch und war weiß um die Nasenspitze. Sie ließ den Zeitungsbericht auf den Tisch fallen und deutete vage auf den Stapel.

»Was soll das? Warum liest du das?«, fragte sie ihre Mutter.

»Das ist der Fall, dem ich als Schöffin beiwohne.«

Annika lehnte sich in ihrem Stuhl weit zurück.

»Scheiße.«

Dem war nichts mehr hinzuzufügen, fand Ruth.

Nach einer Schockminute stand Annika auf, holte sich eine große Schüssel, die sie bis zum Rand mit Früchte-Müsli füllte, goss Milch dazu und balancierte das übervolle Gefäß zum Tisch.

»Erzähl mal«, forderte sie Ruth auf.

Tatsächlich hatten Ruth und Annika sich seit dem Verhandlungstag nur noch zwischen Tür und Angel gesehen, es hatte sich keine Gelegenheit ergeben, Annika zu erzählen, dass das Schicksal eigenartige Pirouetten drehte und ausgerechnet sie zu Deryas Fall als Schöffin eingeteilt worden war.

»Ich darf nicht über den Fall reden«, lenkte Ruth ein und schob sofort hinterher: »Aber wir können uns über Derya unterhalten.«

Annika lugte kritisch über den Rand der überdimensionierten Schüssel, runzelte die Augenbrauen und schlürfte die Milch vom Löffel. »Schwachsinn. Du darfst doch wohl mit deiner Tochter reden.«

Ruth lächelte. »Solange das Verfahren nicht abgeschlossen ist, darf ich mit niemandem reden. Nicht über das, was im Gerichtssaal verhandelt wird, jedenfalls. Und mit dir schon gar nicht, schließlich erzählst du es brühwarm deinen Freunden, und die wiederum ...«

Annika wollte protestieren, aber Ruth bremste sie sofort.

»... und dann geht das in der ganzen Schule rum. Komm, Süße, ich weiß genau, wie das ist. Es ist auch zum Schutz der Angeklagten. Aber natürlich können wir uns über Derya unterhalten.«

Annika sah nicht aus, als wäre sie begeistert. Ruth war

sich auch nicht sicher, ob es gut war, die Sache noch einmal aufzuwärmen. Als die junge Kurdin starb, war Annika fünfzehn gewesen, und der gewaltsame Tod der Mitschülerin hatte ihre Tochter sehr mitgenommen. Vielleicht sollte sie abwarten, ob Annika von selbst darüber sprechen wollte. Diese schaufelte ihr Müsli in sich hinein und warf dabei wieder einen Blick auf die auf dem Tisch ausgebreiteten Artikel. Auch Ruth widmete sich der Lektüre. Gute zehn Minuten herrschte Stille in der gemütlichen Wohnküche, man hörte lediglich das Ticken der großen alten Bahnhofsuhr. Ein schmaler Sonnenstrahl hatte es geschafft, sich durch den grau bewölkten Himmel zu kämpfen, und warf einen gelben Streifen helles Licht auf den Tisch. Und auf die deprimierenden Zeitungsartikel.

Annika ließ klappernd den Löffel in die nunmehr leere Müslischüssel fallen.

»So ein Scheiß«, sagte sie und tippte missbilligend auf einen Artikel aus dem »Berliner Kurier«.

»Die schreiben alle, dass ihre Familie voll streng gläubig und traditionell gewesen wäre. Und sie hätte unter der Fuchtel gestanden und keine Freiheiten gehabt und so. Das ist einfach voll der Scheiß.«

Ruth erinnerte sich daran, dass Annika und ihre Freundinnen sich bereits damals, als der Fall durch alle Medien gegangen war, darüber geärgert hatten. Andererseits war genau daran die Anklage gegen Aras Demizgül aufgehängt.

So hatte es sich beim Staatsanwalt angehört:

»Deryas Lebenswandel war mit der traditionellen Auffassung ihrer Familie von der Rolle der kurdischen Frau nicht vereinbar.«

Ein Mord aus religiösen Motiven also, ein sogenannter »Ehrenmord«.

»Kennst du denn die Familie?«

Annika zuckte mit den Schultern. »Nicht richtig. Die Eltern hab ich ab und zu mal gesehen, wenn was in der Schule war. Derya hat doch Theater gespielt.«

»Und dann ist die Familie gekommen?«, hakte Ruth nach.

»Klar. Die waren immer da, wenn Derya aufgetreten ist. Der Bruder auch. Die sehen eigentlich nicht so aus ... also so voll religiös.«

Ruth wusste, was Annika meinte. Sie hatte die Eltern auch lange genug beobachtet. Die Mutter von Aras und Derya war eine attraktive Dunkelhaarige mit wunderbar schwarzen Augen. Sie sah eher aus wie eine ins Alter gekommene Prinzessin aus dem Orient als wie eine religiöse Fundamentalistin. Sie war am Tag der Verhandlung ganz normal gekleidet gewesen, westlich, dezenter Schick, nichts Exklusives, aber in keiner Weise auffällig. Eine gemusterte Bluse, die obersten beiden Knöpfe geöffnet, eine Strickjacke, Jeans, Stiefel. Offene Haare, Schmuck, lackierte Fingernägel, kaum Make-up. Jede zweite Berlinerin sah so aus, von Kopftuch und Verhüllung keine Spur. Der Vater von Derya trug einen üppigen schwarzen Schnurrbart, das war vielleicht das einzige auffällige Merkmal, das auf die Zugehörigkeit zu einer anderen Kultur hinwies. Die beiden waren still gewesen, hatten sich während der gesamten Verhandlungsdauer an den Händen gehalten und aufmerksam zugehört. Und ihren Sohn beobachtet. Voller Liebe und Wärme – nichts hatte darauf hingedeutet, dass sie in ihm den Mörder ihrer Tochter sahen. Oder sogar die Auftraggeber waren.

Ruth hatte sowohl während der Verhandlungspausen als auch nach der Verhandlung mit den anderen Richtern darüber sprechen wollen. Über ihr Gefühl. Aber das Gespräch hatte sich nicht ergeben. Obwohl die Vorsitzende Richterin Veronika Karst sie in der ersten Pause ausdrücklich um ihre Meinung gefragt hatte. Ruth hatte angefangen, ihrem Gefühl Ausdruck zu geben, aber der ältere Richter hatte nur geschnauft und zu verstehen gegeben, dass Emotionen und vage Gefühlsduselei im Gerichtssaal fehl am Platz wären. Daraufhin hatte Ruth es nicht mehr gewagt, ihrem Unbehagen Ausdruck zu verleihen.

Nach der Verhandlung waren die drei Berufsrichter eilig ihrer Wege gegangen, nur Mitschöffe Ernst Hochtobel hatte mit Ruth verloren in dem riesigen Gerichtsgebäude gestanden.

»Sie müssen sich durchsetzen«, hatte er zu ihr gesagt. Ruth hatte ihn angeblickt und im ersten Moment nicht gewusst, wovon der Kerl redete.

»Sie haben als ehrenamtlicher Richter die gleichen Rechte und Pflichten wie ein Berufsrichter. Die müssen Sie schon wahrnehmen«, hatte der Rentner gemeint und sie dabei angesehen, als wäre sie seine Schülerin. Ruth hatte sich bevormundet gefühlt und war grußlos davongerauscht, aber wenn sie jetzt über die Worte des älteren Kollegen nachdachte, bereute sie ihre Reaktion. Vielleicht wäre es besser gewesen, sich auf ein Gespräch mit Hochtobel einzulassen und mehr über diese seltsame Tätigkeit zu erfahren.

»Derya war ganz normal. Wie alle Mädchen. Sie hat kein Kopftuch getragen, und ich hatte auch keine Ahnung, ob sie Türkin war oder Kurdin. Das war einfach kein Thema.«

Annika hatte sich auch einen Becher Tee eingegossen und rührte nun gedankenverloren mit dem Löffel darin herum.

»Bei der Verhandlung waren drei Mädchen.«

Annika sah Ruth interessiert an.

»Eine Blonde mit langen Haaren«, führte Ruth aus, »eine mit einem halblangen Bob und eine ...« Ruth wusste nicht, was sie sagen sollte: Türkin? Kurdin? »... türkisch aussehende junge Frau.«

»Michelle, Lana und Özlem.« Annika nickte wissend. »Das war die Clique von Derya. Die waren immer zusammen.«

»Was haben die so gemacht?«, erkundigte sich Ruth.

Annika sah ihre Mutter empört an. »Hallo?! Woher soll ich'n das wissen? Ich kenn die nur aus der Schule.«

»Ich dachte bloß ...«, so schnell wollte sich Ruth nicht geschlagen geben, »... weil Derya an dem Abend, bevor sie ... Also an dem Abend war sie mit Freunden da beim Teufelsfenn unten.«

Ruth tippte mit dem Zeigefinger auf einen Artikel, dem sie die Information entnommen hatte. »Ist ja nicht so unbedingt euer Kiez. Oder?«

Annika zuckte mit den Schultern. Sie verlor das Interesse, sich mit Ruth über ihre Mitschüler zu unterhalten. Ähnlich zögerlich gab sie auch Auskunft, wenn Ruth ihrer Tochter entlocken wollte, wie diese ihre Freizeit verbrachte.

»Ich meine, Moabit und die Gegend am Teufelssee, das ist jetzt nicht gerade der nächste Weg?!«

Ruth ließ nicht locker. Ein Hauch von Verachtung lag in dem Blick, mit dem Annika ihre Mutter bedachte.

»Mama. Wir leben in Berlin. Glaubst du etwa im Ernst, dass wir in Moabit bleiben, wenn wir Party machen?«

Ruth wusste nicht, ob sie jetzt wirklich die Antwort auf die ohnehin rhetorische Frage hören wollte.

Die Verachtung wandelte sich in sanfte Herablassung.

»Mann, manchmal fahren wir raus nach Weißensee oder Friedrichshain. Kreuzkölln sowieso. Moabit ist so was von öde. Echt mal.«

Annika seufzte, bedachte Ruth mit einem mitleidigen Blick und stellte ihre Müslischüssel sowie die Teetasse in die Spüle. Kurz bevor sie aus der Küche rauschte, hielt Ruth sie noch einmal auf.

»Warst du schon mal da unten? Am Teufelsfenn?«

Annika runzelte die Stirn.

»Nee. Ich weiß gar nicht, wo das ist.«

»Grunewald, Teufelssee?!«, versuchte Ruth zu konkretisieren.

Damit schien Annika etwas anfangen zu können.

»Ach so, da. Nee, sind wir nie. Aber der Vali wohnt da, wahrscheinlich deswegen.«

»Vali?«

»Mit dem war Derya doch zusammen.«

Damit zog Annika endgültig aus der Küche ab. Die Audienz war beendet.

Ruth blieb nachdenklich zurück und starrte auf den Packen mit den Zeitungsartikeln. Der restliche Samstag war bislang noch nicht verplant, und Ruth hatte so eine Ahnung, wo sie diesen grauen freien Tag verbringen würde.

Sie hatte keine kleinen Kinder, keinen Hund, ja nicht einmal einen Partner. Sie joggte und walkte nicht und fuhr auch nicht auf dem Rad. Sie war damit in jeder Hinsicht ein Exot im Grunewald. Eine Frau mittleren Alters, die an einem Samstag mutterseelenallein im Erholungsgebiet flanierte. Dennoch kam Ruth sich nicht komisch vor, das hier war Berlin, hier waren noch viel seltsamere Gestalten unterwegs.

Sie genoss es, in der kalten Luft zu laufen. Die Hände hatte sie tief in den Taschen ihres langen Wollmantels vergraben, die Nase tief in dem Loopschal versteckt, den Annika ihr letzten Februar zum Geburtstag gestrickt hatte. Mützen konnte Ruth auf ihrer dicken Lockenmähne nicht tragen, die blonde Pracht wärmte sie aber auch so. Ein Stirnband aus dicker roter Wolle kuschelte sich zusätzlich um ihre Ohren.

Sie war die ganze lange Teufelsseechaussee bis zum Öko-Werk hinuntergewandert. Die Stelle, an der Aras mit Derya im Arm gefunden worden war, hatte sie links liegengelassen, sie wollte zuerst zur Sandkuhle. Ruth wollte keine Detektivarbeit leisten, indem sie an den Tatort zurückkehrte. Sie suchte keine Spuren oder sonstigen Hinweise. Belustigt dachte sie an die deutschen Krimis, die sie freitagabends sah. Oder zu einem Teil sah. In einem solchen hätte sie nun, ein halbes Jahr später, als Heldin noch den entscheidenden Hinweis gefunden, den die Polizei selbstverständlich übersehen hätte. Ein verdächtiger Fussel, der im Busch hängengeblieben war und der die DNA des Mörders trug, der daraufhin endlich seiner bösen Schandtat überführt werden würde.

Ruth maßte sich auch nicht an, dass sie etwas entdecken würde, was die Polizei nicht gefunden hätte. Sie hatte großen Respekt vor der Arbeit der Ermittler und war sicher, dass diese auch in dem Mordfall Derya Demizgül alles getan hatten, was möglich war, um den Mörder zu überführen. Ob sie aber den richtigen Mann überführt hatten, daran hatten sich bei Ruth vage Zweifel gemeldet. Und sie war hierhergekommen, weil sie sich erhoffte, besser verstehen zu können, was geschehen war.

Ruth stand an der oberen Kante der sogenannten Sandkuhle und blickte hinunter. Heller Sand, wie an der Bruchkante einer hohen Düne, führte steil bergab zu einem kleinen Sumpf. Kleine Kinder rannten und kugelten juchzend bergab, ein Mann warf für seinen Terrier einen Ball, zwei Mäusebussarde zogen am niedrigen grauen Himmel ihre Kreise und verteidigten aufmerksam ihr Revier gegen die Drachen, die eine Familie unten am Fuß des Sandabhanges steigen ließ.

Ruth versuchte, sich die Szenerie an einem Sommerabend vorzustellen. Das war nicht gerade schwer, schließlich waren in Berlin in lauen Nächten jede Grünanlage, jede Rasenfläche und erst Recht die Seen- und Flussufer dicht an dicht belegt mit den Bewohnern dieser Stadt, die glücklich zu sein schienen, dass sie aus der Enge ihrer Mietskasernen und Straßenschluchten ins Freie ausbrechen konnten. Jeder Zweite grillte, die anderen knutschten, spielten Frisbee oder waren mit ihren Hunden und Kindern beschäftigt – bevor auch sie den Grill anschmissen oder sich zu einer Gruppe mit Grill gesellten.

Gewiss war Derya mit ihrer Clique nicht alleine hier gewesen. Sicherlich hatten mehrere Leute sich in der Nähe vergnügt, und die Handvoll Schüler war nicht unbemerkt geblieben. Es hatte bestimmt eine Menge Zeugen gegeben. In der Verhandlung war noch nicht darüber gesprochen worden, wer an diesem Abend mit der jungen Kurdin hier gefeiert hatte. Außer von ihrem Freund, dessen Name nicht genannt worden war, war nur die Rede von »weiteren Ju-gendlichen« gewesen. Aber die Polizei hatte diese sicher ver-nommen und entsprechende Zeugenaussagen. Ruth war gespannt, ob dies Thema am kommenden Verhandlungstag sein würde.

»Vali«, hatte Annika den Freund von Derya genannt. In den Zeitungsartikeln kam er als »Mitschüler aus gutem Haus« vor – und als vermeintlicher Anlass für den Bruder, Aras Demizgül, seine Schwester für ihre verbotene Liebe zur Rechenschaft zu ziehen. Warum war dieser Vali eigent-lich nicht verdächtig, Derya erstochen zu haben, fragte sich Ruth. Schließlich hatten die beiden hier bis spät in der Nacht zusammengesessen. Er hatte sie zum Bahnhof gefahren, und danach hatte niemand mehr die Schülerin gesehen – wenn man den Zeitungsartikeln Glauben schenken durfte.

Ruth versuchte, sich vorzustellen, wie Deryas Abend ver-laufen war, bevor ihr jemand das Leben genommen hatte. Es war warm gewesen, die Mädchen hatten vermutlich leichte Sachen getragen. Ein Grüppchen Sechzehnjähriger, das Alter, in dem Annika jetzt war. Sie hatten im Sand ge-sessen, gegrillt, geraucht, getrunken, vielleicht gekifft. Sie hatten geflirtet, bestimmt geknutscht, Spaß gehabt, sich frei gefühlt. Die Bilder, die Ruth von Derya gesehen hatte, schlechte Fotografien aus Zeitungen, grobkörnig und schwarzweiß, hatten ein bildschönes Mädchen gezeigt. Eine schlanke junge Frau mit weiblichen Formen, langen schwarzen Locken und großen dunklen Augen. Auf allen Bildern, die von ihr veröffentlicht worden waren, hatte sie gelacht. Sie wirkte ungezwungen. Ein glücklicher Mensch. Laut den Berichten hatte ihr Freund sie mit dem Rad zum Bahnhof gebracht, Zeugen erinnerten sich daran, einen jungen blonden Mann gesehen zu haben, der das Mädchen auf dem Lenker seines Fahrrades die Teufelsseechaussee hochgefahren hatte. Sie hatten gelacht, sie waren »ange-schickert«, wurde ein Zeuge zitiert, sie hatten das Leben genossen, ihre Jugend, die Sommernacht, dachte Ruth be-klommen. Sie wandte sich von der Sandkuhle ab und ging den Weg am Rand des Kiefern- und Birkenwaldes in Rich-tung Teufelssee zurück. Sie fror jetzt plötzlich und merkte, dass sie tief deprimiert war.

Es war nicht gerecht, dachte sie. Es war nicht gerecht, dass ein junger glücklicher Mensch, der das alles noch spü-ren kann, der leicht sein kann und unbeschwert, dass die-ser Mensch auf diese Weise zu Tode kommt. Als müsste Derya Demizgül bestraft werden für das Glück, das sie in den Stunden vor ihrem Tod empfunden hatte.

»Toast?«

Es klang mehr wie ein Befehl als eine Frage. Aber Valentin schüttelte den Kopf. Er konnte nichts essen. Nicht heute.

»Mit Nutella!«, krakeelte Jonas fröhlich. Er tat, als wüsste er nicht, was heute war. Jonas tat überhaupt immer, als wäre alles in bester Ordnung. Dafür liebte Valentin seinen kleinen Bruder. Für das sonnige Gemüt.

Jonas schnappte sich den Toast, den seine Mutter in der silbernen Zange Valentin hingehalten hatte, und griff nach dem großen Nutellaglas.

»Das ist schon dein dritter, Jonas«, sagte die Mutter strafend und schüttelte missbilligend den Kopf. Aber sie griff nicht ein. Im Gegenteil, sie setzte noch eins drauf. »Du weißt, wie viel Zucker in dieser Schokocreme ist.«

›Und trotzdem kaufst du sie immer wieder‹, dachte Valentin. ›Und du lässt ihn so viel davon fressen, wie er will. Weil du so verlogen bist. Weil du es genießt, ihn deine Verachtung spüren zu lassen. Aber bei Jonas kommst du damit nicht durch.‹ Er blickte hoch, zwinkerte seinem kleinen Bruder zu und knuffte ihn. Der grinste, die Zähne dunkelbraun von Nutella. Jonas war klein. Er war zehn Jahre alt und süß. ›Er weiß noch nicht, dass er bei Monstern aufwächst‹, dachte Valentin.

Sein Vater, der seit einer Stunde den Kopf in die Tageszeitung gesteckt und sich wie jeden Morgen nicht am Gespräch beteiligt hatte, warf einen Blick auf seine Uhr, legte seufzend die Zeitung weg und stand auf. Das war das Signal für Jonas, die Milch runterzustürzen und sich Schuhe und Anorak anzuziehen. Der Vater musste nicht einmal etwas sagen. Kein »Komm« oder »Wir fahren los« oder »Zieh dich an«. Das war nicht mehr nötig in ihrer Familie. Weil alles geregelt war. Total eingespielt, hätte vielleicht jemand gesagt, der die Bucherers nicht kannte, aber das würde bedeuten, dass alle Familienmitglieder perfekt aufeinander abgestimmt waren. Doch das stimmte nicht. Sibylle, wie Valentin und Jonas zu ihrer Mutter sagten, hatte irgendwann in grauer Vorzeit festgelegt, wie die Dinge zu laufen hatten. Und alle drei Männer, der Vater inklusive, hatten die Rücken gekrümmt, die Köpfe gesenkt und waren ihrer Leitwölfin gefolgt. Weil es besser so war. Weil man gut daran tat, Sibylles Vorstellungen gerecht zu werden. Um ihre Tränen, ihre Wutausbrüche, ihre hysterischen Anfälle nicht ertragen zu müssen.

Manchmal fragte sich Valentin, wie er es ausgehalten hatte in den ersten Jahren, bevor Jonas auf die Welt kam. Sieben lange Jahre war er Einzelkind gewesen. Er erinnerte sich daran, dass er sich manchmal vor seiner Mutter gefürchtet hatte. Vor ihren Anfällen beinahe gewaltsamer Zuneigung, wenn sie ihn gedrückt und geküsst hatte, ihn so umklammert, dass er sich ihr nicht entwinden konnte. Sie hatte ihn fest an sich gedrückt, lange, bis er anfing zu weinen. Oder ihre Wutanfälle, die aus dem Nichts kamen. »Stimmungsschwankungen«, hatte der Vater gesagt, »Sibylle hat bloß wieder Stimmungsschwankungen.« Damit hatte er versucht, den kleinen Jungen zu beruhigen, aber er hatte nicht verhindern können, dass Valentins Angst vor den Stimmungsschwankungen seiner Mutter immer größer wurde. Er hatte Zuflucht bei seinem Vater gesucht, um der Mutter nicht ausgesetzt zu sein, aber dieser hatte sich in sein Arbeitszimmer eingeschlossen und getan, als hörte er nicht, wenn Valentin vorsichtig an die Tür klopfte.

Wenn er überhaupt mal zu Hause war. Professor Doktor Quirin Bucherer war die meiste Zeit über in der TU, wo er forschte und lehrte. Oder auf Forschungsreisen, Vortragsreisen, Auslandssemestern. Immerhin hatten Valis Eltern Au-pair-Mädchen angestellt. Valentin erinnerte sich nicht an alle, nur einige wenige waren ihm im Gedächtnis geblieben. Elena, die ihm ›Schwarzer Peter‹ beigebracht hatte. Oder Anisa, die wunderschön singen konnte. Länger als ein halbes Jahr aber war keine geblieben. Keine hatte es Sibylle auf Dauer recht machen können, und so hatte Valentin irgendwann begriffen, dass es besser war, sich gar nicht erst an die Mädchen zu gewöhnen. Es tat sonst nur weh, wenn sie gingen.

Aber dann war Jonas gekommen. Im Gegensatz zum Erwartbaren, nämlich der Eifersucht des älteren Kindes auf das neu ankommende Geschwisterchen, hatte Valentin sofort gewusst, dass er in dem kleinen Bruder einen Verbündeten hatte. Einen verschworenen Partner. Einen, den er schützen und lieben konnte, mit dem er sich gegen Sibylle zusammentun konnte. Doch das war gar nicht notwendig gewesen. Erleichtert, dass sich der große Bruder so hingebungsvoll um den kleinen kümmerte, unterstützt von einer namenlosen Polin, Russin oder Ukrainerin, hatte Sibylle ihre Tätigkeit als Galeristin rasch wieder aufgenommen und verbrachte, ebenso wie der Vater, den Großteil ihrer Zeit in ihrem Job. Zu dem natürlich auch Ausstellungsbesuche, Vernissagen, Kunstmessen und Atelierbesuche gehörten. Valentin und Jonas waren den Großteil des Tages sich selbst überlassen – was ihnen nur recht war. Darum fiel es den Brüdern auch nicht schwer, sich unter Sibylles Joch zu beugen, wann immer sie zu Hause war und ihrer aller Leben bestimmte. Das war gutgegangen, bis Derya auf der Bildfläche erschienen war. Vor fast einem Jahr. Valentins erstes Mädchen.

»Du weißt ja, was du zu sagen hast.«

Die Finger seiner Mutter krallten sich in seine Schulter, kaum dass Jonas und sein Vater das Haus verlassen hatten.

Valentin schloss die Augen. Sein Magen krampfte sich schon wieder zusammen, und in seinem Mund sammelte sich saurer Speichel. Er musste sich beherrschen, einfach sitzen zu bleiben und seine Mutter zu ignorieren und nicht quer über den Frühstückstisch zu kotzen.

»Valentin«, die Stimme seiner Mutter wurde noch schärfer, »ob du weißt, was du zu sagen hast?«

»Oder nicht sagen soll. Das meinst du doch.«

Die Hand auf seiner Schulter entspannte sich leicht, die Finger bohrten sich nicht länger in sein Fleisch.

Er versuchte, durch die Nase zu atmen, um den Flattermagen zu beruhigen, aber dann sog er das schwere Parfum von Sibylle ein, und es wurde ihm noch übler. Wie sollte er es schaffen, sich im Gerichtssaal nicht zu übergeben? In einer Stunde würde die Verhandlung beginnen, und seine Mutter, sein Vater und er waren als Zeugen geladen. Seit Wochen bläute seine Mutter ihm ein, wann er damals nach Hause gekommen war. Dass er ohne Derya gekommen war. Wann er eingeschlafen war und wie viel er getrunken hatte. Lügen. Lügen. Lügen.

Valentin stand auf und verließ unter Schmerzen die Küche. Messer bohrten sich in seinen Leib. Seine Mutter rief ihm etwas hinterher, aber er verstand es nicht. In seinen Ohren rauschte laut das Blut. Das Blut. Sie war verblutet. Ihr warmes Blut war aus ihrem Körper geflossen und hatte nur eine kalte Hülle zurückgelassen. Derya.

Valentin stolperte wie in Trance in sein Zimmer, verschloss die Tür hinter sich, schaffte es gerade noch zum Bett. Er legte sich wieder unter die Decke, angezogen wie er war, und krümmte sich zusammen, machte sich so klein, wie er konnte. Durch die geschlossenen Augen flossen seine Tränen, und er konnte an nichts anderes denken als an sie.

BERLIN-MOABIT, LANDGERICHT, SAAL 500,
EIN FREITAGMORGEN IM JANUAR, NEUN UHR

Obwohl Ruth diese Prozedur schon einmal mitgemacht hatte, war sie erneut befremdet. Sie ging hinter den drei Berufsrichtern in den Saal, ihr folgte Ernst Hochtobel. Alle Anwesenden in dem großen holzgetäfelten Raum standen. Erst als sie, die Richter, sich gesetzt hatten, setzten sich auch das Publikum, die Anwälte, die Protokollanten. Ruth ließ den Blick durch den Saal schweifen. Es kam ihr vor, als wären wieder die gleichen Menschen anwesend wie am ersten Verhandlungstag. Aras Demizgül und sein Verteidiger saßen am gleichen Platz, ebenso der Staatsanwalt, Hannes Eisenrauch. Die Protokollanten, die in ihre dunkelblaue

Uniform gekleideten Polizisten, die Eltern von Aras, wieder händchenhaltend, eine Reihe Rentner, eine Handvoll Journalisten. Die drei Mädchen fehlten, fiel Ruth jetzt auf. Vermutlich, weil sie heute da waren, wo sie an einem Freitagmorgen um neun hingehörten: in der Schule.

Die Vorsitzende Richterin sagte ein paar Worte und eröffnete dann das Verfahren. Nachdem am ersten Verhandlungstag hauptsächlich die Todesursache, die Umstände der Auffindung der Leiche und die Situation am Fundort das Thema gewesen waren, sollte es heute um die Rekonstruktion des letzten Abends von Derya gehen sowie ihr Umfeld näher beleuchtet werden.

Als erste Zeugin wurde Michelle Grobmann aufgerufen. Als der Gerichtsdiener die junge Frau in den Saal führte, erkannte Ruth in ihr eines der drei Mädchen, die am ersten Verhandlungstag im Zuschauerraum gesessen hatten. Michelle war die Blonde, wie Annika richtig gemutmaßt hatte.

Zunächst wurde Michelle zu ihrem Verhältnis zur Ermordeten befragt. Das Mädchen schilderte eine Teenagerfreundschaft, wie Ruth sie auch von ihrer Tochter kannte. Die Kinder kannten sich flüchtig von der Grundschule, waren dann zusammen aufs Gymnasium gekommen, wo sie sich schnell angefreundet hatten. Von da an hatten sie beinahe jede freie Minute miteinander verbracht. Waren nach der Schule zusammen nach Hause gegangen, hatten zusammen gelernt, gingen auf Shoppingtour, übernachteten beieinander. So weit nichts Besonderes.

Michelle machte den Eindruck einer jungen Frau, die für ihr Alter erstaunlich reif und weit entwickelt war. Im Gegensatz zu ihrer Freundin Derya musste sie schon früh für sich selbst sorgen, sie lebte bei ihrer alleinerziehenden und voll berufstätigen Mutter. Mit warmen Worten schilderte Michelle, wie sehr sie die Atmosphäre bei der Familie Demizgül genossen hatte – im Gegensatz zu ihrem eigenen Zuhause wuchsen die Geschwister Aras und Derya sehr behütet auf. Jeden Abend um sechs Uhr, wenn der Vater von der Arbeit nach Hause kam, hatte die Familie gemeinsam gegessen. Der Termin war verpflichtend gewesen, aber Michelle betonte, wie gerne ihre Freundin dieser Verpflichtung nachgekommen sei. Sie selbst war mehrere Male bei diesen Abendessen zu Gast gewesen und hatte die gemeinschaftliche Atmosphäre bei Tisch sehr genossen.

Aras' Verteidiger Kaimoglu hakte an dieser Stelle mehrfach nach, ob Michelle bei ihren Besuchen den Eindruck gewonnen habe, die junge Kurdin hätte unter großem Druck von Seiten der Familie, speziell von Vater und Bruder, gestanden. Michelle verneinte. Auch betonte sie, dass sich Derya niemals in der Hinsicht geäußert hätte, dass sie sich in ihrer Freiheit beschnitten fühlte. Derya durfte ausgehen wie andere Mädchen auch. Sie musste kein Kopftuch tragen, und auch bei den Klamotten gab es kaum Einschränkungen. Zwar räumte Michelle auf Nachfrage ein, dass Derya strenger erzogen worden war als sie, beispielsweise was die abendliche Ausgehzeit betraf. Allerdings schien es bei Michelle schlicht und einfach gar keine Vorschriften diesbezüglich zu geben. Derya dagegen musste unter der Woche um neun zu Hause sein. Wenn es später wurde, benachrichtigte sie stets ihren Bruder, der sie dann abholte.

»Warum ausgerechnet ihren Bruder?«, hakte der Staatsanwalt nach. »Warum nicht ihren Vater? Oder ihre Mutter?«

Michelle zögerte und warf einen schnellen Blick zu Aras. Der blickte ihr direkt in die Augen, zeigte aber keine weitere Regung. Michelle wurde rot und schlug die Augen nieder.

›Sie steht auf ihn‹, dachte Ruth. ›Und sie möchte um keinen Preis etwas sagen, das ihn belasten würde.‹ Ihre Feststellungen machten die anderen Anwesenden bestimmt auch, dem Staatsanwalt jedenfalls war der Blickwechsel genauso wenig entgangen.

»Hatte Derya eine spezielle Beziehung zu ihrem Bruder?«

Michelle sah Hannes Eisenrauch verständnislos an.

»Ich weiß nicht ... Was meinen Sie damit?«

Eisenrauch grinste und fragte mit generösem Unterton: »Ich drücke es mal anders aus. Hatten Sie den Eindruck, dass der große Bruder Aras Demizgül für die Erziehung Deryas zuständig war? Oder sich zumindest zuständig gefühlt hat?«

Michelle guckte erneut zu Aras, dann zu den Eltern. Die Mutter von Aras schenkte ihr ein flüchtiges Lächeln.

»Nein«, antwortete die Schülerin. »Nein, das stimmt nicht. Er hat sich einfach um Derya gekümmert.«

»Gekümmert«, wiederholte der Staatsanwalt immer noch mit einem leichten Lächeln.

›Ich mag ihn nicht‹, befand Ruth. ›Er ist arrogant und herablassend.‹

»Können Sie das konkretisieren?«, fragte Eisenrauch die Zeugin.

Michelle schob trotzig den Unterkiefer vor. »Nein. Kann ich nicht. Er war für Derya da. Als großer Bruder. So einen hätte ich mir auch gewünscht.«

Ruth konnte sich ein Lächeln nicht verkneifen. ›Gut pariert‹, dachte sie. Die Eltern Demizgül drückten einander die Hände. Sie schienen erleichtert zu sein über Michelles

Aussage, die das Bild, das der Staatsanwalt von dem Angeklagten zeichnen wollte, unterlief. ›Würden sie das auch tun, wenn sie glaubten oder wüssten, dass Aras Derya getötet hat?‹, fragte sich Ruth. ›Sicher nicht.‹

Hannes Eisenrauch ließ nicht locker. »Wenn Derya also spät dran war und nach Hause wollte, hätte sie ihrem Bruder jederzeit eine SMS schreiben können, und dann hätte er sie abgeholt. Ist das so richtig?«

Michelle guckte etwas verunsichert, als vermutete sie eine Falle, nickte dann aber.

»Ja. So war das.«

»Warum«, der Staatsanwalt fixierte die junge Frau nun mit seinen eisblauen Augen, »warum hat Derya dann an dem Abend gelogen und ihren Eltern geschrieben, sie sei noch bei Ihnen, ein Video anschauen? Und Ihre Mutter würde sie dann nach Hause bringen?«

Michelle rutschte auf dem Stuhl hin und her, begann, ihre Hände zu kneten, und guckte zu Boden.

»Eine offensichtliche Lüge, denn sie war ja gar nicht bei Ihnen. Nicht wahr, Frau Grobmann?«

Auch in die Zuschauerreihen war nun etwas Unruhe gekommen, die Journalisten wurden hellhörig. Dass Derya ihre Eltern mit dieser SMS belogen hatte, war offensichtlich eine neue Information, und so, wie der Staatsanwalt sie präsentiert hatte, konnte man sie nicht zu Gunsten des Angeklagten auswerten. Ruth hielt gespannt die Luft an.

»Das haben wir manchmal so gemacht.« Michelle wand sich. »Wenn die Eltern nicht wissen sollten ...« Sie stockte.

»Wenn die Eltern was nicht wissen sollten? Dass ihre Tochter Derya nachts mit den Freunden Party machte? Warum nicht? Hatte sie Angst vor Strafe?«

Ruth empfand Mitleid für Michelle. Offensichtlich hatte diese sich sehr bemüht, sowohl die Eltern als auch den Bruder in einem guten Licht dastehen zu lassen, und nun drehte der Staatsanwalt es so, als habe Michelle über die Verhältnisse im Hause Demizgül nicht die Wahrheit gesagt. Ruth fand, Deryas Lüge war eine lässliche kleine Schwindelei. Sie selbst hatte zu dieser Notlüge das ein oder andere Mal in ihrer Jugend gegriffen, hatte behauptet, sie übernachte bei einer Freundin, obwohl sie bei einem Typen war. Einfach nur, weil sie keine Lust hatte, mit ihren Eltern herumzudiskutieren. Weil es einfacher war und keine Nachfragen provozierte.

Ruth fragte sich allerdings, ob es bei Annika auch schon so war. Soweit sie wusste, hatte ihre Tochter noch keinen festen Freund. Wenn sie ihr also sagte, sie schlafe bei ihrer Freundin, hatte Ruth das immer geglaubt. Jetzt kam sie ins Grübeln.

»Wie war das denn an diesem Abend, Frau Grobmann?« Der Staatsanwalt verschränkte die Arme vor der Brust, sein Ton war milder geworden, nachdem er das junge Mädchen da hatte, wo er es hatte haben wollen. Michelle schwieg.

»Sie waren da unten am Teufelsfenn. Sie, Georg Schadhauser, Valentin Bucherer, Leon Richter, Lana Groß und Derya Demizgül. Sie haben Spaß, Sie grillen, Sie trinken etwas. Derya soll um dreiundzwanzig Uhr zu Hause sein. Aber sie denkt nicht daran, aufzubrechen. Stattdessen schreibt sie ihren Eltern eine SMS. Ich zitiere: ›Bin noch bei Michelle, DVD glotzen, die Mama fährt mich heim, D.‹ Eine Lüge. Warum? Was hatte sie vor?«

Michelle biss sich auf der Lippe herum, bevor sie antwortete, behielt aber den trotzigen Ton.

»Sie wollte noch nicht gehen. Sie hat mit Vali geknutscht.«

»Aber anstatt ihrem Bruder eine SMS zu schreiben, er solle sie etwas später abholen – denn das war, wie ich Sie verstanden habe, so üblich zwischen den Geschwistern –, greift sie zu dieser Lüge. Weil sie Angst hatte, dass ihr Bruder Aras Demizgül wütend wird? Weil sie Angst haben musste, ihm die Wahrheit zu erzählen? Weil er sie vielleicht bestraft hätte?«

»Einspruch!« Der Verteidiger stand empört auf.

»Einspruch stattgegeben«, die Vorsitzende Richterin nickte erst dem Verteidiger, dann Eisenrauch zu.

Der Staatsanwalt setzte sich wieder und lächelte den Verteidiger an.

Michelle raffte sich noch einmal verzweifelt auf. »So war das nicht! Derya hatte keine Angst vor ihrem Bruder! Sie wollte halt nicht ... Sie wollte keine Diskussionen.«

»Keine weiteren Fragen an die Zeugin«, kommentierte Hannes Eisenrauch.

Michelle sackte ein wenig in sich zusammen, erleichtert, dass sie die quälenden Fragen des Staatsanwalts nicht länger beantworten musste, aber anscheinend auch verunsichert, weil durch sie das Bild entstanden war, dass Derya ihrer Familie den Freund aus gutem Grund verheimlicht hatte. Dieser Punkt war eindeutig zugunsten der Anklage ausgegangen, konstatierte Ruth unwohl.

Die Befragung der Zeugin Michelle Grobmann währte noch eine weitere halbe Stunde, aber weder der Anwalt von Aras noch die beiden Richter setzten dem Mädchen so zu wie der Staatsanwalt. Michelle erzählte von dem Verlauf des Abends, und es entstand ein Bild, das dem, welches sich Ruth vor Ort gemacht hatte, recht nahe kam. Michelle hatte sich von ihrer Freundin um 23.20 Uhr verabschiedet, als diese mit Valentin Bucherer in Richtung S-Bahnhof abgezogen war. Sie selbst hatte einen der beiden anderen Jungen mit nach Hause genommen – von ihrer Mutter anscheinend unbemerkt, wie Ruth sich wunderte.

Nach der Befragung der Schülerin – Ruth selbst hatte auf Fragen an die Zeugin verzichtet, sie war noch zu sehr damit beschäftigt, all die Eindrücke aus der Verhandlung zu sortieren – setzte Richterin Karst eine Verhandlungspause an.

Die fünf Richter zogen sich in ihr Beratungszimmer zurück.

Dieses Mal fasste Ruth sich ein Herz.

»Was die Zeugin geschildert hat – das deutet doch auf einen ziemlich harmonischen Familienhintergrund hin. Oder?« Sie blickte auffordernd in die Runde.

Der ältere Richter zuckte nur mit den Schultern, der jüngere nickte, schränkte aber sofort ein, man solle sich mit der Beurteilung zurückhalten, bis man mehr gehört habe.

»Ich gebe Frau Holländer durchaus recht«, sagte die Vorsitzende Richterin zu Ruths Erleichterung. »Die religiöse Motivation, die der Anklage zu Grunde liegt, ist für mich noch nicht ersichtlich.«

Ernst Hochtobel, der andere Laienrichter, nickte der Richterin zu, gab aber zu bedenken, dass man oftmals nicht wisse, was sich hinter der Fassade verberge.

»Ich finde aber, Michelle Grobmann hat einen ziemlich guten Eindruck vom Familienleben der Demizgüls bekommen können. Sie ist über Jahre dort ein und aus gegangen«, wandte Ruth ein. »Sie war die engste Freundin von Derya; wäre diese irgendwie drangsaliert worden, vom Vater oder vom Bruder, hätte sie es Michelle bestimmt erzählt.«

»Aber Michelle nicht notwendigerweise uns«, kommentierte Richterin Karst.

Dem konnte Ruth nichts entgegensetzen.

Im Lauf des weiteren Verhandlungstages wurden noch weitere Freunde von Derya, aber auch von Aras vernommen. Alle zeichneten das gleiche Bild der Familie: Zwischen Eltern und Kindern, aber auch unter den Geschwistern habe ein gutes und liebevolles Verhältnis geherrscht. Derya sei zwar im Verhältnis strenger als manch andere Freundin erzogen worden, habe sich jedoch nie bei Freundinnen über unverhältnismäßigen Druck von Seiten des Elternhauses beschwert.

Ruth nahm mit gewisser Genugtuung zur Kenntnis, dass es dem Staatsanwalt Hannes Eisenrauch schwerfiel, den Eindruck, Aras habe seine kleine Schwester kontrolliert und beherrscht, weiterhin aufrechtzuerhalten. Keines der befragten Mädchen, aber auch keiner der Jungen wollte diesen Eindruck, der in der ersten Befragung von Michelle entstanden war, bestätigen.

Es kamen weiterhin drei Kumpels von Aras zu Wort sowie zwei junge Frauen, die ein Verhältnis mit dem Angeklagten gehabt hatten. Diese sagten übereinstimmend aus, dass Aras Demizgül nicht zu gewalttätigen Ausbrüchen neigte. Der Verteidiger verzichtete beinahe durchgehend auf Fragen an die Zeugen, wie auch der Staatsanwalt. Es gab nichts Widersprüchliches in den Aussagen, was Nachfragen provoziert hätte.

Bei der dritten Zeugin, einer zierlichen blonden Frau, die aus Polen stammte und fünf Wochen mit Aras Demizgül zusammen gewesen war, nahm der Staatsanwalt ein Schreiben von seinem Tisch, als er an der Reihe war.

»Frau Kurzikowa, Sie haben uns den Angeklagten Aras Demizgül als ausgeglichenen, liebevollen und einfühlsamen Partner geschildert.«

Die junge Frau nickte scheu.

»Ich kann also davon ausgehen, dass Sie in der Zeit des Zusammenseins eine harmonische Beziehung hatten?«

Die junge Frau nickte wieder.

»Bitte antworten Sie vernehmlich«, forderte die Richterin Frau Kurzikowa auf. »Für das Protokoll.«

»Ja«, sagte die Polin und nickte wieder.

»Ja, zur harmonischen Beziehung?«, insistierte Eisenrauch.

Die junge Frau räusperte sich nervös. »Ja. Ja dazu.«

Hannes Eisenrauch lächelte, nickte stumm und warf dann einen Blick auf das Schreiben in seiner Hand.

»Können Sie sich noch erinnern, wann und warum Sie sich von dem Angeklagten getrennt haben? Denn laut Ihrer Aussage waren Sie es, die die Beziehung beendet hat. Was verwundert, wenn man von Ihnen hört, dass die Beziehung durchaus stabil war.«

Nun wurde die junge Polin sichtlich nervös. Sie wechselte einen Blick mit Aras, der den Oberkörper angespannt aufgerichtet hatte.

»Ich weiß nicht ...«, gab die Befragte zögerlich zu Protokoll. Sie sprach mit einem charmanten osteuropäischen Akzent.

Eisenrauch hatte etwas in der Hand, das war Ruth jetzt bewusst, und er würde nicht lockerlassen, bis er das, was er hören wollte, aus der jungen Frau herausgekitzelt hatte.

»Sie wissen nicht, wann, oder Sie wissen nicht, warum?« Gespannt sah er, sahen alle im Gerichtssaal Halina Kurzikowa an. Die antwortete nicht, sondern starrte Eisenrauch befremdet an.

»Erstaunlich«, fuhr der Staatsanwalt fort, »denn ich glaube zu wissen, dass das noch nicht so lange her ist. Ungefähr vier Wochen vor dem Mord an Derya Demizgül, sagten Sie in einer Befragung.«

Die Befragte nickte unbehaglich.

»Könnte es sein«, fuhr Eisenrauch fort, »dass Ihre Trennung im Zusammenhang steht mit den Ereignissen, die in der Nacht vom 7. auf den 8. Juli vor der Diskothek Moonlight stattgefunden haben?«

In den Augen der blonden Polin sammelte sich das Wasser. Sie öffnete den Mund, um zu antworten, aber es kam kein Ton heraus. Dann nickte sie schließlich, ohne den Staatsanwalt anzusehen.

»Frau Kurzikowa ...«, mahnte Richterin Karst sanft.

Nun brach der Damm bei der jungen Frau. Sie begann, hemmungslos zu schluchzen, und kramte in ihrer Handtasche nach einem Taschentuch. Sie schaffte es schließlich, sich zu schnäuzen, und gab dann mit zittriger Stimme zu: »Ja, das war so.«

Zufrieden lehnte sich der Staatsanwalt zurück. Dann gab er das Schreiben, das er in seiner Hand hielt, zum Richtertisch durch, wo es von Hand zu Hand wanderte.

»Ich habe hier das Protokoll eines Polizeieinsatzes. Die Beamten wurden in besagter Nacht in die Perleberger Straße gerufen, weil ein Mann die Scheibe eines Möbelgeschäftes, unweit der Diskothek, eingetreten hatte. Aufgrund von Zeugenaussagen konnte der Mann noch an Ort und Stelle in Gewahrsam genommen werden. Es war ein junger Kurde ...«, triumphierend sah Eisenrauch zum Verteidiger, »... Aras

Demizgül. Er war geständig und wurde wegen Sachbeschädigung zu einer Geldstrafe in Höhe von 500 € verurteilt.«

»Sachbeschädigung ist nicht gleich Mord, Herr Kollege«, konstatierte der Verteidiger.

»Das ist mir bekannt.« Hannes Eisenrauch lächelte und machte die Andeutung einer Verneigung in Richtung seines Kollegen. »Was allerdings an dem Vorgang interessant ist, ist das Motiv. Warum hat Herr Demizgül die Schaufensterscheibe eingetreten?« Er wandte sich wieder an die Polin. »Nun, ich bin gewiss, dass Sie uns darüber aufklären können, Frau Kurzikowa.«

Die Angesprochene schluckte. Dann antwortete sie. Leise und stockend. Ruth musste sich vorbeugen, um jedes Wort zu verstehen.

»Wir waren in der Disko. Haben getanzt und so.«

»Auch getrunken?«, erkundigte sich der Staatsanwalt.

»Auch getrunken«, gestand die junge Frau ein. »Wir hatten Spaß, ich habe getanzt ...«

Sie brach ab und sah Aras an. Dieses Mal ganz direkt. »Aras kam plötzlich auf die Tanzfläche. Er hat mich gepackt und wollte, dass ich aufhöre und mit ihm komme. Ich wollte nicht. Da ist er ... böse geworden. Er hat mich beschimpft.«

»Wie hat er Sie beschimpft?«

Halina Kurzikowa fiel es sichtlich schwer, von dem Vorfall zu erzählen. Sie wandte den Blick von dem jungen Mann ab und richtete ihn auf die Richterin. Als hoffe sie, bei einer Frau mehr Verständnis zu finden.

»Er hat geglaubt, dass ich flirte. Dass ich mit einem anderen getanzt habe. Aber das war nicht so. Ich war nur ... Wie sagt man? Ausgelassen?!«

Eisenrauch wurde ungeduldig. »Ich möchte meine Frage wiederholen ...«

Die Richterin sah ihn streng an. Die Polin fiel ihm aber gleich ins Wort. »Hure. Das wollen Sie doch hören. Er hat mich eine Hure genannt. Ich habe ihm ins Gesicht geschlagen. Daraufhin ist er aus der Disko gerannt. Er hatte zu viel getrunken. Und dann ist das mit der Scheibe passiert.«

»Keine weiteren Fragen an die Zeugin«, bekundete der Staatsanwalt zufrieden.

Im Gerichtssaal war es vollkommen still.

Die Mittagspause hatten die Richter gemeinsam in der Kantine verbracht, allerdings ohne die Vorgänge im Gerichtssaal zu thematisieren. Ernst Hochtobel hatte Ruth darauf hingewiesen, dass unter Umständen an den Nebentischen Leute saßen, die ebenfalls mit dem Fall zu tun hatten. Ermittler oder Journalisten – es war ratsam, nicht in der Öffentlichkeit darüber zu sprechen. Unterredungen dieser Art gehörten ins Beratungszimmer. Also sprachen sie über das Essen (könnte besser sein) und das Wetter (wurde nie besser) und die Kinder (die Besten).

Ernst Hochtobel erzählte von seinen Enkeln und bekam plötzlich einen unerwartet weichen Ausdruck im Gesicht. Auch der ältere Richter, der stets desinteressiert wirkte, beteiligte sich plötzlich rege am Gespräch. Er war drei Wochen zuvor Großvater geworden. Die Vorsitzende Richterin war kinderlos, ebenso der junge Richter, dieser aber hatte sich vor einem halben Jahr verlobt und wünschte sich sehnlichst Nachwuchs.

»Und wie ist es bei Ihnen?«, erkundigte sich Veronika Karst freundlich bei Ruth.

»Alleinerziehend. Zwei Kinder. Der Große ist schon aus dem Haus, und meine Tochter, sechzehn, wohnt noch bei mir.«

»Das passt ja«, platzte der junge Richter hervor.

Ruth nickte. »Ja. Ja, ich muss viel an meine Kinder denken. Und wie unvorstellbar das ist ...« Sie wollte es nicht aussprechen.

»... dass der eigene Bruder seine Schwester tötet?«, führte die Richterin ihren Satz fort.

Ruth sah sie nur an.

»Wir erleben sehr viel Unvorstellbares hier, Frau Holländer. Natürlich, das ist Ihr erster Fall als Schöffin, und er ist besonders hart. Und spektakulär. Aber dennoch: Sie werden einiges sehen und hören in diesen Räumen, das Sie erschüttern wird. Dinge, die Sie vorher nicht für möglich gehalten haben. Sie werden in Abgründe blicken.«

Die Augen der blonden Richterin hatten sich verdunkelt, sie war sehr ernst, und Ruth wusste, wie wichtig es ihr war, diese Worte auszusprechen. Es war ganz still am Tisch geworden, keiner aß mehr, die drei Männer hingen ihren Gedanken nach. An Fälle, die sie begleitet, Menschen, die sie verurteilt, Schicksale, an denen sie teilgenommen hatten.

»Und Sie werden nach den fünf Jahren Ihrer Amtszeit nicht mehr dieselbe sein wie davor«, ergänzte der ältere Richter.

Die Frau war ihr auf den ersten Blick unsympathisch gewesen. Damals schon, vor fünf oder sechs Jahren. Und daran hatte sich nichts geändert. Ruth musterte die Zeugin. Sibylle Bucherer war eine Erscheinung. Eine, an die man sich sofort erinnerte, auch wenn man ihr nur einmal flüchtig begegnet war. Ruth war der Dunkelblonden allerdings schon mehr als einmal begegnet. Auf Festen im Gymnasium der Kinder. Lukas war zwei Jahrgangsstufen über dem Sohn der Bucherers gewesen, Annika eine darunter. Von

Mann und Sohn hatte Ruth kein klares Bild vor Augen, aber die Ehefrau und Mutter war ihr präsent gewesen. Sibylle Bucherer sah aus wie eine zeitgemäße Ausgabe von Faye Dunaway. Schmal und hochgewachsen, zäh und flachbrüstig, mit der Eleganz eines Rennpferdes. Sie hatte ein starkes Gebiss mit großen aufgeworfenen Lippen, die, wenn sie gespritzt waren, von einem absoluten Künstler gemacht worden waren. Sie hatte kleine Grübchen in den Mundwinkeln und Lachfältchen um die Augen, obwohl Ruth sie noch nie hatte lachen sehen. Sibylle Bucherer wirkte stets elegisch und irgendwie entrückt. Ihr Haar mit den silbernen Strähnchen trug sie schulterlang und offen. Ein graues Kaschmir-Strickkleid und einzelne auffällige Schmuckstücke – war es Silber oder Platin? Ruth konnte das nicht auseinanderhalten – betonten ihre lässige Eleganz; ein buntbesticktes Tuch demonstrierte, dass sie durchaus für Experimente zu haben war. Sie führte eine Galerie in Charlottenburg, erinnerte sich Ruth. Johannes hatte das gewusst und dabei nur mäßig verhehlen können, dass er Sibylle Bucherer für eine Frau mit Klasse hielt – im Gegensatz zu Ruth.

Die Galeristin hatte ihre Personalien bestätigt, sie hatte über ihren Sohn Valentin gesprochen, wie fleißig, brav und allgemein gut geraten er war. Sie gab vor, sich nicht dafür interessiert zu haben, ob ihr Sohn ein Verhältnis mit Derya gehabt hatte, schließlich sei er schon groß und selbstständig. Die Tote habe sie nur ein-, zweimal zu Hause gesehen, sie kannte die Eltern Demizgül aus der Schule, schließlich waren die Kinder in der gleichen Klasse. Aber man habe keinen näheren Kontakt gepflegt.

Als sie zum Verlauf des Abends, an dem Derya getötet wurde, befragt wurde, gab sie zu Protokoll, dass Valentin um circa 23.40 Uhr allein mit dem Fahrrad nach Hause gekommen war. Sie habe bemerkt, dass er etwas angetrunken war, und ihn sofort zu Bett geschickt. Von Derya sei nicht die Rede gewesen. Sibylle Bucherer wirkte bei ihrer Befragung offen und selbstsicher. Auf die Befragung des Vaters, Quirin Bucherer, wurde verzichtet, da sich laut Vernehmungsprotokoll der Polizei seine Aussage von der seiner Frau kaum unterschied. Er hatte nachts noch gearbeitet und nur am Rande mitbekommen, dass sein Sohn nach Hause gekommen war, gesehen hatte er ihn allerdings nicht mehr.

Dann wurde Valentin Bucherer in den Zeugenstand gerufen.

Ein großer, schmaler junger Mann nahm vor der Richterempore Platz. ›Er wird ein schöner Mann‹, dachte Ruth, ›er ist noch nicht ganz fertig, aber man kann es schon sehen. Er kommt nach seiner Mutter, nur dass er weich ist, wo sie verhärtet wirkt.‹

Ruth musterte den Jungen fasziniert. Er hatte blonde halblange Haare, die ihm weich in die Stirn fielen. Die Züge und die hochgeschossene Figur waren ganz die der Mutter, auch die sinnlichen vollen Lippen. Über den grünen Augen wölbten sich volle dunkle Brauen, die apart im Kontrast zu den hellen Haaren standen. ›Wie schön muss dieses Paar gewesen sein‹, dachte Ruth traurig. Die volle dunkle Schönheit der jungen Kurdin und die schmale, helle Silhouette des jungen Mannes.

Valentin Bucherer hatte die eckigen Schultern eines Sportlers, aber er saß ohne jede Körperspannung zusammengesunken auf dem Stuhl vor ihnen. Seine Stimme war dunkel und rau, sie passte nicht zu der trotz seiner Größe noch beinahe kindlich wirkenden Figur des Jungen. Er hatte die Ärmel seines großen Hoodies über die Hände gezogen und zupfte unsicher daran herum. Man sah ihm an, dass er in Trauer war.

Was Ruth erstaunt hatte, war die Geste, mit der der junge Mann den Bruder von Derya begrüßt hatte, als er den Gerichtssaal betreten hatte. Sie hatten einander die Fäuste entgegengereckt, aber die Geste war freundschaftlich gewesen, und über das Gesicht des Deutschen war die Andeutung eines Lächelns gehuscht. Auch Richterin Karst hatte kurz verwundert geguckt, als sie die Begrüßung der beiden jungen Männer bemerkte.

So begrüßt man wohl kaum den vermeintlichen Mörder der eigenen Freundin.

Valentin wurde zunächst ganz allgemein befragt, zu seinen Personalien, seit wann er mit Derya zusammen gewesen und ob er mit ihrer Familie vertraut war.

Der Junge sprach leise und stockend. Er hörte nicht auf, an den Ärmeln seines Sweatshirts herumzuzupfen, und er hob nur ganz selten das Gesicht, um jemanden anzusehen. Seine schüchterne Zurückhaltung stand in großem Kontrast zu seiner äußerlichen Erscheinung. Ruth hatte oft festgestellt, dass diese Sorte Kinder aus gutem Haus stets selbstsicher wirkte. Nie mussten sie sich um etwas bemühen, ihnen fielen die Dinge zu oder waren einfach vorhanden, ganz gleich, ob es teure Klamotten, technisches Equipment oder exklusive Accessoires waren. Besondere Hobbys und Reisen in ferne Länder und Essen in teuren Restaurants gehörten für sie zum Alltag und sicherten ihnen stets eine Schar Bewunderer. Kinder aus solchen Familien wie den Bucherers traten gemeinhin so auf, als könne man ihnen nichts anhaben, Daddy wird's schon richten.

Nicht so der junge Mann, der vor ihnen saß. Er war fein-nervig und sensibel. Nicht ein einziges Mal während der Befragung hatte er versucht, Blickkontakt zu seinen Eltern aufzunehmen, was in seinem Alter eher ungewöhnlich war. Eine Zeugenaussage vor Gericht war auch für einen Siebzehnjährigen nichts, was man einfach so hinnahm und mit links absolvierte. Aber Valentin Bucherer suchte keine Rückversicherung bei seiner Familie. Er saß auf dem Stuhl vor der Richterempore und wirkte, als sei er der ein-samste Mensch der Welt.

»Waren Sie jemals bei Derya Demizgül zu Hause?«, fragte Richterin Karst in dem Moment.

Der junge Mann schüttelte den Kopf. »Nein. Das wollte sie nicht.«

»Das wollte sie nicht, weil sie befürchtete, Ärger zu Hause zu bekommen?«, fragte die Richterin nach.

»Nein!« Jetzt blickte Valentin kurz hoch. Das Weiß sei-ner Iris war rotgeädert, bemerkte Ruth, er wirkte, als habe er sehr schlecht geschlafen.

»Sie hatte keine Angst. Nicht vor ihrer Familie. Es war ihr einfach nur unangenehm.«

»Aber Ihnen war es nicht unangenehm, sie nach Hause mitzunehmen?«

Valentin ließ sich mit der Antwort Zeit. »Doch«, stieß er schließlich hervor. »Schon. Nicht wegen Derya, aber ... das ist doch immer irgendwie ... Also man will das ja nicht. Dass die Eltern dann was sagen.«

»Aber Sie haben Derya mit nach Hause gebracht. Wie oft?«

»Keine Ahnung. Zweimal. Vielleicht dreimal.«

Die Richterin musterte den Blondschopf des Jungen, der

nun wieder nach unten auf seine Hände blickte, die unruhig am Stoff zupften und dann wieder in den langen Ärmeln verschwanden.

»Was haben Ihre Eltern dazu gesagt?«, fragte die Richterin.

Valentin sah kurz überrascht zur Richterempore, dann senkte er schnell wieder den Kopf und konzentrierte sich auf seine Ärmel. Er zuckte mit den Schultern. »Nichts.«

›Er ist ein schlechter Lügner‹, durchzuckte es Ruth. Das machte ihn ihr noch sympathischer. Sie dachte an Lukas, ihren eigenen Sohn. Sie hatte immer gemerkt, wenn er sie angeschwindelt hatte. Das war bis heute so. Er war kein geborener Lügner, und wenn er versuchte, sich mit einem mauen Vorwand Geld von ihr zu erbitten – das Rad braucht eine Reparatur, oder er muss Materialien für die Uni anschaffen –, dann wurde eines der abstehenden Ohren rot, und er zupfte unaufhörlich daran herum. Ruth verzichtete meistens darauf, ihren Sohn zu düpieren, indem sie ihn darauf hinwies, dass er nicht die Wahrheit sagte. Vielmehr war sie über seine Hilflosigkeit so gerührt, dass sie stets kommentarlos zum Portemonnaie griff und ihm gab, was er verlangte. Ihm fehlte das Gen, das einen befähigte, etwas eiskalt durchzuziehen, ohne mit der Wimper zu zucken. Das hatte er von Johannes, ein ganz erbärmlicher und miserabler Lügner. Als er begonnen hatte, ein Auge auf Mona zu werfen, hatte Ruth bereits vor Johannes gewusst, dass er mit der jungen Fotografin eine Affäre anfangen würde. Aber Johannes hatte es fertiggebracht, sie fast ein ganzes Jahr zu hintergehen, und mit seinen schlechten Lügen und gestotterten Ausreden mehr Schaden angerichtet, als wenn er einen klaren Schnitt gemacht und sie gleich verlassen hätte. Annika dagegen hatte die Kaltschnäuzigkeit von ihrer Mutter geerbt, dachte Ruth mit einem Anflug von Scham. Ihnen beiden war das Schwindeln schon zur zweiten Natur geworden, und oftmals konnte Ruth selbst nicht mehr unterscheiden, ob sie gerade die Wahrheit sagte oder nicht. Diese Gedanken führten sie abrupt wieder zurück in den Gerichtssaal, wo nur die Wahrheit und nichts als die Wahrheit Platz hatte.

Ruth betrachtete Valentin Bucherer und dachte, dass auch er vermutlich eher nach seinem Vater kam, was die Wahrheitsliebe anging. Seiner Mutter traute sie diesbezüglich alles zu.

Veronika Karst nickte. Durch sein Zögern hatte der Junge deutlich signalisiert, dass seine Eltern alles andere als begeistert gewesen waren von seiner kurdischen Freundin. Den Eindruck hatte Ruth auch schon bei der Befragung Sibylle Bucherers gewonnen. Diese hatte sich betont unbekümmert gegeben, was die Nationalität der Freundin ihres Sohnes anging, und immer wieder darauf hingewiesen, dass sie und ihr Mann Valentin absichtlich auf das in Moabit gelegene öffentliche Gymnasium anstatt auf eine Privatschule schickten, weil sie Wert darauf legten, dass die Kinder »mit vielen Ethnien« bekannt würden. ›Bestimmt nennt sie einen Behinderten politisch korrekt einen anders Begabten‹, dachte Ruth, ›aber wenn sie im Restaurant einen am Nebentisch hat, ekelt es sie.‹

Die Vorsitzende Richterin zog es vor, in diesem Punkt nicht weiter in den Jungen zu dringen, und befragte Valentin nun nach dem Verlauf des Abends. Er schilderte die nächtliche Szene am Teufelsfenn ebenso wie Michelle und die Freunde vor ihm. Gegen 23.20 Uhr sei er mit Derya aufgebrochen. Er habe sie mit dem Fahrrad zur S-Bahn gebracht. Auf dem Weg habe Derya mal auf dem Gepäckträger, mal auf der Stange und mal auf dem Lenker gesessen. Sie seien mehrfach gestürzt, ohne sich aber gravierend zu verletzen. Sie seien eben angetrunken gewesen, hätten gelacht, sich geküsst und den Abend genossen.

Ruth beobachtete Sibylle Bucherer, während Valentin erzählte. Er sprach flüssiger, wenn er von sich und Derya erzählte, von ihrer Liebe. Seine Mutter dagegen saß wie versteinert auf ihrem Platz. Sie stellte ein Lächeln zur Schau, schockgefroren.

»Sie haben Derya also zum Bahnhof gebracht«, resümierte die Richterin in dem Moment. »Wo haben Sie sich verabschiedet?«

Valentin zögerte. »Vor dem Nebeneingang«, gab er schließlich zu Protokoll.

»Warum haben Sie sie nicht hinuntergebracht, auf den Bahnsteig, und mit ihr gewartet, bis die S-Bahn kam?«

Der Junge starrte die Richterin an und sagte keinen Ton.

Veronika Karst legte den Kopf leicht schief und lächelte. Milde sagte sie: »Wäre das nicht normal gewesen? Das Mädchen, das man liebt, nicht alleine auf dem dunklen Bahnsteig stehenzulassen?«

Ruth sah, wie der Adamsapfel des Jungen nervös auf und ab hüpfte. Er schluckte, er versuchte zu sprechen, schluckte dann wieder. Schließlich brachte er mit brüchiger Stimme hervor: »Ich musste nach Hause. Es war schon spät.«

»Kurz vor zwölf an einem Samstagabend? Sie waren damals sechzehn. Sind Ihre Eltern so besorgt?«

»Ja«, platzte Valentin hervor und warf zum allerersten

Mal einen flüchtigen Blick zu der Bank, auf der seine Eltern saßen.

Die Art, wie die Richterin den Jungen befragte, nötigte Ruth Respekt ab. Die Karst wirkte direkt mütterlich, verständnisvoll, aber sie drängte ihn dennoch in die Ecke. ›Sie stellt die richtigen Fragen‹, dachte Ruth und dass sie gar nicht wüsste, was sie selbst den Zeugen fragen würde. Sie hatte das gleiche Recht dazu wie die Berufsrichter, aber es war erst ihr zweiter Tag als Schöffin, und Ruth wusste, dass sie sich noch lange nicht aus der Deckung trauen würde.

Veronika Karst ließ das zunächst auf sich beruhen und erkundigte sich bei Valentin darüber, ob Derya im Verlauf des Abends ihren Bruder erwähnt, ihm eine SMS geschrieben hatte oder das Liebespaar diesem gar begegnet sei.

In Bezug darauf wich all das Scheue, das Verdruckste von Valentin. Er richtete sich etwas auf, suchte den Augenkontakt zu Aras und verneinte die Fragen der Richterin.

»Als Sie den Saal betreten haben, haben Sie den Angeklagten freundschaftlich begrüßt«, stellte Veronika Karst daraufhin fest. »Ist das nicht seltsam, wenn Sie davon ausgehen, dass Aras Demizgül Derya etwas angetan haben könnte?«

»Niemals.« Valentin wachte richtiggehend auf. »Er war das nicht. Absolut nicht. Die beiden ... Das war nicht so ein Bruder-Schwester-Verhältnis. Derya hat ihrem Bruder vertraut. Und er ...« Valentin sah hinüber zur Anklagebank. Aras versuchte ein Lächeln. »... er hat mich gemocht. Und ich ihn. Er war das nicht. Never.«

Die Richterin nickte. Der Staatsanwalt rollte die Augen nach oben. Auf der Prämisse, Aras Demizgül habe seine Schwester ermordet, weil sie einen deutschen Freund hatte, beruhte schließlich seine Anklage. Ruth triumphierte ein wenig. Ganz so einfach schien die Sache mit dem »Ehrenmord« also doch nicht zu sein. Sie hatte von Anfang an gedacht, die Anklage stehe auf tönernen Füßen, und sah sich durch das emotionale Plädoyer Valentin Bucherers in ihrer Auffassung bestätigt.

Das schien auch Valentin zu spüren, denn er setzte nun noch nach. »Das war irgendein Irrer. Ein Verrückter, der Derya am Bahnhof getroffen hat.«

Die Richterin nickte. Sie hatte keine weiteren Fragen, auch die anderen Richter nicht.

Ersü Kaimoglu, der Verteidiger, aber erhob sich.

»Herr Bucherer.« Der bislang so unscheinbare und stille Verteidiger lächelte ein Haifischlächeln, das es locker mit dem von Hannes Eisenrauch aufnehmen konnte. Dabei legte er zwei makellose Zahnreihen frei, die, so überschlug Ruth rasch im Kopf, gut und gerne den Wert einer Jahresmiete ihrer heruntergewohnten Moabiter Altbauwohnung überstiegen. Valentin Bucherer fiel wieder in sich zusammen.

»Wenn ich Sie recht verstehe, sehen Sie bei Aras Demizgül kein ausreichendes Motiv, um seine Schwester Derya, Ihre Freundin, getötet zu haben.«

Der Junge bejahte.

»Sie geben an, dass Sie Derya um 23.40 Uhr, vielleicht ein paar Minuten früher oder später, am Bahnhof Heerstraße verlassen haben. Derya ging durch den Nebeneingang Boyenallee zu den Gleisen hinunter, Sie fuhren mit dem Fahrrad über die Heerstraße und bogen in die Sensburger Allee ein. Haben Sie sich noch einmal nach Ihrer Freundin umgedreht?«

Valentin rutschte unwohl hin und her. »Ähm.«

»Ähm was?«

»Ich glaube nicht.«

Kaimoglu musterte den jungen Mann, ohne etwas zu sagen.

Ruth beobachtete, dass Sibylle Bucherer sich noch aufrechter hingesetzt hatte. Sie hatte auf den Wangen hektische rote Flecken. Es schien, als habe sie Angst vor den Fragen des Verteidigers an ihren Sohn. ›Warum eigentlich?‹, fragte sich Ruth.

»Sie glauben also nicht. Recht ungewöhnlich für einen jungen, bis über beide Ohren verliebten Mann, oder?«

Der nun nicht mehr verliebte, sondern tieftraurige junge Mann starrte den Anwalt nur an. Dieser hob die Hand und lächelte erneut. »Schon gut. Sie müssen darauf nicht antworten. Worauf ich hinauswill, ist, dass zwischen dem Zeitpunkt, als Derya Demizgül sich von Ihnen trennte, und dem Zeitpunkt, als der Notruf einging, annähernd zwei Stunden vergingen.«

Jetzt wandte sich Kaimoglu ans Plenum, drehte sich einmal um die eigene Achse. »Einhundertfünfzehn Minuten. Was hat Derya in dieser Zeit gemacht? Wieso ist sie nicht unverzüglich in die S-Bahn gestiegen, wie es ihr Plan war? Und vor allem: Mit wem hat sie diese Zeit verbracht?«

Sibylle Bucherer umklammerte ihre Handtasche so fest, dass die Knöchel weiß hervortraten. Hässliche Hände, fiel Ruth auf. Sie hat unnatürlich gekrümmte Finger mit dicken Knöcheln. Der Gedanke gehörte hier aber nicht her, insbesondere da der Verteidiger es so spannend machte, ganz offensichtlich hatte er einen weiteren Trumpf im Ärmel.

»Herr Bucherer hier mutmaßt, es könnte ein Fremder

gewesen sein. Ein Irrer, wie er sich ausdrückt. Da muss ich mich doch fragen, ob die junge Frau sich über zwei Stunden mit einem Geisteskranken beschäftigt hätte, ohne dass irgendjemand darauf aufmerksam geworden wäre?«

Alle blickten Ersü Kaimoglu gespannt an, denn noch war nicht klar, auf was er hinauswollte.

»Wir haben kaum Zeugen, die Derya Demizgül in der fraglichen Zeit gesehen haben. Sie ist in der Zeit zwischen 23.40 und 0.40 Uhr wie vom Erdboden verschluckt. Dann sieht man sie auf dem Bahnsteig, sie wartet auf die S-Bahn. Eine Stunde nachdem Sie, Herr Bucherer, sie dort verlassen haben! Es fuhren in dieser Zeit einige S-Bahnen, die sie hätte nehmen können, aber sie stieg in keine ein. Natürlich ist es möglich, Herr Bucherer«, Kaimoglu verneigte sich leicht in Richtung des jungen Mannes, der ihn misstrauisch durch seine blonden Fransen anblickte, »dass jemand Ihre Freundin so lange in seiner Gewalt hatte. Aber ich bezweifle, dass dies an diesem Ort, in dem überschaubaren Gebiet zwischen dem S-Bahnhof, der vielbefahrenen Heerstraße, der Teufelsseestraße und dem Soldauer Platz, coram publico möglich gewesen wäre!«

Vor Ruths Augen erschien sofort die Stelle im Birkenwäldchen, in der Derya Demizgül zu Tode gekommen war. Die Polizei hatte eindeutig festgestellt, dass das junge Mädchen in dem kleinen Waldstück ermordet worden war und nicht woanders. Aras Demizgül hatte sie nach eigenem Bekunden dort gefunden und ungefähr fünf Meter zum Bürgersteig geschleift, um Hilfe zu holen.

Ruth hatte es vergangenen Samstag nicht lange ausgehalten, an der Stelle des Mordes zu stehen. Es war ein Stückchen Wald, nicht allzu dicht, mit einigen dürren Fichten,

Birken und wildem Ahorn. Mehr eine zugewucherte Brache als ein Wald. Vor allem aber war dieses Areal durchzogen von Trampelpfaden und eingeklammert von Straßen. In der lauen Sommernacht im August, als der Mord geschah, waren zu dieser Zeit einige Menschen dort unterwegs, es gab in unmittelbarer Nähe ein Café, ein Restaurant und einen Imbiss. Eine denkbar schlechte Stelle also, um ungesehen einen Mord zu begehen. Der Mörder oder die Mörderin musste planlos, im Affekt vorgegangen sein, etwas anderes war für Ruth nicht denkbar.

»Mit ihrem Bruder Aras hat Derya diese einhundertfünfzehn Minuten jedenfalls nicht verbracht«, fuhr der Verteidiger gerade fort, »nachweislich hat sie ihm erst um 1.04 Uhr eine SMS geschickt mit dem Wortlaut: ›sitze am platz bei bhf heerstraße, spooky, hol mich‹. Wo also und mit wem war Derya Demizgül zwischen 23.40 und 1.25 Uhr zusammen?«

Valentin Bucherer war mit der Frage sichtlich überfordert und zuckte hilflos mit den Schultern. Staatsanwalt Hannes Eisenrauch legte auch sofort Einspruch ein, dem von der Richterin stattgegeben wurde.

Ersü Kaimoglu nickte. »Ich bitte um Vergebung«, sagte er und hob theatralisch die Hände. Ruth wusste nicht, wer ihr unsympathischer war: der alerte Staatsanwalt oder der gerissene Verteidiger. Letzterer machte sie fast aggressiv, weil er noch immer nicht die Katze aus dem Sack gelassen hatte. Kaimoglu hatte eine Information in der Hinterhand, er wirkte so selbstsicher, er genoss das Hinauszögern seines großen Momentes so unverhohlen, dass Ruth ihn am liebsten angeschrien hätte, er solle endlich zu Potte kommen. Auch den anderen Menschen im Raum, den Reportern und den Zuschauern, den Polizisten, Zeugen und Richtern schien es so zu gehen. Die Anspannung im Saal 500 des Berliner Landgerichts konnte man mit Händen greifen.

»Gesetzt den Fall, Ihre Freundin Derya hätte noch eine Verabredung gehabt, gesetzt den Fall, sie hätte gewartet, bis Sie außer Sichtweite sind, und sich dann mit jemand anderem getroffen – hätten Sie vermutlich nichts davon mitbekommen, oder?«

Der blonde Junge runzelte seine Brauen. Er und mit ihm alle anderen im Saal wussten nicht, worauf der Verteidiger hinauswollte.

»Nein, natürlich nicht. Aber warum ... Derya hätte es mir erzählt.«

»Aha«, sagte Kaimoglu befriedigt und beugte sich weit zu Valentin Bucherer hinüber. »Sie hatten eine aufrichtige Beziehung, verstehe ich das richtig?! Sie waren ehrlich zueinander, haben sich alles erzählt, hatten keine Geheimnisse voreinander?«

Jetzt regte sich Ruths mütterlicher Beschützerinstinkt mit Macht. Es war klar, worauf Kaimoglu hinauswollte. Jemand musste Valentin schützen!

Aber der Junge war kein Feigling. Auch ihm war klargeworden, dass der Verteidiger von Aras Demizgül ihn gleich mit etwas konfrontieren würde, das er lieber nicht über seine tote Freundin gewusst hätte.

»Ja«, gab er selbstbewusst zur Antwort, reckte das Kinn und strich sich die Haare aus dem Gesicht, »ja, wir haben uns alles erzählt.«

Ersü Kaimoglu kostete den Moment des Triumphes ein paar Sekunden aus. Dann sagte er, fast beiläufig: »Dann hat sie Ihnen bestimmt auch erzählt, dass sie verlobt war. Sie wollte heiraten.«

»Zinar?!« Derya weigerte sich zu glauben, dass ihr Vater ernst meinte, was er ihr gerade mitgeteilt hatte. Aber an den betretenen Mienen ihrer Eltern und Aras' erkannte sie, dass dem doch so war. Augenblicklich hob sich ihr Magen, und sie hätte sich am liebsten vor den Füßen ihres Vaters übergeben. »Zinar? Der ist widerlich! Der ist total krank, voll *creepy*!«, ihre Stimme wurde laut und überschlug sich, Derya wurde augenblicklich heiß, sie sprang von ihrem Bett auf. »Never! Ich heirate nicht Zinar, eher bring ich mich um!«

»Schsch«, machte ihr Vater und sah besorgt zur Tür.

»Ist das deine einzige Sorge?!«, jetzt schrie sie fast, »dass die anderen wach werden?«

Derya ging zum Fenster und riss es auf. Schnell war ihr Bruder neben ihr, hielt sie zurück und schlug das Fenster wieder zu.

»Nicht«, sagte er nur und sah Derya streng an. Sie versuchte, sich loszureißen, aber Aras hielt sie im Klammergriff. Sie trat und biss, sie schrie ihre Wut und Verzweiflung hinaus, aber es half nichts, Aras hielt sie unerschütterlich, er war so stark, viel stärker als sie. Ihre Eltern saßen nur stumm auf dem Bett und sahen zu. Betreten. Schuldbewusst. Verzweifelt.

Schließlich gab Derya den Kampf auf und hing schlaff in Aras' Armen. Sie atmete heftig, die Tränen liefen ihr übers Gesicht. Sie ließ den Kopf nach vorne hängen, die langen dunklen Locken schleiften auf dem Boden. ›Mein Leben ist vorbei‹, dachte sie. ›Ich komme nie wieder zurück. Sie sind mit mir den weiten Weg hierhergefahren, um mich hier abzuliefern. Mich, ihre Tochter. Ihre Ware.‹ Sie ließ sich einfach hängen, willenlos, sie sah die Haarspitzen, die auf dem Betonboden sanft hin und her wischten. Aras hatte begonnen, ihren Rücken zu streicheln. Derya schloss die Augen, was ihre Tränen nicht daran hinderte, zu fließen. Sie flossen ihr über die Schläfen in den Haaransatz. Mehr und mehr, warm und salzig, wie ein kleiner Bach. Nun begann sie zu schluchzen, erst noch zaghaft, bis sie schließlich von einem regelrechten Krampf geschüttelt wurde. Behutsam legte ihr Bruder sie auf das Bett, auf dem ihre Eltern saßen. Dann öffnete er selbst das Fenster und zündete sich eine Zigarette an. Derya lag auf dem Bett, weinte und fühlte nichts. Zeit verrann. Eine Zigarettenlänge, eine Ewigkeit.

»Es tut uns leid«, begann ihre Mutter schließlich zu sprechen. Derya schluchzte lauter.

»Ich weiß, dass du ihn nicht liebst. Aber Papa und ich ... Wir kannten uns auch kaum.«

Derya blinzelte und sah, wie ihre Mutter die Hand des Vaters nahm. Die beiden drückten sich gegenseitig. Derya schloss angewidert die Augen. Sie kannte das Märchen von der großen Liebe ihrer Eltern zur Genüge. Als kleines Mädchen hatte sie es romantisch gefunden, aber jetzt und hier fand sie es einfach nur verlogen.

»Und wir haben eine gute Ehe.« Die Stimme ihres Vaters war rau und klang nicht überzeugend.

»Ich kenne Zinar aber. Und ich hasse ihn. Ich werde ihn nicht heiraten. Nie, nie, nie und nie.«

Ihre Mutter biss sich auf die Lippe und sah den Vater ratlos an.

»Wir haben keine andere Wahl, Liebes. Wir haben es dir erklärt. Es geht hier nicht um dich.«

»Doch!« Derya richtete sich wieder auf und strich sich mit einer wütenden Handbewegung die Mähne aus dem Gesicht. Sie musste scheiße aussehen, fiel ihr in dem Moment ein, das ganze Make-up verheult, aber dann schob sie den Gedanken beiseite. »Wohl geht es um mich und mein Leben. Ich bleibe nicht hier, und ich heirate nicht diesen Freak. Der ist vollkommen irre.«

»Manchmal muss man seine eigenen Interessen hinter das Gemeinwohl zurückstellen.« Ihr Vater sprach streng, und an der eigenartig gestelzten Wortwahl erkannte Derya, dass er keineswegs so überzeugt war, wie er tat.

»Papa«, sagte sie weich und griff nach seiner Hand, »das kannst du nicht wollen.« Ihr Vater sah sie an, kurz nur, aber es reichte, dass Derya seinen Schmerz erkannte, aber auch, dass dieser Entschluss nicht mehr rückgängig gemacht werden würde. Sie würde den Sohn von Onkel Bozan heiraten müssen. Damit ihr Stamm weiter existierte. Menschen, die sie nicht kannte, die sie heute zum ersten Mal gesehen hatte. Die sich Cousins und Cousinen, Onkel und Tanten nannten, aber Derya glaubte zu wissen, dass sie mit den wenigsten auch nur entfernt verwandt war.

»Mein kleines Mädchen«, sagte ihr Vater weich und streichelte ihre Hand. Derya zog sie zurück. Sie wollte nicht von denen getröstet werden, die an ihr den größten Verrat begangen hatten. Im Moment hatte Derya das Gefühl, ihr Leben sei eine einzige große Lüge gewesen. Ihr Leben in Berlin, das fast so war wie das ihrer deutschen Freundinnen. Das Leben, von dem sie geglaubt hatte, dass es immer so weitergehen würde. Dass sie studieren und Tierärztin werden würde. Dass sie mit Vali zusammen sein konnte. Das hatten ihre Eltern ihr vorgelogen und dabei die ganze Zeit gewusst, dass sie ihre einzige Tochter verkaufen würden, wenn die Zeit dafür reif war. Diese ganze Kurdenscheiße, diese Ziegenbauern und die kargen Berge, das verfickte Staudammprojekt und der reiche Onkel Bozan mit seinem kranken Sohn, das hatte es alles vor ein paar Wochen für sie nicht gegeben.

»Du musst natürlich nicht hierbleiben«, sagte ihre Mutter. »Bozan meint, dass Zinar gerne mal nach Berlin kommt und sich alles dort ansieht. Bozan macht dort auch Geschäfte, also vielleicht …«

Derya schnaubte nur verächtlich. Es war gleich, Zinar hier, Zinar dort, sie würde sterben, wenn sie ihn heiraten musste.

»Warum kann Aras denn nicht Sergul heiraten? Dann sind die Familien auch verbunden«, stieß sie hervor.

»Sergul ist … Zinar ist der erstgeborene Sohn«, antwortete ihr Vater.

»Sergul ist nichts wert, wolltest du sagen. Weil sie ein Mädchen ist. Wie ich.« Derya begann wieder, wütend zu werden, aber ihr Vater blockte die Diskussion sofort ab, indem er aufstand und zur Tür ging. Seiner Frau nickte er zu, zum Zeichen, dass diese ihm folgen sollte.

»Wir trinken noch einen Kaffee. Damit du ein bisschen Ruhe hast. Und wenn wir wiederkommen, wird geschlafen.«

Er versuchte ein Lächeln unter seinem schwarzen Schnurrbart. Dann verließen ihre Eltern das kleine Zimmer, in dem sie alle vier untergebracht waren, und Derya war mit Aras allein. Sie starrte eine Weile auf die Tür. Sie fühlte sich leer. Ganz leer.

»Kippe?« Ihr Bruder machte eine Kopfbewegung zum offenen Fenster hin. Matt stand Derya vom Bett auf und kletterte vor ihm aus dem Fenster. Auch dieses Haus hatte eine Terrasse, ähnlich provisorisch wie die in dem Haus, in dem die Feier von Onkel Bozan stattgefunden hatte. Derya hatte sich gewundert, dass Bozan, der der reichste und mächtigste Mann hier unten war, in dieser Bauruine feierte. Aber Sergul hatte ihr erklärt, dass dies das Haus war, das Bozan einer seiner Cousinen bauen ließ, und zum Zeichen seiner Macht und ihrer Wertschätzung musste das Fest dort stattfinden.

Derya verstand diese Sprache nicht. Diese Regeln und Rituale, dieses »Das muss so« und »Das muss aber so«. Sie verstand nicht, warum ihr Clan von diesem Bozan abhängig war und warum sie geopfert werden musste. Sie wollte es nicht verstehen, weil es für sie ihren Tod bedeutete.

Sie setzte sich an den Rand der Betonplatte, die den Boden der Terrasse bildete, und ließ die Beine baumeln. Aus der geöffneten Zigarettenpackung, die Aras ihr hinhielt, nahm sie sich eine Kippe. Aras gab ihr Feuer, und sie inhalierte tief. Das Haus der Verwandten ihrer Mutter, in dem sie untergebracht waren, war eine armselige Bruchbude mit nur zwei Zimmern, ohne Bad und mit einer abgewrackten Küche. Es war das Haus von Leuten ihres Stammes, sie waren arm und erbärmlich, wie Derya fand. So wie alle, die in diesem Bergdorf lebten. Es gab nichts, einige Ziegen, eine klapprige Kuh. Schmutzige Kinder, zahnlose Alte und dürres gelbes Gras. Aber in dem Moment, Schulter an Schulter mit ihrem Bruder, vergaß Derya all das. Sie blickte über die Bergkette des östlichen Taurus hinüber nach Armenien und Georgien, wie Aras ihr erklärt hatte. Ein hauchdünner

Streifen Gold, so dünn wie eine Rasierklinge, zeigte den kommenden Sonnenaufgang an.

Derya und Aras rauchten. Schweigend.

Valentin Bucherer starrte Ersü Kaimoglu mit offenem Mund an. Er schluckte, sein Adamsapfel hüpfte. Er war zuerst ganz weiß geworden, jetzt stieg die Röte über den dünnen Jungenhals hinauf ins Gesicht.

»Das ...«, der junge Mann schluckte schwer. Ruth hatte unendliches Mitleid. »Das ist nicht wahr.«

»Leider doch.«

Valentin blickte instinktiv zu Aras. Dieser schlug die Augen nieder.

»Ich war es nicht.« Valentins Stimme war heiser.

Jetzt erst begriff Ruth, welche neue Fährte der Verteidiger von Aras da gelegt hatte. Der Junge war schneller gewesen als sie. Valentin hatte augenblicklich ein Motiv. Nicht sehr überzeugend, fand Ruth, aber es war eines.

»Sie wussten also nichts davon, dass ihre Freundin bereits vergeben war?« Der Verteidiger bemühte sich, verständnisvoll zu klingen, aber der triumphierende Unterton in seiner Stimme schwang dennoch durch. »Obwohl Sie sich alles erzählten?«

Der junge Bucherer schwieg. Er hatte Tränen in den Augen.

»Vielleicht hat Derya Ihnen ja an diesem Abend davon erzählt?«, schlussfolgerte Kaimoglu.

»Sie war bei mir«, stieß Valentin hervor.

Alle im Gerichtssaal hielten den Atem an.

Kaimoglu wollte etwas sagen, aber die Vorsitzende Richterin hob einfach nur die Hand und nickte dem Jungen zu. Alle starrten ihn an. Valentin Bucherer hatte seine Hände ganz in den Ärmeln versteckt und zu Fäusten geballt.

»Ich habe sie nicht zum Bahnhof gebracht«, sagte er nun. »Wir sind dran vorbei und noch zu mir. Viertel vor zwölf oder so waren wir da. Meine Mutter war sauer, sie hatte keinen Bock, dass Derya noch mit zu mir kommt. Aber das war uns egal.« Wieder reckte er trotzig das Kinn, und Ruth stellte sich vor, wie der Junge seiner Mutter so entgegentrat. Stolz und trotzig. »Wir sind in mein Zimmer und haben geknutscht. Wir hätten fast ... Aber dann ist meine Mutter reingekommen und hat Derya nach Hause geschickt.«

»Wann ist sie gegangen?«, fragte Richterin Karst nun.

»So halb eins.«

»Wer hat sie zur S-Bahn gebracht?«

Valentin Bucherer schluckte schwer. Seine Augen füllten sich jetzt richtig mit Tränen. »Keiner«, gab er mit rauer Stimme zu.

›Das wird ihm sein Leben lang nachhängen‹, dachte Ruth traurig.

Ein paar Sekunden lang war es ganz still im Saal. Viele mochten sich nun vorstellen, wie das junge Mädchen in der Nacht alleine zum Bahnhof gelaufen war. Und ihrem Mörder in die Hände gefallen.

»Warum haben Sie uns nicht die Wahrheit gesagt?«, fragte Veronika Karst nun.

»Meine Mutter hat das verlangt«, antwortete der Junge.

Ruth sah, wie Sibylle Bucherer das gefrorene Lächeln aus dem Gesicht fiel und sie die Fassung verlor.

Sie nahm einen tiefen Zug von der Zigarette und reichte diese dann an Jamila zurück. Die Marokkanerin sah sie mit zusammengekniffenen Brauen an.

»Du fängst aber nicht wieder an, oder?«

»Nee!« Ruth schüttelte den Kopf. »Wobei ... Wenn das die nächsten fünf Jahre so weitergeht ...«

Ruth ließ den Rest des Satzes in der Luft hängen, ihre Freundin verstand auch so, dass sie von dem Schöffen-Job sprach. Sie hatte erst zwei von den zwölf Verhandlungstagen im Jahr hinter sich und fühlte sich schon völlig durch die Mangel gedreht. Nicht allein der Prozess belastete sie. Ruth war durchaus bewusst, dass sie das Pech, oder das Glück – je nach Sichtweise –, gehabt hatte, zu einem ebenso spektakulären wie traurigen Fall gelost worden zu sein. Dazu kam aber, dass sie sich über die Maßen mit den Beteiligten identifizierte. Ihre Kinder waren im gleichen Alter wie Aras und Derya, Derya war auf der Schule von Annika gewesen, sie selbst kannte die Eltern von Valentin Bucherer vom Sehen – all das reichte schon, um Ruth über Gebühr zu belasten.

Aber was ihr am meisten zusetzte, mehr noch als das im Gerichtssaal Gehörte und Gesehene, war die Tatsache, dass sie mit niemandem darüber sprechen durfte. Wie gern hätte sie Jamila jetzt erzählt, welch überraschende Wendung der Verhandlungstag heute genommen hatte. Welche fiese kleine Genugtuung sie empfunden hatte, als sich alle Köpfe zu Sibylle Bucherer umgedreht hatten. Die elegante Galeristin hatte ausgesehen wie ein Gespenst. Sie war aschfahl geworden, das Lächeln auf ihren Lippen war verschwunden, die Mundwinkel nach unten gezogen.

Nach dem überraschenden Geständnis von Valentin, dass er und auch seine Mutter eine Falschaussage unter Eid geleistet hatten, brach die Vorsitzende Richterin Veronika Karst die Verhandlung für diesen Tag ab. Der nächste Verhandlungstag wurde verschoben, damit die Polizei die Möglichkeit hatte, die Ermittlungen in dem Fall wieder aufzunehmen und die neue Situation zu beleuchten.

Obwohl er sich darüber im Klaren sein musste, dass seine Mutter eine empfindliche Strafe erwartete, ja durch die Falschaussage sogar in den Kreis der Verdächtigen geriet, glaubte Ruth auf dem Gesicht des jungen Bucherers so etwas wie die Andeutung eines Lächelns gesehen zu haben.

Vor allem aber, so erklärte ihr Mitschöffe Ernst Hochtobel nach der Verhandlung, würde die Polizei nun intensiv prüfen, ob jemand aus der Familie Bucherer als Täter in Frage käme. Zwar schienen sowohl Mutter als auch Sohn ein Alibi für die Tatzeit zu haben, aber da beide über den Verlauf des Abends nicht die Wahrheit gesagt hatten, war ihre Glaubwürdigkeit tief erschüttert. Valentin seinerseits würde mit Hilfe eines geschickten Anwalts kaum eine Strafe wegen der Falschaussage erhalten, schließlich war er minderjährig und hatte auf massiven Druck seiner Mutter gelogen. Aber an dieser würde alles hängenbleiben. Sibylle Bucherer war noch im Gerichtssaal auf Geheiß des Staatsanwalts festgesetzt und von den Justizbeamten abgeführt worden.

Beim Anblick der beiden Uniformierten, die die Frau aus Saal 500 begleiteten, hatte sich Ruths kleiner Rachetriumph allerdings gänzlich verflüchtigt. Der Ehemann und Vater, Quirin Bucherer, hatte in der Tür des Gerichtssaals gestanden und seiner Frau hilflos hinterhergeblickt. Er wirkte, als sei die Tragweite des Geschehens noch nicht in sein Bewusstsein gedrungen. Stumm war er mit seinem halbwüchsigen Sohn die ausladende Treppe des Landgerichts hinuntergegangen, und Ruth hatte bei ihrem Anblick gedacht, dass es sich auch bei diesen beiden Männern, die verloren wirkten und sich offenbar nichts zu sagen hatten, irgendwie um Opfer handelte. Um nichts in der Welt glaubte sie, dass Valentin als Täter in Frage kam. Das vom Verteidiger angeführte Motiv – Eifersucht, weil Derya einen anderen heiratete – konnte Ruth nicht nachvollziehen. Auf sie hatte der junge Mann keineswegs wütend oder verbittert gewirkt, sondern voller Liebe, wenn er von Derya sprach, und erfüllt von Schmerz, wenn er an ihren Tod dachte.

»Hören Sie auf Ihr Bauchgefühl«, hatte Ernst Hochtobel unvermittelt gesagt. Ruth hatte sich umgedreht, sie hatte nicht gemerkt, dass sich der Rentner hinter sie gestellt und sie beobachtet hatte.

»Tun Sie das auch?«, gab Ruth zurück. Sie hätte nicht vermutet, dass Hochtobel überhaupt ein solches besaß, geschweige denn sich erlaubte, dieses für sein Urteil zu Grunde zu legen. Hochtobel wirkte immer steif und verknöchert, außer in dem Moment, als er von seinem Enkel gesprochen hatte. Er hatte in den Besprechungen, wenn die fünf Richter sich zurückzogen und den Fall besprachen, noch nicht einmal einen Hauch Empathie gezeigt. Er war stets rational und nüchtern, betrachtete lediglich die Fakten.

Jetzt versuchte er ein schmales Lächeln. »Ich spreche nicht von mir. Ich spreche von Ihnen. Sie haben Bauchgefühl. Das ist wichtig. Dafür sind wir Schöffen da.« Er nickte nun und erhob einen Zeigefinger, was ihn Ruth sofort wieder unsympathisch machte. »Die Stimme des Volkes, das sind wir. Denken Sie dran!«, ermahnte er Ruth oberlehrerhaft. Dann setzte er sich die seltsame Altherrenkappe auf das schüttere Haupt, eine flache Schirmmütze aus dunkelgrau kariertem Stoff, aus welcher man Ohrenklappen ausklappen konnte, und ging steif und aufrecht davon. ›Komischer Kauz‹, dachte Ruth. Und dass sie aus ihm nicht schlau wurde. Aber auch nicht schlau werden musste.

Als sie gegen halb vier an diesem Freitagnachmittag aus dem Gericht trat, zog bereits die Dämmerung herauf. Angeblich wurden die Tage wieder länger, aber davon war noch nichts zu merken. Dichtes Grau, Abgase oder schlicht Schlechtwetterwolken drückten in die breite Straßenschlucht und bewirkten, dass Ruth von dem Ende, an dem sie stand, nicht einmal bis zur Kreuzung hinuntersehen konnte. Bereits hinter der Johanniskirche verlor sich der Verkehr im Dunst. Es nieselte leicht, der Schnee war längst geschmolzen, und Ruth entschied sich, nicht nach Hause zu gehen, sondern am Hansa-Ufer entlang bis zum »La Paysanne« zu laufen. Es war eine Horrorvorstellung für sie, nach diesem Tag die Wohnungstür aufzusperren und alleine zu sein. Annika war heute über Nacht bei einer Freundin. Folglich hatte niemand zu Hause einen Tee gekocht oder Kerzen angemacht. Im Bistro allerdings war Jamila, auf den Tischen würden kleine Lichter brennen, es würde nach Zimt und Kuchen, nach Kaffee und Tee riechen.

Ruth zog ihren Mantel eng um sich und stapfte los. Als sie eine halbe Stunde später im »La Paysanne« eintraf, bestätigte sich ihre Hoffnung; es war genauso gemütlich und kuschelig, wie sie gedacht hatte – ihr zweites Wohnzimmer. Es waren zwei Tische besetzt, Jamila hatte »Vitamia« von Gianmaria Testa eingeworfen und stand breit grinsend hinter der zischenden Kaffeemaschine, als Ruth durch die Tür schlüpfte. Ruth hatte noch nicht ganz ihren Mantel ausgezogen, da stand bereits ein Glas Earl-Grey-Tee auf dem Tresen, dazu einer von Ruths selbstgebackenen Florentinern.

»Gast oder Arbeit?«, hatte Jamila gefragt, und Ruth hatte ihr geantwortet, dass sie erst als Gast, dann zum Arbeiten käme. Nach dem Tee hatte sie sich die Schürze umgebunden und ein Blech winzig kleiner Leberpasteten gebacken, die im »Paysanne« als Vorspeise mit Salat angeboten wurden.

Ruth hatte sich vollkommen auf ihre Arbeit konzentriert: Sie hatte die Leber im Cutter zerkleinert, die Zwiebeln, Kräuter und Eier dazugegeben, mit einem Schuss Noilly Prat abgeschmeckt, den Teig mehrmals ausgerollt und wieder zusammengeklappt, so lange, bis er versprach, ein fluffig-mürber Blätterteig zu werden. Sie hatte die Pasteten gefüllt und in den Ofen geschoben und dann ihre Freundin um einen Zug von der Zigarette gebeten. Jetzt standen sie im Hof, drinnen waren kaum noch Tische besetzt, gleich würden sie schließen.

»Was machst du am Wochenende?«, fragte Ruth Jamila, um nicht über Derya Demizgül zu sprechen.

Jamila zuckte mit den Schultern. »Ausschlafen. Rumgammeln. Wir haben das ganze Wochenende frei. Am Sonntag geht Farid mit Naima ins Schwimmbad, bisschen planschen. Da bleibe ich im Bett.«

Ruth musterte Jamila wehmütig. Ihren Erzählungen nach schien Jamila ein Bilderbuch-Familienleben zu führen. Farid, ihr Ehemann, ein Ingenieur, der irgendetwas am neuen Flughafen arbeitete, trug Jamila und die gemeinsame Tochter Naima auf Händen. Wann immer er ins Bistro kam, sprach er liebevoll und mit Hochachtung mit seiner Frau. Die beiden schienen verliebt wie am ersten Tag, obwohl sie eine sehr schwere Zeit hinter sich hatten.

Jamilas Familie, die offenbar zur intellektuellen Schicht Marokkos gehörte, war gegen die Verbindung mit Farid gewesen, Ruth hatte nicht genau verstanden, warum, es schien mit dem unterschiedlichen Stand der beiden zu tun zu haben. Jamila sprach nicht gerne darüber. Jedenfalls war sie eines Tages mit Farid geflüchtet, der sein Studium nicht beendet hatte und in Deutschland zunächst keine Aufenthaltsgenehmigung bekommen konnte. Die beiden hatten sich acht Jahre lang irgendwie mit schlechten Jobs über Wasser gehalten, Jamila hatte geputzt. Bis sie die Stelle bei Ruth bekommen hatte und damit eine Festanstellung. Kurze Zeit später konnte auch Farid sein Studium in Deutschland fortsetzen. Mittlerweile hatte er es abgeschlossen und ebenfalls eine Festanstellung. Die beiden hatten geheiratet und ein Kind bekommen.

Obwohl Jamila oft Heimweh hatte und ihre Familie vermisste, die sie seit dreizehn Jahren nicht gesehen hatte, fühlten sie sich in Deutschland wohl. Manchmal wunderte sich Ruth, mit welchem Stoizismus Jamila die kleinen rassistischen Anfeindungen ertrug, die ihr regelmäßig widerfuhren. Aber die Marokkanerin, die von den Deutschen stets für eine Türkin gehalten wurde, nahm es mit Humor. Wenn Ruth sich für die latente Fremdenfeindlichkeit mancher Mitbürger schämte, lachte Jamila nur und betonte, dass sie aus einem Land komme, das nicht eben berühmt für seine Toleranz sei.

Als sie hörte, wie geborgen und gemütlich Jamila ihr Wochenende verbringen würde, verspürte Ruth einen kleinen Stich. So war es mit Johannes nie gewesen. Als Lukas auf die Welt gekommen war, war Johannes' Stresspegel ins Unermessliche gestiegen. Er hatte bis zum Umfallen gearbeitet, weil er den Druck, der Ernährer zu sein, nicht ausgehalten hatte. Kaum zu Hause, bei Frau und Baby, hatte er sofort die Nerven verloren. Das Geschrei von Lukas, Ruth, die chronisch unterschlafen und entsprechend gereizt war – auf die Idee, am Sonntagmorgen mit dem kleinen Kind in ein öffentliches Schwimmbad zu gehen und Ruth ausschlafen zu lassen, wäre Johannes nie im Leben gekommen. Solange sie denken konnte, hatte sie die Wochenenden mit Johannes als belastet und unentspannt wahrgenommen. Erst später, als sie mit den beiden Kindern allein gewesen war, hatten sie gelernt, wie schön die freien Tage sein konnten. Sie waren im Winter nach Lübars rausgefahren zum Schlittenfahren. Im Sommer an die unzähligen Seen, hatten Fahrradtouren unternommen oder an Regentagen Kuchen gebacken und alte Edgar-Wallace-Filme im Schlafanzug geschaut. Bis Lukas sich freigestrampelt und die freien Tage mit Kumpels verbracht hatte. Zwei Jahre noch konnte Ruth die Zeit mit Annika allein genießen, aber seit längerem war auch das vorbei. Wochenende hieß nun auch für ihre »Kleine«: Party machen. Nicht zuletzt deswegen arbeitete Ruth gerne am Wochenende, das federte für sie die unerbittliche Härte eines Singlewochenendes ab.

Kurz bevor die letzten Gäste aufbrachen, öffnete sich die

Tür zum Bistro. Ruth wollte dem neuen Gast gerade sagen, dass sie gleich schließen würden, da erkannte sie, dass es sich um Johannes handelte – allein. Ruth war überrascht, ihn zu sehen. Ihr Ex war vielleicht zwei- oder dreimal im »La Paysanne« zu Gast gewesen. Außer bei der Eröffnung, wo er nur den Kindern zuliebe ein Gastspiel gegeben hatte, war er noch einmal mit Mona zum Essen da gewesen. Und das auch nur, so hatten Ruth und Jamila unisono gemutmaßt, weil Mona neugierig gewesen war und prüfen wollte, ob ihre Vorgängerin tatsächlich so gut kochen konnte, wie alle behaupteten. Sie konnte, wie Ruth später Monas säuerlicher Miene ablas.

Aber auch heute war Johannes nicht gekommen, um sie zu besuchen, das konnte Ruth dem verschämt-verkniffenen Zug um Johannes' Mund ablesen. Sie konnte noch immer in ihm lesen wie in einem offenen Buch. Er begrüßte Jamila knapp, die sich schnell ihre Handtasche schnappte und von Ruth mit einer Umarmung ins Wochenende verabschiedete, und fiel gleich mit der Tür ins Haus.

»Hast du kurz Zeit? Wir müssen reden.«

Ruth blickte ihn an und überlegte. Der Tag war hart gewesen. Die Gerichtsverhandlung strengte sie an, und in ihrem Kopf jagten sich noch immer die Gedanken: Warum hatte Sibylle Bucherer gelogen? Wen wollte sie schützen? War dem Jungen ein Mord zuzutrauen? Warum erfuhr man jetzt erst, dass Derya verlobt war? Mit wem? Was bedeutete das für Aras?

Ihr war es gelungen, sich durch die Arbeit, das Kochen, einigermaßen davon zu befreien, aber jetzt, wo sie sich nicht mehr ablenken konnte, merkte Ruth, wie sie wieder nur an den Fall dachte. Eigentlich hatte sie jetzt wirklich keine Ner-

ven, sich mit Johannes und seinen Problemen auseinanderzusetzen. Sie würden ohnehin nur streiten. Andererseits
würde es sie von dem Fall ablenken.

Ihr Ex-Mann spürte ihr Zögern. Anstatt sich dezent zurückzuziehen, zog er seine Jacke aus und setzte sich auf einen Barhocker am Tresen.

»Ist wirklich wichtig«, nuschelte er verlegen.

Ruth seufzte und fügte sich.

»Willst du was trinken?« Eine Antwort wartete sie nicht
ab, stattdessen ging sie zur Tür, sperrte sie zu und löschte
die Außenbeleuchtung. Dann wählte sie einen besonderen
Rotwein aus, entkorkte ihn und goss zwei Gläser ein. Sie
zündete ein kleines Teelicht an und stellte es zwischen sich
und Johannes. Sie schob ihm ein Glas hin, hob das ihre und
prostete ihm zu. »Mach's kurz und schmerzlos, bitte.«

Ihr Ex-Mann hob sein Glas ebenfalls und musterte sie. Er
schien etwas sagen zu wollen, aber dann überlegte er es sich
anders, nickte nur knapp und trank einen Schluck. Aber
auch nachdem er das Glas abgestellt hatte, rückte er nicht
mit der Sprache heraus. Aber Ruth konnte warten. Sie sah
hinter Johannes auf die große Panaromascheibe des Bistros.
Hinter dem spiegelverkehrten Schriftzug konnte man bis
ans Spreeufer sehen. Eine der Bogenlampen warf einen
warmgelben Schein auf die Bäume am Uferweg. Es war
dunkel, menschenleer und still. Kaum zu glauben, dass
sie sich mitten in Berlin befanden. Im Schein der Laterne
glitzerte es schwach, es hatte begonnen, ganz leicht zu
schneien. Um ein Haar hätte Ruth diese Stimmung genießen können, das leere Restaurant, die Kerze, der Wein, ihr
gegenüber ein Mann ...

»Ich hab meinen Job verloren«, zerstörte Johannes'

Stimme den besinnlichen Augenblick. Ruth riss sich vom Fenster los und sah ihn an.

»Was?«

Johannes zuckte mit den Schultern, als könne er es selbst nicht fassen. Nervös drehte er das Glas zwischen den Fingern. Ruth sah auf seine Hände. Er hatte Intellektuellenfinger, dachte sie, obwohl sie durchaus wusste, dass er handwerklich sehr geschickt war. Langgliedrig, schmal und von kräftigen Adern durchzogen, wirkten Johannes' Finger wie die eines Pianisten oder eines Schriftstellers. Ob Johannes wegen der Finger angefangen hatte zu schreiben? Oder hatten sich die Finger seiner Tätigkeit angepasst?

»... habe ich damals natürlich lieber die Abfindung angenommen«, fuhr Johannes mit seiner Erzählung fort, und Ruth wurde klar, dass sie ihm nicht zugehört hatte.

»Wir hatten damals den Plan mit dem Haus, und ich dachte: ›Was soll mir groß passieren, die brauchen mich doch.‹« Johannes seufzte und trank das kleine Glas in einem Zug aus.

»Also bist du schon länger nicht mehr fest angestellt?«, schlussfolgerte Ruth. Die Zeitung hatte ihm offenbar als Redakteur gekündigt und ihn als festen Freien weiterbeschäftigt. Jetzt war er plötzlich nur noch frei. Outsourcing. Es hätte Johannes doch klar sein müssen, dass es so kommen würde, dachte Ruth, warum war er so kurzsichtig gewesen? Laut fragte sie: »Warum hast du's mir damals nicht gesagt?«

Ihr Ex schnaubte. »Hätte doch gleich wieder Stress gegeben.«

Ruth runzelte die Stirn, und Johannes fühlte sich bemüßigt zu erläutern: »Du hast doch immer nur Angst gehabt, dass ich nicht zahlen kann. Egal, was war, du hattest immer nur Angst, dass du deine Kohle nicht bekommst.«

Ruth wollte protestieren, aber dann hielt sie an sich. War das so? Das war Johannes' Perspektive, und vielleicht, so dachte sie, hatte er recht. Für sich.

»Als das Baby kam, war das gleich das Zweite, was du gesagt hast: ›Aber du vergisst nicht deine Großen!‹« Er hatte ihre Stimme nachgeäfft, schrill und unangenehm.

›Du meine Güte‹, dachte Ruth, ›so sieht er mich?!‹ Das wollte sie nicht sein: die verbitterte Exfrau, die ihrem Mann die Hölle auf Erden bereitete, aus Frust, weil er sie verlassen hatte. Die ihn an die Geld-Kandare nahm, weil dies die einzige Verbindung war, die sie noch hatten.

»Es tut mir leid«, hörte sie sich sagen.

Verwundert blickte Johannes von seinem Glas hoch und suchte ihren Blick. Aber Ruth wich aus und schenkte Johannes etwas von dem Languedoc nach.

»Sind ja ganz neue Töne.« In seiner Stimme schwang Verwunderung mit.

Ruth dachte an Jamila. Sie war jetzt bestimmt schon zu Hause. Vielleicht wartete Farid auf sie. Vielleicht würden sie zusammen kochen, mit der Kleinen essen. Einer würde das Kind ins Bett bringen, ihm vorlesen, und danach würden die Erwachsenen den Beginn des Wochenendes genießen.

Sie dachte an die Familie Demizgül. Würden die Eltern zu Hause sitzen, nebeneinander auf dem Sofa und Händchen halten, so, wie sie es im Gerichtssaal taten? Sähen sie einen Film, ohne ihn zu sehen, und würden stattdessen an ihre tote Tochter denken? Oder an den Sohn, der vielleicht ein Mörder war? Oder keiner war, aber sein Leben im Knast verbringen würde?

Ruth dachte an Valentin Bucherer, der jetzt in seinem Zimmer sitzen, sich auf seinem iPod Bilder der toten Freundin ansehen und dazu sentimentale Musik anhören würde. An seinen Vater, der sich in die Arbeit stürzen würde, um nicht daran denken zu müssen, dass seine Frau vielleicht eine Mörderin war. An Sibylle Bucherer, die allein im Wohnzimmer säße und – was? Eine Valium schlucken würde? Mit einem teuren Whisky hinuntergespült?

Familie, dachte Ruth. Was für ein fragiles Gebilde. Familie, das sollte doch Geborgenheit sein und Schutz.

»Was macht ihr am Wochenende?«, erkundigte sie sich unvermittelt.

Johannes sah sie verständnislos an. »Keine Ahnung. Johanna ist bei Monas Eltern. Ich muss mich um einen Job kümmern. Mona trifft sich vielleicht mit Freunden, ich weiß nicht.« Jetzt sah er sie an. »Warum willst du das wissen?«

»Macht ihr nichts zusammen?« Ruth wollte ihn nicht ausweichen lassen.

Das leere Glas drehte sich immer schneller in Johannes' Händen. Ruth erbarmte sich und goss ihm nach. Sich selbst auch. Statt einer Antwort fuhr Johannes sich durch die schütteren Haare. Er leckte sich mit der Zunge über die Lippen und räusperte sich dann. »Ist grad schwierig im Moment.«

Kein Triumphgefühl. Keine Schadenfreude und auch keine Erleichterung. Ruth musterte den Mann, mit dem sie einmal ihr ganzes Leben verbringen wollte. Und dem sie alles Unglück der Welt an den Hals gewünscht hatte, als er diese ihre Lebensvorstellung mit Füßen getreten hatte.

»Mona ist ...« Die Hände wischten nervös über den Tisch.

Ruth wusste, sie durfte jetzt nichts sagen. Nur zuhören. Aber Verständnis durfte er von ihr nicht erwarten. »Das mit meinem Job, also das war hart für uns. Mona versucht, wieder als Fotografin unterzukommen. Sich vielleicht selbstständig zu machen.«

»Toll.«

Der Blick, mit dem Johannes ihren Kommentar quittierte, sprach Bände. »Spar dir den Sarkasmus.« Seine Stimme klang bitter.

Mit einem Zug leerte Ruth ihr Glas Rotwein. Sie spürte sofort, dass sich ihr Kopf benebelte und ihre Knie weich wurden, aber sie würde gleich noch einen Marillenschnaps hinterherkippen. Wenn sie jetzt nicht trank, würde sie sich nicht beherrschen können und Johannes schlagen.

»Weißt du eigentlich, wie scheiße du bist?«, platzte sie hervor. »Du kommst hierher, um mir vorzujammern, dass du keinen Job mehr hast, dass deine Alte dich nicht mehr ranlässt, weil du keine Kohle mehr nach Hause bringst ...«

»Ruth!« Das Entsetzen über ihren Ausbruch und den Tonfall stand ihm ins Gesicht geschrieben. Ruth hasste ihn in dem Moment. Diesen Ausdiskutierer, diesen In-aller-Ruhe-darüber-Sprecher, dieses verdammte Weichei, der mit Frauen Kinder in die Welt setzte, ohne die Verantwortung dafür zu übernehmen, weil er so sehr mit sich selbst beschäftigt war.

»Weil du keine Kohle mehr nach Hause bringst! Sag doch, wie's ist«, wiederholte sie aufgebracht. »Mir willst du sagen, dass du im Moment nicht zahlen kannst, aber anstatt dass du dich schämst, willst du auch noch mein Mitleid! Aber da hast du dich geschnitten!«

Erbost stand sie auf und ging nach hinten in die Küche.

Ruth war voll in Fahrt, sie fühlte sich gut dabei, Johannes deutlich die Meinung zu sagen. Seit Jahren vermieden sie eine Diskussion über ihre Probleme, »der Kinder wegen«, wie sie beide betonten. Als ob man sich nicht einfach mal streiten dürfte, sich beleidigen, sich in die Pfanne hauen, dachte Ruth jetzt und fischte sich eine kleine Leberpastete aus dem Kühlschrank. Sie stopfte sie im Ganzen in den Mund. Tief befriedigt kaute sie, schluckte und schob die nächste Pastete hinterher. ›Ich muss die Maschine am Laufen halten‹, dachte sie belustigt, ›das Feuer darf nicht ausgehen.‹ Kurz bevor sie den Kühlschrank schloss, zögerte sie, zog dann das ganze Blech heraus und trug es hinüber zum Tresen.

»Da nimm«, forderte sie Johannes mit vollem Mund auf und schob ihm eine Pastete hin. Dabei fielen Blätterteigkrümel aus ihrem Mund. Ruth spülte mit Rotwein hinterher. Dann nahm sie die nächste Pastete und grinste Johannes an.

»Weiß du was – ich hab keinen Bock drauf. Ich hab null Lust, mir dein Geseier anzuhören. Zahl oder zahl nicht, es ist mir scheißegal. Ich schaff das schon. Ich hab's immer geschafft. Auch ohne dich.«

Johannes öffnete den Mund, um etwas zu erwidern, überlegte es sich aber anders und biss stattdessen von der Pastete ab. Ruth ließ er dabei nicht aus den Augen. Sie wusste, dass er jetzt Angst vor ihr hatte. Er hatte immer Angst vor Emotionen. Aber er hatte ein Händchen dafür, sich an Frauen zu binden, die genau das waren. Emotional.

»Ich will einfach deine Jammerei nicht mehr hören. Echt.« Damit stand sie erneut von ihrem Barhocker auf und holte den Marillenschnaps.

»Mmh mmh«, machte Johannes entsetzt und bedeutete Ruth mit vollem Mund, dass er den Schnaps für keine gute Idee hielt. Aber Ruth ließ sich nicht davon abbringen.

»Du Spaßbremse«, gab sie zurück und goss sich ein kleines Glas ein. Sie roch daran, schloss die Augen und nippte. Der Brand schmeckte nach Kern. Früher hatte sie immer die kleinen weißen mandelartigen Kerne aus den großen Pfirsichkernen gebrochen und gegessen. Bis ihre Mutter davon erfuhr und ihr Himmelangst gemacht hatte. Das Innere der Pfirsichkerne sei hochgiftig, Blausäure sei darin, und Ruth habe Glück, dass sie nicht gestorben sei. Genau danach schmeckte jetzt der Marillenschnaps, und Ruth wusste, dass sie am nächsten Tag tatsächlich so gut wie tot sein würde, wenn sie ihn trank. Aber nicht wegen der vermeintlichen Blausäure. Sie kippte ihn auf ex.

»Du hast keine Ahnung«, sagte sie, an Johannes gewandt. »Du hast keine Ahnung, wie traurig das Leben sein kann.«

Sie musste die Augen schließen, weil ihr von dem Schnaps schwindelig wurde. Sie dachte an die zwei hinuntergeschlungenen Pasteten, und ihr wurde schlecht. Sie öffnete die Augen wieder, sah Johannes an und wusste, dass sie nachher auch noch schrecklich würde weinen müssen.

Und sie begann, ihm alles zu erzählen.

In der Ferne stieg weißer Rauch über dem dunklen Nachthimmel auf. Klärwerk Ruhleben, das Kraftwerk Unter-
spree, die Müllverbrennungsanlage, der ganze Indus-
triescheiß dahinten schlotete in die Nacht. Valentin starrte
hinüber, in die Schneise, die die Bahntrassen zwischen den
Bäumen schlugen. Am Rand der Spree, die sich dort im
Norden immer wieder verzweigte, in die faule Spree oder
die alte Spree, oder ausuferte in die Spreewiesen, zog sich
ein Band von Industrieanlagen und Bahngleisen wie ein
enger Gürtel durch die Stadt. Aus dem Westen von Spandau
kommend, markierte er die nördliche Grenze des vornehmen Westends und Charlottenburgs. Siemensstadt und der
Flughafen Tegel lagen dort hinten, weiter in östlicher Richtung folgte der Güterbahnhof Charlottenburg. Hier entschied sich die Spree, wurde zum kurvig mäandernden
Großstadtwasser, vorbei an der Prachtarchitektur Berlins.
Vom Schloss Charlottenburg durch den Tiergarten bis ins
neue Regierungsviertel begleitete der Fluss Einheimische
und Touristen auf Sightseeing-Tour. Der andere Arm aber
markierte die Grenze zum Schmuddelbezirk Wedding. Er
führte vorbei am Güterbahnhof Moabit, unter der Putlitz-
brücke hindurch und zog eine scharfe Grenze bis zum
Lehrter Güterbahnhof. Er teilte die Welten. Nur Moabit lag
unentschlossen mittendrin, umarmt von den Kanälen.

Eine Pufferzone, die das Gute vom Schlechten schied. Reich von Arm. Valentin von Derya. Sie waren sich hier begegnet, in der Welt zwischen den Welten. Ihre Liebe hatte hier einen Platz gefunden und nirgendwo sonst.

Valentin umklammerte das eiskalte Geländer der Brücke und fixierte die Rücklichter der S-Bahnen und der Stellwerksignale. Dann drehte er sich um und starrte in die Richtung, aus der er gekommen war. Sein Blick folgte den Gleisen. Es kam ihm wie Hohn vor, dass Derya ausgerechnet dort ums Leben gekommen war, wo sie nicht hingehörte. Im piekfeinen Westend. In einer Welt, in der sie nichts zu suchen hatte. Jedenfalls, wenn man seiner Mutter Glauben schenkte.

Seine Mutter. Er dachte daran, wie Sibylle ausgesehen hatte, als er ging. Sie hatte auf dem Ledersofa gelegen, ein Kissen umklammert, die Augen geschlossen. Ohne dass sie ein Wort gewechselt hatten, hatte er gewusst, dass sie wieder »Migräne« hatte. Auf ihrer Stirn pulsierte dann eine feine Ader unter der Haut. Sie zog die Brauen ganz leicht zusammen. Gerade so weit, dass sich keine Zornesfalten einprägen konnten, aber doch so, dass er und Jonas erkennen konnten, in welch fragilem Zustand ihre Mutter sich dann befand. Dass sie sie nicht ansprechen und auch sonst keinen Mucks machen durften. »Sibylle hat Migräne«, flüsterte ihr Vater dann.

Valentin hatte Sibylle auch vorhin nicht angesprochen, als sie mit dem Vater vom Anwalt kam. Die Augen seiner Mutter waren gerötet gewesen, allerhöchstes Alarmsignal. Valentin hatte Jonas in sein Zimmer gezogen und mit ihm eine Runde Lego Star Wars gezockt, damit der Kleine gar nicht erst merkte, dass etwas nicht stimmte. Seine Eltern hätten sich sowieso nicht um ihn gekümmert, nicht an so einem Abend, und Valentin war froh, dass er sich mit Jonas ablenken konnte. Er hatte seinem Bruder Abendbrot gemacht und gewartet, dass dieser bei ihm im Bett eingeschlafen war. Dann hatte er das Haus verlassen. Sein Vater war nicht zu sehen, aber ein schwacher Lichtschein drang unter der Tür des Arbeitszimmers hervor. Seine Mutter lag im Wohnzimmer auf dem Sofa und hörte Mahler. Natürlich hatte sie ihn nicht aufgehalten. Hatte auch nicht gefragt, wohin er ging. Vielleicht hatte sie ihn gar nicht gesehen. Aber selbst wenn sie ihn bemerkt hätte, hätte sie geschwiegen.

Er trug keine Jacke, keine Mütze und keine Handschuhe, nur seinen Hoodie. Er fror, spürte seine Hände kaum noch, aber Valentin genoss den Schmerz. Zum ersten Mal nach sehr langer Zeit fühlte er überhaupt etwas. Er war wie betäubt durch sein Leben gegangen. Hatte gegessen, getrunken, geschlafen, weil es Routine war. Weil er gewohnt war, das zu tun. Aber er hatte nichts gespürt dabei. Keine Freude und keine Befriedigung. Er war weder ausgeschlafen noch müde gewesen. Hatte kein Süß, Sauer oder Scharf geschmeckt. Er hatte nur immer daran gedacht, wie *sie* geschmeckt hatte, wie sie sich angefühlt hatte, wie lebendig er mit ihr gewesen war. Seit Derya nicht mehr lebte, hatte er sich wie ein Zombie gefühlt. Aber heute, im Gerichtssaal, da war er plötzlich aufgewacht. Da hatte er verstanden, was passiert war. Als der Anwalt ihm gesagt hatte, dass Derya heiraten sollte. Da hatte er plötzlich klargesehen.

Valentin schwang erst ein Bein über das gusseiserne Geländer, dann das andere. In diesem Moment donnerte ein Zug unter ihm hindurch, und er betrachtete das fahle Gelb des Daches. Kurz überlegte er, ob er springen sollte; er hätte sich gerne flach auf das Dach gepresst und wäre ein Stück mitgefahren, hätte den Fahrtwind gespürt und das Beben im Körper. Aber es war zu hoch. Er war nicht lebensmüde. Valentin hatte nicht vor zu sterben. Seit er diesen Moment gehabt hatte, den klaren Blick, und deshalb auch mit der Lüge aufgeräumt hatte, ging es ihm besser. Er fühlte sich frei. Er hatte die Wahrheit gesagt und den Bann, den seine Mutter ihr Leben lang über ihn gelegt hatte, endgültig gebrochen. Er hatte sich von ihr befreit. Derya konnte er zwar nicht mehr zurückholen. Aber er war es ihr schuldig, dass er lebte. Dass er so lebte, wie sie es gewollt hätte. So, wie sie ihn geliebt hatte. Derya hatte ihm Leben eingehaucht, sie hatte ihm gezeigt, wie das ging: lebendig sein.

»Every time I close my eyes, I think, I think 'bout you inside ...« Immer und immer wieder ging ihm der Song im Kopf herum. Er hatte ihn mit Derya gehört und nach ihrem Tod nur noch ihn, nichts anderes mehr. Es war ihr Song.

Valentin sog die kalte Nachtluft tief in seine Lungen. Sie roch metallisch und ein bisschen nach Kohle, nach Industrie. Nach Gummireifen und nach Großstadt. Sie roch nach Leben, und während er sie einsog, spürte er, wie die Kälte ihm eisern durch die Glieder kroch, wie seine Zehen prickelten in den dünnen Sneakers.

Derya hatte leben wollen. Selbstbestimmt. Mit allem, was dazugehörte, und Valentin wusste, dass er derjenige war, mit dem sie hatte leben wollen. Sie hatte es ihm gesagt, immer wieder. Und obwohl er sie liebte wie sie ihn, hatte er mit ihr Schluss gemacht. Hatte sich nicht gegen seine Mutter gewehrt, die ihm sein Handy in den Ferien weggenommen hatte, nur damit er keinen Kontakt mit Derya hatte. Er hatte sich gefügt, damit er keinen Stress hatte. Hatte sich einfach ausgeknipst, abgeschaltet, die sechs Wochen Ferien in der Provence wie ein Tier verbracht. Essen, trinken, schlafen. Nichts spüren.

Als er wieder nach Hause kam, wollte er Derya sofort anrufen. Als wäre keine Zeit vergangen. Für Valentin war es so gewesen, weil jede Minute ohne Derya eine tote Minute seines Lebens war. Er wollte ihre Stimme hören und sie sehen, und es sollte alles so sein wie vor den Ferien. Aber dann hatte er diese komische Nachricht gehabt, bei Facebook. Von dieser Sergul. Danach hatte er einen Bogen gemacht um Derya, hatte sich nicht getraut, ihr zu sagen, was los war. Hatte sie geschützt. Das hatte er jedenfalls geglaubt.

Wenn er daran zurückdachte, hasste er sich. Er war ein blöder Arsch gewesen. Derya hatte nicht verstanden, was los war, sie hatte mit ihm reden wollen, aber er hatte das nicht gekonnt. Reden. Sagen, was los war. Das hatte er nicht gelernt, weil es zu Hause nicht üblich war, miteinander zu reden. Also richtig, ehrlich. Über Gefühle und was einen beschäftigte. Es wurde nur »ausdiskutiert«. Und das hieß, seine Mutter sprach ohne Punkt und Komma auf ihn ein.

Warum hatte er Derya nicht gefragt, wer Sergul war und was da unten passiert war? In Anatolien. Warum er sie nicht mehr treffen durfte. Er hatte sich Derya aus dem Herzen schneiden wollen. Aber sie hatte es nicht akzeptiert.

Als sie sich im Teufelsfenn verabredeten, hatte Valentin schon gewusst, was passieren würde. Er war an dem Abend auf sein Fahrrad gestiegen und hatte sich nichts mehr gewünscht, als dass er Derya in die wunderbaren Locken fassen, ihre schweren Haare über dem Nacken anheben und dorthin küssen würde. Dort, wo sie besonders gut roch, wo ihre braune Haut ganz hell war und der dichte dunkle

Haaransatz in zarten hauchfeinen Härchen auslief. Er wusste es, während er die Teufelsseechaussee bergab gerast war, so schnell, dass er an ihrem Ende schlingerte und das Hinterrad ausriss, weil er bremsen musste. Er wusste, dass er im Lauf der Nacht seine Nase an diese Stelle legen würde und ihren Duft einatmen. Dass sie ein bisschen schaudern würde und ihren Kopf drehen, ihre Wange auf seine legen und ihn dann küssen würde. Und genauso war es gekommen.

Er klammerte sich jetzt fest an das Geländer und zog beide Beine unter sich. Die Füße standen stabil auf dem runden Metall, und Valentin erhob sich vorsichtig. Bemühte sich, die Knie durchzudrücken und die Balance zu halten. Schließlich stand er, aufrecht und gerade, er breitete die Arme aus und schrie. Er schrie, so laut er konnte, sein Brustkorb wurde dabei groß und weit. Bis ein Auto vom Olympiastadion kam und laut hupte. Er erschrak und wäre um ein Haar vornübergekippt, aber er ließ sich geistesgegenwärtig nach hinten fallen, kam mit den Füßen auf, und während das hupende Auto neben ihm zum Stehen kam, sprintete er los. Er rannte in Richtung des Friedhofs und hechtete über das kleine Tor, rannte die Treppen hinunter und hörte nicht auf die Typen, die hinter ihm herbrüllten. Er rannte den ganzen Weg entlang der Gleise, so schnell er konnte, und dachte daran, dass er nichts mehr verpassen wollte. Nicht zögern und nicht ängstlich sein. Dass er leben wollte. Für Derya.

Sorgfältig platzierte Ruth die feinen Orangenscheiben auf den Tellern, stellte die winzigen Glasschälchen mit Marmelade und Honig daneben, holte die warmen Croissants aus dem Ofen, legte sie in das Brotkörbchen und deckte sie mit einer Stoffserviette zu. Dann stellte sie den Brotkorb, die Teller, Besteck, Butter und zwei Schüsseln mit Café au Lait auf ein Tablett und trug es zu den beiden jungen Frauen, die es sich in der kleinen Nische am Ofen bequem gemacht hatten.

»Bon appétit«, wünschte sie und lächelte. Sie wischte sich die Hände an der Schürze ab und ging zurück zum Tresen, wo sie ihren Tee und die Tageszeitung liegen hatte. Sie hatte noch immer das Zeitungsabo, das sie vor fast achtzehn Jahren aus Euphorie über die Festanstellung von Johannes bei ebendieser Zeitung abgeschlossen hatte.

Ruth setzte sich auf den Barhocker, warf einen Blick ins halb besetzte Bistro, und als sie feststellte, dass alle Gäste zufriedengestellt waren, setzte sie die Lesebrille auf und fuhr mit der Zeitungslektüre fort. Den heutigen Arbeitstag konnte sie richtig genießen. Sie hatte neun Stunden tief und ohne Störung geschlafen, war erfrischt und ohne Kopfschmerzen erwacht, hatte geduscht und sich die Beine rasiert, geschminkt und sogar ihre Haare einigermaßen in Form gebracht. Sich in ihr rot-oranges Wickelkleid geschmissen und – wagemutig – Pumps angezogen. Sie begutachtete sich im Spiegel und war sehr zufrieden mit der Frau, die zurückblickte. Seit Wochen hatte sie sich nicht mehr so frisch und fit gefühlt.

Der Tiefpunkt war der Samstag gewesen. Nachdem sie mit Johannes die ganze Flasche Rotwein plattgemacht und danach jeder noch drei Schnäpse – und vielleicht noch mal Rotwein? – getrunken hatte, war sie erst gegen halb zwei ins Bett gekrochen. Aufgedreht vom Alkohol und ihrem Gespräch mit dem Ex, waren ihr erst um drei die Augen zugefallen, und um sechs hatte der Wecker geklingelt. Druck auf den Augen, ein Messer im Kopf und Belag auf der Zunge hatten sie den gesamten Tag begleitet, und Ruth hatte ihre Schicht im Bistro nur unter Aufbietung all ihrer Willenskraft und stündlicher Aspirin-Zufuhr überlebt.

Aber den Kater war es wert gewesen. Ein derart intensives und aufrichtiges Gespräch wie an diesem Abend hatte sie mit ihrem Ex schon seit vielen Jahren nicht mehr geführt. Nicht, seit die Kinder auf der Welt waren. Jedenfalls empfand Ruth so, aber vielleicht malte ihre Erinnerung die Vergangenheit auch besonders schwarz, weil sie die Trennung noch immer schmerzte.

Als sie Johannes Freitagnacht gegenübergesessen und ihm beim Reden zugeschaut und dabei erstmals wahrgenommen hatte, dass er auch ein verdammt guter Zuhörer sein konnte, wenn es nicht um ihn ging, hatte Ruth genau gewusst, weshalb sie sich damals in ihn verliebt hatte. Mit einem zärtlichen Gefühl blickte sie auf seine langen, dunklen Wimpern, die die eines jungen Mädchens sein konnten. Seine hellbraunen Augen, die sie konzentriert, aber voller Wärme ansahen. Die mittlerweile schütteren, immer grauer werdenden Haare, die in wenigen langen Strähnen über die bemitleidenswert kahle Stelle am Hinterkopf fielen. Ruth hätte ihm gerne einmal darübergestreichelt, sie sah die dünne helle Haut unter den Haaren schimmern und dachte, dass es war wie mit der Stelle, an der das Eichenblatt auf Siegfried gefallen war, während er im Drachenblut gebadet hatte. Der runde kahle Fleck schien wie die verwundbarste Stelle eines Mannes in den mittleren Jahren. Plötzlich wurde er angreifbar, sensibel, wehleidig, weil er die Kraft der Jugend schwinden sah.

Aber Ruth konnte sich zurückhalten, denn trotz des liebevollen Blicks, den sie an dem Abend auf Johannes werfen konnte, hatte sie auch sehr klar gewusst, dass ihre tiefen Gefühle für ihn rein freundschaftlicher Natur waren. Sie kannte ihn so lange, sie konnte in ihm lesen wie in einem offenen Buch. Und sie wusste eines ganz genau: dass sie ihn nie wieder zurückhaben wollte. Und vielleicht half genau diese Erkenntnis, dass sie einen entspannten und tiefgehenden Abend mit ihm verbracht hatte.

Ruth hatte Johannes ihr Herz ausgeschüttet. Sie hatte ihm bis ins Detail von den Ereignissen im Prozess erzählt – obwohl sie das nicht durfte. Aber kaum hatte sie angefangen, von Derya und Aras, von Valentin und Sibylle Bucherer zu erzählen, konnte sie nicht mehr stoppen.

Johannes hatte aufmerksam zugehört. Er hatte behutsam nachgefragt, wenn sie sich in ihren Betrachtungen verrannt hatte, und er hatte keine Spur von Sensationslust erkennen lassen. Johannes hatte so empfunden wie sie: Wie konnte es sein, dass in einer nach außen hin gut funktionierenden Familie, einem liebenden Elternhaus, eines der Kinder gewaltsam ums Leben gebracht wird – ausgerechnet von seinem Geschwister? Kann es sein, dass die Kluft zwischen den Kindern viele Jahre lang unentdeckt tiefer werden konnte, so groß und unüberbrückbar, dass es eines kleinen Auslösers bedurfte, und der Bruder greift zum Messer, malträtiert seine jüngere Schwester mit zweiundzwanzig Stichen und schneidet ihr dann die Kehle durch?

Es lag außerhalb von Ruths Vorstellungskraft, dass eine Familie wie die Demizgüls ein so monströses Verbrechen gebären könnte. Und Johannes gab ihr recht. Sollte Aras Demizgül tatsächlich der Täter sein, würde wohl niemand je verstehen können, wie es dazu kommen konnte.

Es konnte nur, es *musste*, ein unbekannter Täter sein. Derya ein Zufallsopfer. Aber warum schwiegen die Demizgüls dann so beharrlich? Warum wehrte sich der junge Mann nicht mit Händen und Füßen, warum sprach der Anwalt dann nicht leidenschaftlich für die Unschuld des Bruders? Warum wollte die Familie auf einen Freispruch aus Mangel an Beweisen hinaus? Der Makel des Vorwurfs, seine Schwester ermordet zu haben, aber davongekommen zu sein, würde auf ewig an Aras Demizgül kleben bleiben.

Eine ältere Dame winkte Ruth herbei, weil sie ihre Rechnung begleichen wollte. Just in dem Moment klingelte das Handy. Ruth warf einen Blick drauf und wunderte sich. Es war Johannes. Sie nahm den Anruf an und bat Johannes, einen Moment zu warten.

Als sie den Gast abkassiert hatte, meldete sie sich. »Was gibt's?«

Er lachte auf. »Du hast die Messer in die Schublade gelegt.«

»Was? Ich ...« Ruth war einen Moment verwirrt, aber dann wusste sie, was er meinte. Sie hatte das Kriegsbeil begraben. Wenn ihr Ex anrief, war sie normalerweise auf Angriff gebürstet, ohne überhaupt zu wissen, was er wollte. Heute war sie neugierig gewesen, warum er sich nach Freitag so schnell wieder meldete.

»Schieß los«, entgegnete Ruth, sie wollte nicht zugeben, dass er recht hatte.

»War schön am Freitag.« Johannes' Stimme hatte plötzlich diesen spezifischen Schmelz, und Ruth ertappte sich dabei, dass sie automatisch lächelte und sich durch die Haare fuhr. Ärgerlich fuhr sie ihn an: »Mach's kurz, Johannes. Ich bin bei der Arbeit. Was willst du?«

»Ich will gar nichts.« Sie spürte durchs Telefon, dass er lächelte. Er spannte sie auf die Folter und genoss es. Typisch Johannes. Er war gut drauf, hatte Oberwasser. Nur, weil sie einen Abend miteinander geredet hatten, wie Erwachsene, die sich mögen! Ruth erinnerte sich daran, dass Johannes sie noch nach Hause begleitet hatte. Auf dem Weg in die Oldenburger Straße hatte er das Thema gewechselt und war auf seine Beziehung mit Mona zu sprechen gekommen. Der Haussegen hing schief. Seit er den Job verloren hatte, vielleicht aber auch schon, seit das Baby da war. Ruth hatte Johannes' Wehklage an sich abperlen lassen, es war allzu offensichtlich, dass er Trost und Zuspruch bei ihr gesucht hatte. Aber diesen Gefallen wollte sie ihm nicht tun. Natürlich war sie auf seine Neue nicht gut zu sprechen. Mona war ihr zu forsch, zu straight, zu sehr auf Konkurrenz getrimmt. Aber es lag Ruth nichts ferner, als Johannes' junger Frau in den Rücken zu fallen und sich auf diesem Weg späte Genugtuung zu verschaffen.

Als sie hörte, wie sehr Johannes sich nun bemühte, charmant zu sein, stellte Ruth aus innerer Abwehr die Stachel hoch. Das fehlte ihr noch, dass Johannes in prekärer Lage plötzlich wieder angekrochen kam! Sie war fest entschlossen, jedweden Annäherungsversuchen den Wind aus den Segeln zu nehmen.

»Jo – ich flirte nicht mit dir. Lass es ein. Weshalb rufst du an?«

»Ich hab was für dich.« Beleidigte Leberwurst. Schmelz und Charme waren sofort verschwunden. »Ich hab mich an was erinnert. Ist schon wirklich lange her.«

»Mach's nicht so spannend.«

»Okay.« Trotzdem legte er eine Pause ein. »Du weißt ja, dass ich, also wie gesagt, es ist schon ewig her, aber dass ich die Bucherer ein scharfes Teil fand.«

»Ja«, gab Ruth zurück, »und das, obwohl du schon mit Mona zusammen warst.«

»Ähm. Und jedenfalls habe ich mich mal mit einem Kollegen über sie unterhalten. Ganz zufällig.«

Ruth schloss genervt die Augen. Der Zufall hatte vermutlich so ausgesehen, dass Johannes mit dem bewussten Kollegen in der Paris Bar gesessen hatte, beim fünften Glas irgendwas, und nicht nach Hause gehen wollte, weil seine Frau dort wartete, mit einem schreienden Baby im Arm. Und bei dieser »Redaktionssitzung« hatten sich die Journalistenkollegen dann über die scharfen Bräute in ihrem Leben unterhalten. Die natürlich nicht die scharfen Bräute waren, die zu Hause auf die beiden Hengste warteten. Aber Ruth verkniff sich jedwede spitze Bemerkung. Sie war neugierig geworden.

»Klar«, gab sie stattdessen knapp zurück.

»Ja, und der kannte die. Das war ein Typ aus dem Feuilleton, der kannte die ganze Boheme-Clique um den Savignyplatz.«

»Okay ...?!«

Der Stolz schwang in Johannes' Stimme mit, als er die Bombe platzen ließ.

»Sibylle Bucherer wurde schon mal verurteilt wegen schwerer Körperverletzung. Sie hat einer Frau vier Vorderzähne ausgeschlagen. Ich schick dir nachher 'ne Mail über den Vorfall.«

»...«

»Ach, und Süße?«, flötete ihr Ex nun in den Hörer, »ich habe vorhin das Geld für Annikas Klassenfahrt angewiesen.« Er legte auf, und Ruth starrte fassungslos auf das Handy in ihrer Hand.

Überraschende Wendung im
»Ehrenmord«-Prozess

TAGESSPIEGEL IM JANUAR

Ein Raunen ging am Freitag durch die Reihen der Zuschauer und Journalisten im großen Saal 500 des Berliner Kriminalgerichtes. Der Prozess gegen Aras D., der angeklagt ist, seine Schwester Derya im vergangenen Sommer im Blutrausch erstochen zu haben, nahm eine überraschende Wendung. Der deutsche Freund von Derya, der Schüler Valentin B., sagte aus, dass er unter dem Druck seiner Mutter eine Falschaussage getätigt habe. Er hatte damals unter Eid versichert, seine Freundin um 23.40 Uhr am Bahnhof Heerstraße verlassen zu haben. Tatsächlich aber zeigte die Überwachungskamera die Kurdin erst um 0.40 Uhr auf dem Bahnsteig. Staatsanwaltschaft und Polizei konnten bislang nicht klären, wo sich Derya D. in der fehlenden Zeitspanne aufhielt. Nun ist das Rätsel gelüftet: Der junge Mann nahm die Kurdin noch mit nach Hause, wo sie sich weitere 50 Minuten aufhielt. Das aber sollte wohl nicht ans Licht kommen, und Beobachter des Prozesses fragen sich nun, welches Interesse Sibylle B. haben sollte, ihren Sohn zu einer Falschaussage zu drängen. Was bedeutet die Tatsache, dass sich das junge Mädchen in der Tatnacht im Hause der Familie B. aufhielt? Die Vorsitzende Richterin vertagte den nächsten Verhandlungstermin, und man darf gespannt sein, welche Ergebnisse die wieder aufgenommenen polizeilichen Ermittlungen dann zu Tage gefördert haben werden. Ist Aras D. am Ende doch unschuldig?

Die Meldung war im regionalen Teil der Zeitung erschienen, in der unteren Hälfte, rechts am Rand. Nicht unbedingt eine prominente Platzierung. Ruth fragte sich, wer sich überhaupt noch für den Prozess in Sachen Derya Demizgül interessierte. Und dennoch würden unzählige Berliner diese Meldung gelesen haben. In dieser Zeitung und in allen anderen regionalen und vielleicht auch überregionalen Blättern. Dem RBB dürfte es ebenfalls einen kleinen Beitrag wert sein. Und in Windeseile würde sich herumsprechen, wer sich hinter dem Kürzel »B.« versteckte. Die Familie Bucherer. Wie würde es heute für Valentin sein, in die Schule zu gehen und von seinen Mitschülern schräg angeguckt zu werden? Von den Lehrern mit schlecht verborgener Neugier gemustert? Und wie war der Tag für Professor Doktor Quirin Bucherer im Institut? Alle Kollegen würden wissen, dass seine Frau nicht nur einen Meineid geleistet hatte und deswegen eine Klage erwarten würde. Allen würde bewusst sein, dass sie ihren Sohn gezwungen hatte, eine wichtige Information in einem Mordfall zurückzuhalten, was sowohl sie als auch Valentin in den Kreis der Verdächtigen katapultierte. Ein Spießrutenlauf. Ruth hatte Mitleid mit den beiden Männern. Nicht mit der Bucherer.

Sie dachte an die Information, die sie von Johannes bekommen hatte. Natürlich war auch der Polizei und der

Staatsanwaltschaft bekannt, dass die Bucherer kein unbeschriebenes Blatt mehr war. Was würde in der Zeit bis zum nächsten Verhandlungstermin passieren? Welche Schritte würden die ermittelnden Beamten nun einleiten?

Ruth goss sich einen weiteren Becher heißen Earl-Grey-Tee ein und zog die Beine an. Mit dem Kinn auf den Knien versuchte sie, ihre Zeitungslektüre fortzusetzen, aber es wollte ihr nicht mehr gelingen, sich darauf zu konzentrieren.

Stattdessen dachte sie an den Bericht, den Johannes ihr hatte zukommen lassen. Sibylle Bucherer hatte damals in der Galerie einer Freundin gearbeitet. Sie war frisch verheiratet, aber noch nicht Mutter gewesen. Bei einer Vernissage war sie mit einer Besucherin in Streit geraten. Sie verdächtigte die Frau, ihrem Mann zu nahegekommen zu sein. Die andere bestritt dies, aber Sibylle Bucherer hatte nicht lockergelassen. Die Besucherin hatte sie daraufhin verbal beleidigt, was die Bucherer mit Handgreiflichkeiten beantwortet hatte. Der Streit eskalierte und endete damit, dass die Bucherer ihrer Kontrahentin die Faust zwischen die Zähne gerammt hatte. Es hatte zwar eine Anklage wegen Körperverletzung gegeben, aber Johannes hatte nicht herausfinden können, mit welcher Strafe Sibylle Bucherer davongekommen war.

Ruth fragte sich, ob jemand, der zu gewalttätigen und hysterischen Ausbrüchen neigte, auch imstande war, ein junges Mädchen niederzustechen. Weil sie ihr als Freundin des Sohnes nicht genehm war? Ihr schien das an den Haaren herbeigezogen zu sein, andererseits: Es wurden Menschen schon aus weit niedrigerem Anlass getötet. Auch hier. Mitten in Berlin.

Die alte Bahnhofsuhr an der gegenüberliegenden Wand zeigte an, dass es langsam Zeit für Ruth war. Sie musste heute wieder in die Großmarkthalle, die Schränke des »La Paysanne« waren leer, und es stand ein Einkauf an. Die meisten Waren ließ Ruth sich liefern, von Grossisten, aber das betraf nur die Grundzutaten, die sie regelmäßig benötigte. Alles andere besorgte sie selbst.

Ruth faltete die Zeitung zusammen, starrte auf das Ziffernblatt der großen Uhr und hörte auf das gleichmäßige Ticken. Die Abwesenheit ihrer Tochter schmerzte Ruth fast körperlich. Sie hätte es genießen sollen, diesen Morgen ganz alleine am Frühstückstisch zu sitzen, wenigstens diesen Morgen, den ersten, nachdem sie Annika gestern zum Bahnhof gebracht hatte. Die Klasse war für zehn Tage nach Florenz gereist, mit dem Nachtzug. Annika war so nervös und freudig erregt gewesen, dass Ruth in ihr wieder das kleine Mädchen gesehen hatte, das diese schon lange nicht mehr war. Aber als sie inmitten der anderen Eltern und Mitschüler, der Koffer, Taschen und Rucksäcke am Bahnsteig gewartet hatten, hatte ihre »Kleine« sie keines Blickes mehr gewürdigt.

Ruth hatte mit der netten Mutter von Annikas Freundin ein Gespräch angefangen, nur, um sich nicht ganz verloren zu fühlen. Wenigstens hatte Annika noch einmal verstohlen gewunken, nachdem sie in den Zug gestiegen war.

Ruth war alleine durch den Abend nach Hause gelaufen. Sie hatte sich ein bisschen darauf gefreut, mehr als eine Woche die Wohnung ganz für sich zu haben, aber schon jetzt, am ersten Morgen, vermisste sie Annika. Die leere Shampooflasche, das zerknüllte nasse Handtuch auf dem Boden, den Geruch des Deos, das ihre Tochter inflationär gebrauchte, aber auch die Umarmung und den Kuss, bevor sie in die Schule aufbrach. Je älter ihre Kinder wurden, desto schwerer fiel es Ruth, diese zu entbehren. Weil die Abwesenheit der Kinder sie darauf vorbereitete, dass sie bald allein leben würde. Dass sie alt war, weil ihre Kinder schon groß und selbstständig waren. Es war ein Vorgeschmack auf die Einsamkeit.

Jetzt fiel ihr ein, dass sie in zwei Wochen Geburtstag hatte: den fünfzigsten. Ruth stöhnte auf. Sie hatte das Datum erfolgreich verdrängen können, nicht zuletzt, weil sie neben ihren Kindern und dem Bistro vor allem mit dem Prozess beschäftigt war. Was war eigentlich mit ihren Eltern, fiel es Ruth siedend heiß ein. Wollten die nicht kommen? Vor drei Monaten hatte ihre Mutter doch angekündigt, dass sie Bahntickets buchen würden? Normalerweise bekam Ruth dann eine detaillierte E-Mail von ihrem Vater, in der alle Abfahrts-, Umstiegs- und Ankunftszeiten ihrer Eltern aufgeführt waren. Aber so eine Mail war nie gekommen. Ruth nahm sich fest vor, ihre Mutter in den nächsten Tagen deswegen zu kontaktieren.

Sie ging ins Bad und begann, sich die Haare zu bürsten. Dabei beobachtete sie sich im Spiegel. Ihre Mundwinkel zeigten nach unten. Ruth lächelte. Es wirkte nicht besonders überzeugend. Es war eher ein starres Grinsen, das ihre Augen nicht erreichte.

Ruth legte die Haarbürste zur Seite und schob ihr Gesicht ganz nah an den Spiegel. Ihre Augen waren leicht geschwollen, die Lider verdeckten beinahe den immer spärlicher werdenden Wimpernkranz. Die Tränensäcke waren nicht faltig, aber seltsam prall, als hätte sie die ganze Nacht geweint. Sie hatte weniger Falten als manche ihrer Altersgenossinnen, lediglich über der Oberlippe zeichneten sich unschöne Riefen ab. Ihre Gesichtshaut war weich und zart, sie hatte einige Sommersprossen mehr als früher, oder waren das Altersflecken? Sie konnte insgesamt zufrieden sein, warum also war sie in letzter Zeit gar so uneins mit sich selbst? Sie hatte doch bereits eine Alterskrise durchgemacht, damals, als Johannes sie wegen der viel jüngeren Mona verlassen hatte. Kündigte sich jetzt schon wieder eine an? Eigentlich war sie in den letzten fünf Jahren, seit sie das »La Paysanne« führte, sehr mit sich im Reinen gewesen, warum also dieser Frust in der letzten Zeit?

Ruth schmiss die Dusche an, obwohl sie bereits nach dem Aufstehen ausgiebig darunter gestanden hatte. Aber jetzt stellte sie den Regler auf eiskalt. Sie begann mit dem linken Unterschenkel, dann kam der rechte. Führte den Strahl erst über die Außenseiten, dann die Innenseiten der Oberschenkel, linker Arm, rechter Arm. Als sie den Oberkörper erreichte, fing sie an zu brüllen. Rücken, Busen, schließlich das Gesicht. Jetzt war sie wirklich wach.

Ruth schüttelte sich wie ein nasser Hund, bevor sie zum Handtuch griff, um sich abzutrocknen. Aus Annikas riesigem Kosmetiksortiment schnappte sie sich eine Limetten-Bodylotion, und zum guten Schluss überwand sie den inneren Schweinehund und klopfte hingebungsvoll die Augencreme »Aging Eye Regeneration« auf die geschwollenen Tränensäcke und Lider.

Zehn Minuten später stand sie gestiefelt und gespornt an der Wohnungstür und war bereit, dem Tag noch eine Chance zu geben. Sie hatte sich fest vorgenommen, die Woche ohne Kind zu genießen und keine Trübsal zu blasen. Sie könnte zur Abwechslung nach der Arbeit mal ins Kino gehen, anstatt in den nächstbesten Supermarkt zu rennen. Oder das Schwimmbad aufsuchen, dort war sie als Studentin Stammgast gewesen. Eventuell ließe sich sogar eine ihrer Freundinnen, die sie über die Jahre sträflich vernachlässigt hatte, aktivieren und zu einem Barbesuch überreden. Ruth war wild entschlossen, etwas Neues zu wagen. Ein Leben zu leben. Ohne im Hinterkopf immer an die Kinder denken zu müssen.

Sie hatte kaum die Tür geöffnet, als das Telefon im Flur klingelte. Kurz zögerte Ruth, aber dann überfiel sie sofort die Panik, es könne das Sekretariat der Schule sein, das sie darüber informierte, dass etwas mit Annika geschehen sei. Sie schloss die Haustür wieder von innen, ging zum Telefon und registrierte erst im Moment des Hörerabhebens, dass die Nummer ihrer Eltern angezeigt wurde. Hätte sie es bloß klingeln lassen.

»Holländer.«

»Ja, hier auch.«

»Hallo, Mama. Ich habe heute schon an euch gedacht.«

»Ja? Ach, das sagst du doch bloß ...«

»Nein, ehrlich. Ich habe mich gefragt, was denn nun mit euch ist, wann ihr kommt.«

»...«

»Mama?!«

Wieder blieb es still, bis Ruth ein unterdrücktes Schniefen vernahm. »Mama? Alles in Ordnung?«

»Kindchen, also, es ist mir ganz unangenehm ...«

Ihre Mutter stockte. Jetzt schwante Ruth, dass ihre Mama etwas auf dem Herzen hatte. Normalerweise rief sie nicht so früh am Morgen auf dem Festnetz an, sie störte lieber bei der Arbeit auf dem Handy.

»Könnt ihr nicht kommen?«

»Ja. Nein.« Ihre Mutter schniefte jetzt laut und direkt in den Hörer. »Papa geht's nicht gut. Wir haben schon storniert.«

»Papa?« Ruth bekam Angst. Sie nahm das Telefon mit ins Wohnzimmer und setzte sich aufs Sofa. Sie hatte das Gefühl, dass sie das, was jetzt kam, lieber sitzend anhören sollte. »Was ist denn mit Papa? Ist er krank?«

»Nein, nein, mach dir keine Sorgen.«

»Mama, verdammt!« Ruth brüllte unvermittelt los. In der gleichen Sekunde tat es ihr leid. Aber diese Art ihrer Mutter, alles herunterzuspielen, um nur ja niemandem zur Last zu fallen, dabei aber alles noch schlimmer zu machen, ging ihr einfach auf den Geist. Immer schon, aber noch nie so schlimm wie jetzt. Ihr Papa! Ruths Gedanken tanzten Samba. Papa, der Gesunde. Der Vitale. Der Sportler, der immer Gutgelaunte, der ...

»Es ist das Herz. Er hat da was. Der Arzt sagt, Vorhofflimmern. Und dann zieht es immer so im Arm. Also, es ist besser, wir bleiben hier. Die weite Reise, du verstehst das doch, Ruthi?«

Ruth schloss die Augen. Nicht weinen, nicht jetzt, nicht vor Mama. Das würde alles noch viel schlimmer machen. Sie schluckte und antwortete ihrer Mutter mit fester Stimme.

»Natürlich versteh ich das. Ist auch kein Problem. Wichtig ist doch jetzt nur, dass Papa wieder auf die Beine kommt.« Es gelang ihr sogar, betont heiter zu wirken. »Kann ich ihn denn mal sprechen?«

»Er ist beim Arzt.« Ruths aufgesetzte Heiterkeit hatte gewirkt, das Wacklige in der Stimme ihrer Mutter war fast zur

Gänze verschwunden. »Aber du kannst ihn ja heute Abend mal anrufen. Er freut sich.«

»Alles klar. Dann bis heute Abend. Und, Mama?!«

»Ja?«

»Halt die Ohren steif.«

Ihre Mutter legte kommentarlos auf. Ruth saß noch ein paar Sekunden auf dem Sofa, den Telefonhörer in der Hand. Sie fühlte sich schäbig. Sie hatte beinahe vergessen, dass sie nicht nur Mutter, sondern auch Tochter war.

Befragung der Zeugin Marianne Schmidt-Wessels
am 29. Januar um 11.00 Uhr, Polizeidienststelle 22,
Charlottenburg.
Anwesend: PHW Wagner, PHW Schaller

Frau Schmidt-Wessels, nennen Sie uns bitte Ihren
    vollständigen Namen, Alter und Adresse.
Marianne Schmidt-Wessels. Wessels ist mein Mädchen-
    name. Geboren bin ich am 16. März 1948 in Magde-
    burg.
Und Sie wohnen …?
Äh, natürlich. Ich wohne in der Mohrunger Allee Num-
    mer 12. Westend.
Danke. Sie wohnen direkt neben der Familie Bucherer?
Ja. Das ist richtig. Ja.
Wir kommen jetzt zu Ihrer Beobachtung, die Sie mei-
    nen Kollegen gestern mitgeteilt haben.
Ja. Also. Das war am 25. August. Letztes Jahr. Be-
    ziehungsweise, es war ja schon nach Mitternacht,
    also der 26. August. Genau genommen.
Entschuldigen Sie bitte, Frau Schmidt-Wessels, dass
    ich unterbreche, aber warum können Sie sich an das
    genaue Datum erinnern? Ich weiß, Sie haben das al-
    les schon mal ausgesagt, aber wir brauchen das
    fürs Protokoll.
Ja, schon in Ordnung. Also, ich weiß so genau, dass
    es an dem Abend war, weil mein Mann da Geburtstag
    hatte. Und wir haben eine kleine Gartenparty ge-
    geben.
Danke. Jetzt zu Ihrer Beobachtung.
Also es war schon spät, nach Mitternacht, so halb

eins. Wir haben noch aufgeräumt, die Gäste waren
schon weg. Ich habe gerade Gläser von der Terrasse
geholt, da kam aus dem Haus der Bucherers eine
Frau.

Können Sie die Frau beschreiben?

Ja. Ja, das kann ich. Also die Frau war sehr jung,
ein junges Mädchen. Ich fand das auffällig, weil,
ich habe noch nie ein junges Mädchen bei den Bucherers gesehen. Der Junge, Valentin, kam mit raus
und hat das Mädchen zum Gartentor begleitet. Und
ich hab mir gedacht, das ist aber schön. Dass er
jetzt eine Freundin hat. Er ist ein lieber Junge,
der Valentin, ich kenne ihn ja schon von klein
auf. Aber er hat es nicht so leicht …

Die Beschreibung …

Ach so, natürlich. Sie war mittelgroß. Normal groß.
Auch eine normale Figur. Großer Busen, wie die
Mädchen das heute so haben. Aber sonst ganz normal. Auffällig waren ihre Haare. Sie hatte sehr
lange, dunkle Haare. Sie hat die Haare offen getragen, und sie waren wunderschön. Ich wollte eigentlich nicht hingucken, weil die zwei jungen Leute,
also die haben sich am Gartentor geküsst. Aber ich
war so fasziniert von diesen Haaren. Fast bis zum …
bis zu den Hüften, also sehr lang und dicht und lo-
ckig. Wunderschönes Haar, wirklich.

Sie sind dann stehen geblieben und haben die beiden
Leute, Valentin Bucherer und das dunkelhaarige
Mädchen, beobachtet?

Nein! Ich bin dann rein und habe die Gläser in die
Spülmaschine geräumt.

Wann sind Sie wieder auf die Terrasse gekommen?

Vielleicht zwei bis drei Minuten später.

Standen die beiden jungen Leute da noch am Gartentor des Nachbargrundstücks?

Nein. Das Mädchen war die Straße hinuntergegangen. Ich konnte sie noch sehen. Valentin habe ich nicht mehr gesehen. Ich nahm an, er war im Haus.

Was passierte dann?

Ich habe im Garten weiter klar Schiff gemacht. Die Fackeln ausgepustet, und mein Mann hatte so kleine Windlichter besorgt, die habe ich eingesammelt …

Und dann?

Dann kam die Frau Bucherer aus der Tür.

Wie viel Zeit war da ungefähr vergangen? Von dem Moment, als Sie wieder auf die Terrasse kamen und das junge Mädchen auf der Straße sahen, bis Frau Bucherer aus der Haustür kam?

Hm. Vielleicht fünf Minuten. Vielleicht sechs.

Konnten Sie das junge Mädchen da noch auf der Straße sehen?

Nein. Oder jedenfalls … Ich habe nicht nach ihr geguckt. Es hat mich ja nicht so interessiert. Ich war ja mit dem Aufräumen beschäftigt.

Aber Frau Bucherer haben Sie gesehen.

Natürlich. Ich musste sie ja sehen. Da, wo ich stand, guckt man direkt auf die Haustür von den Bucherers. Ich konnte sie also nicht nicht sehen. Und es war ja außergewöhnlich genug. Die kommen zwar schon öfter mal spät nach Hause, aber dass um die Zeit jemand das Haus verlässt … Also nein, das kommt ja nicht so häufig vor. Wobei, ich bin nor-

malerweise um die Zeit ja auch nicht im Garten,
weil …

Danke, Frau Schmidt-Wessels. Bleiben wir bei dem Moment, als Sie Frau Bucherer aus der Haustür kommen
sahen. Wie viel Uhr mag es da gewesen sein? Ungefähr?

Ich weiß es sogar ziemlich genau. Es muss so gegen
kurz nach halb eins gewesen sein. Weil ich danach
reingegangen bin und auf die Küchenuhr gesehen
habe. Es war 0.35 Uhr.

Sie sind also wieder reingegangen. Haben Sie noch
gesehen, was Frau Bucherer gemacht hat?

Ja, sicher. Ich habe sie noch beobachtet, weil es so
ungewöhnlich war. Sie hat das Grundstück verlassen
und ist die Mohrunger hinuntergegangen. Wie das
Mädchen. In die gleiche Richtung.

Sie haben also Frau Bucherer noch einen Moment be-
obachtet. Sie haben gesehen, wie sie die Mohrunger
Allee in Richtung Heerstraße gegangen ist. Das
Mädchen haben Sie aber nicht mehr gesehen?

Nein. Das Mädchen nicht. Aber das Auto. Ganz am Ende
der Straße.

Das Auto? Welches … Haben Sie mit den Kollegen darüber schon gesprochen?

Nein, das fällt mir jetzt erst ein. Wenn ich mir das
Bild vor Augen rufe. Jetzt erinnere ich mich. Als
das Mädchen bei den Bucherers raus ist, ist auf
der anderen Seite eine Limousine losgefahren. Ein
schwarzer Mercedes. Ein großes Modell. Er ist
langsam gerollt.

Und das kam Ihnen nicht komisch vor?

Ähm. Nein ... Ich war so beschäftigt, dass ich nicht
weiter darüber nachgedacht habe. Aber jetzt, wo
Sie mich fragen ... Es war ein bisschen befremdlich.

Berlin-Westend, Bahnhof Heerstrasse,
eine Nacht von Samstag auf Sonntag
im August des Vorjahres, null Uhr fünfzig

Die S-Bahn fuhr in den Bahnhof ein, die Bremsen kreischten schrill, und Derya drehte sich von der Frau weg, die sie aufgehalten hatte.

»Sorry, aber das ist meine Bahn. Ich muss jetzt ...«

»Nicht. Nimm die nächste.« Sibylle Bucherer packte Derya am Handgelenk. Ihre Finger waren sehnig und muskulös und zeugten davon, dass die schmale Frau mehr Kraft hatte, als Derya auf den ersten Blick vermutet hätte.

Derya ging ein paar Schritte rückwärts in Richtung Gleise. Sie wandte den Kopf. Die Bahn war halb leer, keine Tür hatte sich geöffnet, niemand war ausgestiegen. Sie fühlte sich unwohl, wollte weg von Valis Mutter. Die Alte war ihr unheimlich, außerdem war es jetzt schon verdammt spät, sie wollte nach Hause. Derya dachte an ihre Eltern. Sie fühlte sich mies, dass sie sie angelogen hatte, von wegen, Michelles Mutter würde sie nach Hause fahren.

»Ich kann dich nachher nach Hause fahren. Bitte, ich will mit dir reden, Derya.« Sibylle Bucherer verstärkte ihren Griff.

Das Signal für die bevorstehende Abfahrt der S-Bahn ertönte. Derya wusste, dass sie jetzt entweder entschlossen handeln musste, sich losreißen, die Tür aufdrücken und in die Bahn springen. Oder bleiben.

Sie blieb stehen. »Okay. Aber die nächste muss ich echt nehmen. Meine Eltern flippen sonst aus.«

Die Bucherer nickte. Sie sah erleichtert aus. Derya kapierte nicht, was die von ihr wollte. Wenn sie bei Vali war, sprach die Mutter kaum ein Wort mit ihr. Und jetzt plötzlich, mitten in der Nacht …

»Ich lade dich oben noch auf was zu trinken ein. Das Café an der Ecke hat vielleicht noch auf.«

Sibylle Bucherer ging vor ihr die Treppe hoch und nickte einladend. Trotzdem war es Derya nicht wohl. Hätten sie nicht irgendwann anders reden können? Sie spürte plötzlich, dass sie zu viel getrunken hatte, sie war müde und fröstelte. Aber jetzt konnte sie nicht mehr zurück.

Sie folgte der Bucherer zum Ausgang Boyenallee. Die Alte sah sich um, natürlich hatte das Café nicht mehr auf. Der Kellner stellte schon die Stühle hoch. Im Garten saßen noch ein paar Leute, aber die Leuchtschrift war bereits ausgeschaltet. Derya zeigte mit dem Kinn in Richtung des kleinen Platzes. Das benachbarte Büchercafé war schon längst geschlossen, aber unter den Platanen standen noch Bierbänke. Sie überquerten die Straße, an der eine große schwarze Mercedes-Limousine mit laufendem Motor stand, und peilten eine der Bänke an. Derya ließ sich darauf fallen und kramte eine Kippe aus ihrer Handtasche. Sie sah aus den Augenwinkeln, wie Valis Mutter sie beobachtete. Obwohl sie nur noch drei Kippen in der Packung hatte, fühlte sie sich irgendwie verpflichtet, der Alten eine anzubieten. Die Bucherer schüttelte erst den Kopf, griff dann aber doch zu.

»Ich rauche eigentlich nicht«, nuschelte sie, während Derya ihr das Feuer hinhielt.

Jetzt fiel Derya erst auf, dass die Frau besoffen war. Die Augen waren blutunterlaufen, die Hände zitterten, und sie hatte eine monstermäßige Fahne. Scheiße, dachte Derya. Wäre ich bloß in die Bahn gestiegen.

»Raucht Valentin auch?« Sibylle Bucherer stieß den Rauch langsam und genüsslich durch die Nase aus, und Derya schien es, als wäre Frau Bucherer das Rauchen durchaus gewöhnt.

»Nein. Nie.«

»Und was anderes? Kiffen?«

»Sitzen wir deshalb hier? Nachts, kurz vor eins, weil Sie von mir wissen wollen, wie brav Ihr Sohn ist?« Derya fasste es nicht. Warum war sie so blöd gewesen und hatte die Bahn fahren lassen? Sie wusste doch, dass Valis Mutter ein Rad ab hatte. Vali hatte ihr oft genug erzählt, dass seine Mom nicht richtig tickte.

Sibylle Bucherer sagte nichts. Sie rauchte, den Kopf in den Nacken gelegt, und blickte in das dunkle Blätterdickicht der Zweige über ihnen.

»Derya«, sagte sie nur, und diese verdrehte die Augen.

»Du kannst gerne Sibylle zu mir sagen«, fuhr die Alte fort, und Derya fragte sich, ob es noch schlimmer kommen konnte. Die Bucherer war hackedicht. Neben der könnte sie noch stundenlang hocken, ohne dass die damit rausrückte, was sie von ihr wollte. Vermutlich hatte sie selbst keinen Plan.

»Ist schon gut«, antwortete Derya. Verstohlen fischte sie in der Handtasche nach ihrem Handy. Sie würde Aras eine SMS schreiben. Der sollte kommen und sie holen, sonst würde sie die ganze Nacht hier hocken und sich irgendein besoffenes Geseier anhören müssen. Derya hatte jetzt beide Hände in ihrer Handtasche vergraben, die Kippe zwischen die Lippen geklemmt, und tippte die SMS blind. Sie schrieb so viel und so schnell, dass sie nicht mehr auf die Tastatur schauen musste, das war wie Zehnfingersystem auf der Schreibmaschine, bloß dass sie mit beiden Daumen schrieb.

Die Bucherer merkte nicht, was Derya tat, sie war zu beschäftigt mit sich selbst. Als sie die Kippe zur Hälfte runter hatte, drehte sie sich schließlich zu Derya und legte einen Arm auf die Rücklehne. Derya hatte im ersten Moment geglaubt, die Frau wolle sie umarmen, und war ein Stück abgerückt.

»Ich wollte dich kennenlernen, Derya«, begann Valis Mutter. »Du musst das verstehen. Ich weiß nicht, wer du bist, und du kommst einfach so in unser Haus. Du nimmst Besitz von meinem Sohn ...«

Fuck, dachte Derya und schaltete auf Durchzug. Die ist so hammerbreit. Das geht ja gar nicht. Sie wusste von Vali, dass dessen Eltern gerne tranken, alle beide und nicht wenig. Aber wenn der wüsste, dass seine Mutter nachts draußen rumläuft und seine Freundin vollschwallt, er würde sich so was von schämen.

»... seine erste Freundin. Und plötzlich ist er mir ganz fremd. Er war doch immer mein kleiner Junge.« Sibylle Bucherer schniefte, und Derya musterte die ältere Frau erschrocken. Diese hatte Tränen in den Augen, tatsächlich. Das kam vom Alkohol, dachte Derya, jetzt kommt die Heulphase. Die interessiert sich in Wahrheit doch gar nicht für ihre Söhne. Jetzt griff Sibylle Bucherer tatsächlich nach Deryas Arm und hielt ihn im Klammergriff.

»Nimm ihn mir nicht weg«, sagte sie und schob ihr Gesicht näher an das von Derya. Es war nicht klar, ob die Alte das als Bitte oder als Drohung meinte. »Nimm ihn mir nicht weg.«

Das Letztere, entschied sich Derya. Das Gesicht der Galeristin war jetzt verzerrt, vor Wut, Schmerz und Suff. Sie starrte Derya an und drückte deren Arm noch fester. Sie sieht scheiße aus, dachte Derya, wenn die so weitermacht, wird sie wie Gollum. Sanft versuchte sie, der Frau ihren Arm zu entwinden. Diese ließ tatsächlich los, brach aber gleichzeitig in Tränen aus. Voll der falsche Film. Derya kramte nach Taschentüchern, konnte aber keines finden. Dafür hatte das Handy vibriert, eine Antwort von Aras. »Mach mich auf den Weg«, leuchtete es gelb vom Display. Derya atmete auf. Lange würde sie das hier nicht mitmachen müssen.

Inzwischen hatte Sibylle Bucherer ein Taschentuch aus ihrer eleganten Strickjacke hervorgekramt und sich geschnäuzt. Jetzt fuhr sie sich durch die Haare, tupfte die Augen trocken und nickte.

»Okay«, sagte sie dann und blickte zu Derya. »Ich habe gesagt, was zu sagen ist. Wenn ihr ein Paar seid – bitte. Daran ist wohl nichts zu ändern. Aber ich warne dich: Mein Sohn hat auch noch eine Familie. Und die ist ihm wichtig.«

Derya nickte gehorsam. Was sollte das denn heißen? Zum Glück hatte sie das meiste von dem, was die Alte abgesondert hatte, verpasst.

»Ich fahre dich jetzt nach Hause.« Sibylle Bucherer erhob sich rasch und schwankte leicht.

»Was? Ach nee, danke, mein Bruder holt mich ab.« Derya versuchte ein halbherziges Lächeln.

Sibylle Bucherer zog eine Augenbraue hoch, überlegte kurz, machte aber keinerlei Anstalten, Derya zu überreden.

Verpiss dich, bitte, dachte das Mädchen. Dann blickte sie der hochaufragenden Gestalt der Frau nach, die sich grußlos umgedreht hatte und nun die Heerstraße an der roten Ampel überquerte.

Es war wie damals, dachte Ruth und kuschelte sich noch tiefer unter die Decke, als sie von zu Hause ausgezogen war und ihre erste eigene Wohnung hatte. Kreuzberg 36, Seitenflügel, vierter Stock, Duschkabine in der Küche, Ofenheizung und Außenklo. Aber die ganz große Freiheit. In den ersten Monaten hatte es sich so großartig angefühlt, dass man tun und lassen konnte, was man wollte. Zum Mittagessen Cornflakes. Unter der Woche bis zwölf im Bett liegen bleiben. Niemals das Klo putzen und erst recht nicht aufräumen.

Die Freiheit, die sie sich heute herausgenommen hatte, war im Vergleich dazu nur relativ, aber es fühlte sich exakt genauso an. Ruth war nach dem Feierabend einfach ins Bett gegangen. Sie war um halb acht nach Hause gekommen, hatte noch im Flur Schuhe, Mantel und Tasche fallen lassen, hatte sich den Schlafanzug angezogen und einen Ingwertee gekocht. Und sich dann mit einem neuen Kochbuch ins Bett gefläzt. Von wegen Barbesuch! In den vergangenen drei kinderlosen Tagen hatte Ruth in sich hineingehorcht und festgestellt, dass sie keineswegs das Bedürfnis hatte, etwas zu unternehmen. Weder nach Ausstellung noch nach Kino und auch nicht nach Restaurant stand ihr der Sinn. Sondern nach dem ganz großen Hängenlassen. Sie hatte keine Lust, diszipliniert zu sein. Sie würde nicht einkaufen, nicht putzen und erst recht keine Büroarbeit machen. Sie musste schließlich schon das Restaurant schmeißen. Sie würde einfach nur die Zeit mit sich selbst genießen, sich ausruhen und sich freuen, dass sie für niemanden sorgen und niemandem Rechenschaft ablegen musste.

Kommenden Dienstag würde Annika von der Klassenfahrt zurückkommen, sie würde also den Montag, an dem das »La Paysanne« geschlossen hatte, nutzen, um die Wohnung wieder herzeigbar zu machen.

Es klingelte. Ruth warf einen Blick auf den Wecker. Wer kam um halb neun Uhr abends unangekündigt zu Besuch? Das konnte nur einer von Annikas Freunden sein, der nicht wusste, dass der Vogel ausgeflogen war. Aber Ruth dachte nicht daran, die Tür zu öffnen, sie erwartete niemanden, und sie würde sich Fremden garantiert nicht im Schlafanzug präsentieren. Zumal dieser aus einer ausgebeulten Flanellhose aus Johannes' Altbeständen und einem Hello-Kitty-Big-Shirt bestand, das Annika irgendwann einmal aussortiert hatte.

Jetzt klingelte es wieder. Und wieder. Sturmklingeln.

Das Kochbuch flog auf den Boden, die Bettdecke hinterher, und Ruth stampfte zur Tür, entschlossen, dem unverschämten Besucher die Leviten zu lesen. Aber als sie öffnete, war sie einen Moment sprachlos. Es war ihr Sohn Lukas, der ein Sixpack Bier hochhielt und freudestrahlend »Überraschung!« rief. Er war neben Annika vermutlich der einzige Mensch, der ihren Aufzug nicht naserümpfend kommentieren würde, ja dem nicht einmal auffiel, wie schräg ihm seine Mutter gegenübertrat. Dafür kannte er sie zu gut.

Lukas zwängte sich an Ruth vorbei und steuerte zielstrebig die Küche an. »Ich dachte, du brauchst vielleicht ein bisschen Gesellschaft.«

Ruth schloss die Tür und folgte ihm. Sie hatte sich noch nicht entschieden, ob sie sich über den überfallartigen Besuch freuen sollte oder darüber ärgern, dass ihr der frühe Kuschelabend im Bett verhagelt wurde.

Vier Biere verschwanden im Kühlschrank, zwei öffnete Lukas sofort und musterte rasch den Inhalt des Kühlschrankes. »Hast du nichts Leckeres?«

»Ich hab's nicht geschafft einzukaufen«, gab Ruth zurück und ärgerte sich sofort über ihre Reaktion. Sie war ihrem Sohn darüber doch keine Rechenschaft schuldig!

»Mmh«, maulte der und zog eine Ecke Ziegenbrie und eine Dose Sardinen hervor. Er legte alles auf Ruths Holztablett, nahm einen Rest Fladenbrot von vorgestern aus dem Brotkorb, wobei sein Stirnrunzeln nicht verbarg, dass er über die Ausbeute alles andere als begeistert war.

»Fühl dich wie zu Hause«, kommentierte Ruth spitz das Treiben ihres Sohnes. »Ich nehme mal an, dass du noch nichts gegessen hast?«

»Komm grad aus der Uni«, gab Lukas zurück, den Mund voll Fladenbrot.

Davon träumst du, dachte Ruth, behielt diesen Gedanken aber für sich. Sie hatte im vergangenen halben Jahr nicht unbedingt den Eindruck gewonnen, dass ihr Sohn ein eifriger Hochschulbesucher war. Wann immer man ihn anrief, lag er entweder noch im Bett oder zog um die Häuser oder war mit irgendeiner Art von Sport beschäftigt. Sie hatte noch nicht einmal so etwas gehört wie »Ich kann jetzt nicht, bin im Seminar« oder »Ich muss lernen«. Aber da bei ihr die Phase der zügellosen Freiheit nach spätestens zwei Semestern einer gewissen Anschlusspanik gewichen war und sie tatsächlich angefangen hatte, regelmäßig Seminare zu besuchen, hoffte Ruth inständig, dass es bei Lukas ebenso sein würde. Da war sie wieder, ihre unbedingte Hoffnung, die Kinder zur Eigenverantwortung erzogen zu haben. Geboren aus Erziehungsunlust, aber das wollte sich Ruth lieber nicht eingestehen.

In der Zwischenzeit hatte Lukas das Tablett bereits ins Wohnzimmer hinübergetragen. Er hatte sich aufs Sofa geschmissen und grinste Ruth breit an. »Na, schön so allein?«

»Danke der Nachfrage.« Ruth ließ sich in den Sessel plumpsen, zog die Füße unter sich und griff nach der Bierflasche. »Eigentlich trinke ich ja nichts diese Woche.«

Statt einer Antwort zog Lukas nur eine Augenbraue hoch.

Ruth lachte, und sie prosteten sich zu. »Weil Einsamkeitstrinken elend ist. Aber heute habe ich ja Gesellschaft.«

Sie tranken einen Schluck, und während sie ihrem Sohn dabei zusah, wie er sich heißhungrig mit dem alten Brot, den Sardinen und dem Käse vollstopfte, erzählte Ruth ein bisschen über ihr Schöffenamt. Lukas zeigte freundliches Interesse, aber auch nicht mehr, was Ruth nur recht war. Sie hatte beschlossen, sich das Verfahren künftig nicht mehr so zu Herzen zu nehmen, dass es ihr Privatleben bestimmte. Der Prozess um das getötete Mädchen verfolgte sie ohnehin bis in ihre Träume, sie musste aufpassen, dass sie nicht nur darum kreiste. Also erzählte sie Lukas gerade so viel, dass seine Neugier befriedigt war, aber sie ging nicht ins Detail. Ihm schien das zu reichen.

»Hast du was von Anni gehört?«, erkundigte er sich mit vollem Mund. Anni war sein Spitzname für die jüngere

Schwester. Nur Lukas nannte sie so, allen anderen hatte Annika es verboten.

Ruth schüttelte den Kopf. Lukas lachte und zuckte die Schultern. »Hab ich mich gemeldet, damals?«

»Nein.« Ruth erinnerte sich mit Schaudern. Lukas war mit seiner Klasse nach Brighton gefahren, und nach zehn Tagen absoluter Funkstille hatte Ruth die grünweiße Leiche ihres Sohnes am Busbahnhof aufgesammelt. Später hatte sie sich aus den spärlichen Informationen zusammengereimt, wie die Jungs in der Klasse die zehn Tage verbracht hatten: trinkend. »Und ich glaube, ich bin auch ganz froh drum«, fügte sie nun hinzu.

Lukas lachte, sie fiel mit ein. Jetzt, wo er ihr gegenübersaß, spürte Ruth, wie sehr sie ihren Sohn vermisst hatte. Eine Welle von mütterlicher Zuneigung wallte in ihr auf, während sie ihn betrachtete. Lukas hatte ihre Locken geerbt, zu seinem großen Ärger, und trug diese raspelkurz geschnitten. Damals, auf der Klassenfahrt, hatte er sie noch lang getragen und beinahe einen blonden Afro gehabt. Jetzt sah er irgendwie adrett und gepflegt aus. Er hatte einen richtigen Haarschnitt, trug ein sauberes T-Shirt und war frisch rasiert – ein untypischer Anblick für Lukas, der sich bis vor kurzem noch ganz gerne nerdmäßig gehenließ. Vielleicht hat er eine Freundin, dachte Ruth und schämte sich dafür, dass der Gedanke von einem kleinen Stich im Herzen begleitet wurde. Rasch stand sie auf und plünderte, um ihre sentimentale Stimmung zu überspielen, in der Küche ihre Vorräte für den hungrigen Sohn.

»Wie geht's eigentlich Opa?«, rief dieser ihr aus dem Wohnzimmer in die Küche hinterher.

Während sie die Vorratsschränke nach Essbarem durchwühlte, wunderte sich Ruth über diese Frage. »Wieso fragst du? Hast du mit ihm gesprochen?«

Sie wechselte wieder ins Wohnzimmer. Lukas stopfte sich gerade ein zusammengeklapptes Fladenbrot mit Ziegenkäse in den Mund und nickte.

Ruth breitete die Schätze aus der Vorratskammer auf dem Tisch aus. »Dann weißt du ja, dass es ihm nicht gutgeht. Das Herz. Telefoniert ihr öfter?«

Ihr Sohn hatte das Brot heruntergeschluckt und spülte mit Bier nach, bevor er antwortete. »Manchmal. Opa ruft ab und zu bei mir an. Er hat natürlich immer irgendeinen Vorwand, dass er mit dem PC nicht klarkommt und so. Aber eigentlich will er quatschen.«

Ruth nahm das gerührt zur Kenntnis. Sie wusste, dass ihr Vater immer schon eine besonders enge Beziehung zu Lukas hatte, er schien sich selbst in ihm wiederzuerkennen. Aber dass die beiden regelmäßig telefonierten, war ihr neu.

»Ich habe gestern lange mit ihm gesprochen«, gab sie zurück, während sie an der Salzbutter schnüffelte, die sie in den Untiefen des Kühlschrankes ausfindig gemacht hatte. »Er macht sich Sorgen und ist auch ziemlich deprimiert. Aber das will er natürlich nicht zugeben.«

»Ist das schlimm, Vorhofflimmern?«

Ruth zuckte mit den Schultern. Ihr Vater hatte den Befund des Arztes total heruntergespielt, ihre Mutter dagegen war hysterisch in Tränen ausgebrochen. Sie selbst hatte gestern Abend im Internet geforscht, aber demzufolge stand ihrem Vater der Tod direkt bevor, und so hatte sie es schließlich aufgegeben, um sich nicht vollends von den Diagnosen im Netz deprimieren zu lassen. Ihr Vater hatte etwas am Herzen, und er sollte sich schonen. Er hatte zu hohen Blutdruck, und seit er Rentner war, zu wenig Bewegung, trotz seines Sportfimmels. Aber es stellte sich heraus, dass er schon lange nicht mehr Tennis spielte, sich weigerte, spazieren oder gar walken zu gehen, und lieber die Zeit am Schreibtisch verbrachte. Ruth hatte im Lauf des Telefonats festgestellt, dass sie verdammt wenig vom Leben ihrer Eltern wusste. Seit sie das »Paysanne« hatte und die Kinder ihre Ferien nicht mehr bei den Großeltern verbrachten, hatte sie diese nicht mehr besucht – seit mehr als fünf Jahren also. Es waren immer ihre Eltern gewesen, die sich auf die Reise gemacht hatten, und in der einen Woche im Jahr, die die beiden bei ihr verbrachten, hatte sie nicht den Eindruck gewonnen, dass es ihnen schlechtging.

Aber jetzt musste Ruth sich eingestehen, dass sie irgendwie den Draht zu den beiden verloren hatte. Sie hatte sich vorgenommen, mal mit Regine darüber zu sprechen, ihrer Schwester. Sie wohnte mit ihrer Familie im gleichen Ort wie die Eltern und pflegte engen Kontakt mit diesen. Aber Ruth verschob das Telefonat auf irgendwann Ende der Woche und hoffte auf baldige Entwarnung von ihren Eltern.

»Mach dir keine Sorgen, Luki. Opa muss einfach sein Leben umstellen. Er ist ein bisschen eingerostet. Das wird wieder. Er ist doch unverwüstlich.«

Lukas nickte, aber er glaubte ihr nicht. Das konnte sie seinem skeptischen Gesichtsausdruck deutlich ansehen.

»Ich hab überlegt, ob ich mal runterfahre. Ihn besuchen«, sagte er und musterte sie dabei.

»Das ...«, Ruth war völlig überrumpelt, »das wäre bestimmt super. Oma und Opa freuen sich wahnsinnig, wenn du kommst. Ich kann leider nicht weg, falls du gehofft hast, dass wir mit dem Auto fahren.«

»Nee, schon okay. Ich mach Mitfahrer.«

»Kannst du denn einfach so weg, mitten im Semester?«

»Klar.« Eine detaillierte Antwort bekam Ruth nicht, denn Lukas drückte sich elegant, indem er aufstand, um sich eine zweite Flasche Bier zu holen. Sie wusste genau, woher der Wind wehte. Ihr Sohn war froh um jede Ablenkung, die ihn vom ernsthaften Studieren abhielt. Und die Großeltern würden ihn nicht nur mit Liebe, sondern auch mit allen möglichen materiellen Dingen, von Geld mal abgesehen, eindecken. Aber Ruth wollte jetzt nicht kleinlich sein. Wenn Lukas ihre Eltern besuchte, half das allen, nicht zuletzt den beiden alten Leutchen.

Gemeinsam machten sie im Lauf des Abends noch ein Glas Oliven und getrocknete Tomaten nieder, fielen über Schüttelbrot und eine winzige Dose mit Confit de Canard her. Sie sprachen über alles Mögliche, ohne allzu lange bei einem Thema zu verweilen. Sie hatten Spaß, und Ruth spürte das enge Band zwischen ihnen. Es war wie immer, sie waren eine Einheit, sie und ihr Kind, ihre Kinder. Das Band war nicht zerrissen, obwohl sie Lukas nicht mehr so oft sah. Kurz vor Mitternacht schmiss sie ihn dann aber doch raus, die Nacht würde wieder eine viel zu kurze werden.

Im Flur nahm Lukas sie in den Arm, und Ruth genoss es. Sie war so stolz auf ihn, auf alles, was er dachte, sagte und tat. Auf die Art, wie er in der Welt war.

»Es war so schön, dass du hier warst, danke«, sagte sie zum Abschied und hielt ihm die Tür auf.

»Ja, war super.« Lukas war schon zur Hälfte im Treppenhaus, als er stoppte und verlegen mit einem Fuß auf den anderen trat. Ruth wusste, was jetzt kam. Sie kannte ihn zu gut. Sie hätte gleich zum Portemonnaie greifen können, aber so leicht wollte sie es ihm dann doch nicht machen. Er sollte schon ein bisschen leiden.

Tatsächlich schien es ihm unangenehm zu sein, aber auch nur ein bisschen. Er hatte einfach zu viel Übung im Betteln.

»Mom, hast du vielleicht 'nen Hunni, den du mir leihen kannst?«

Die Packung mit den Valium lag nur wenige Zentimeter
entfernt neben ihr. Sergul versuchte, nicht an die Packung
zu denken, aber je länger sie wach lag, desto schwerer fiel
es ihr. Sie hatte bereits eine genommen. Eine ganze, nicht
eine halbe, wie ihr Plan es vorschrieb. Aber das war schon
am frühen Abend gewesen. Seitdem hatte sie vor sich hin
gedämmert, war erst vor dem Fernseher eingeschlafen,
dann wieder aufgewacht. Hatte die halbe Flasche Weißwein
getrunken und war dann zu Bett gegangen, in der Hoffnung auf Schlaf. Eine trügerische Hoffnung, natürlich.
Wie seit Monaten schon. Es war nur eine Frage der Zeit, bis
sie die Nachttischschublade öffnen, die Packung heraus-
nehmen und eine Tablette aus dem Blister drücken würde.

Aber sie wollte sich beweisen, dass sie es im Griff hatte.
Stattdessen machte sie das Licht an und griff nach dem iPad,
das immer in Reichweite war. Ihr Nabel zur Welt. Sie verließ
ihr Apartment seit einem halben Jahr kaum noch. Studierte
nicht mehr. Ob ihre Eltern davon Wind kriegten oder nicht,
war ihr scheißegal. Sie war ihren Eltern doch auch scheißegal. Aus reiner Gewohnheit rief ihr Vater einmal die Woche
an und erkundigte sich, wie es ihr ging. Er nannte sie »mein
Sternchen« und »Prinzessin« und »Blümchen«, er über-
wies ihr das Geld, das sie zum Leben brauchte, viel Geld,
aber er hatte sie aufgegeben.

Sie öffnete das Cover, und ihre Facebookseite poppte auf. Elf neue Nachrichten. Alle von Zinar. Sie löschte sie ungesehen. Sie wollte von ihrem Bruder nichts wissen. Dann scrollte sie durch die Postings, aber keines konnte ihre Aufmerksamkeit erringen. Lustige Bilder, Videocliplinks, politische Aufrufe. Ihr Blick blieb an der Werbeleiste am rechten Rand hängen. Aras gefällt ZeleMele.

ZeleMele also, dachte Sergul. Es war nicht gerade ihre Musik, trotzdem ging sie auf die Website des kurdischen Musikers. Sie klickte den Song »dilemosa« an, und als die ersten Klänge des Pianos erklangen, krampfte sich ihre Brust zusammen. Sie schloss die Augen und dachte an Aras. Dass er im Gefängnis saß. Dass Derya tot war. Und sie dachte an den Abend, als sie das Fest gefeiert hatten. Im Morgengrauen war Aras noch zu ihr ins Zimmer gekommen. Er war durchs Fenster geklettert, und sie hatten sich geliebt. Nicht zum ersten Mal, er hatte sie schon einmal in Ankara besucht. Der Sex mit ihm war großartig gewesen. Er war ein schöner, kräftiger Mann mit großer Ausdauer und Hingabe. Wenngleich er, wie die meisten seiner Landsmänner, weniger an ihrer Lust interessiert war als daran, im Bett eine gute, nein, eine überdurchschnittliche Leistung zu bringen. Aber er hatte wunderbar gerochen und geschmeckt. Das war wichtig für Sergul, sie konnte keinen Mann lieben, den sie nicht riechen konnte.

Derya hatte sie damals nichts erzählt, niemand sollte wissen, dass sie mit Aras schlief. Das hätte nur das Bild bestätigt, das ohnehin alle von ihr hatten. Sie hatte sich gefragt, ob sie ihn heiraten würde, aber sie wusste, dass das Grübeln darüber müßig war. Aras hätte sie niemals geheiratet. Selbst wenn er sich in sie verliebt hätte. Und obwohl er damit in die wichtige Familie von Bozan, ihrem Vater, eingeheiratet hätte. Sergul wusste genau: Aras hätte sie nicht geheiratet und auch kein anderer Mann aus einem der Clans. Sie war kein Mädchen mehr für die Heirat. Sie war keine Jungfrau mehr gewesen, als sie ins heiratsfähige Alter kam. Sie war wertlos für ihren Vater, seit ihrem vierzehnten Lebensjahr. Und alle wussten es. Sie war nicht Sergul, die Blume der Blumen. Sie war Sergul, die Befleckte. Nur deshalb hatte sie nach Ankara gehen und studieren dürfen. Hatte ein Apartment bekommen und ein westliches Leben führen dürfen. Es war letztendlich ihr Glück gewesen, dass sie nicht zehn, zwanzig Jahre früher gelebt hatte. Wer weiß, wie ihr Vater dann mit ihr verfahren wäre.

Sergul klickte ZeleMele weg. Seine klagende Stimme konnte sie nicht aushalten, es erinnerte sie daran, dass Derya tot war. Und dass Aras im Gefängnis saß. Derya war tot und Aras im Gefängnis. Derya tot, Aras Gefängnis. Ihr war, als könnte sie seit Deryas Tod an nichts anderes denken, als wäre sie in einer Endlosschleife gefangen. Sergul griff nach dem Blister mit dem Valium.

Staatsanwaltschaft beim Landgericht Berlin:
Gegenwärtig Staatsanwalt Eisenrauch als Vernehmender. Auszug aus dem Protokoll in der Ermittlungssache gegen den Beschuldigten Aras D. wegen vorsätzlicher Tötung von Derya D.
Vernehmung der Zeugin Sibylle B. in den Räumen des Polizeipräsidiums Berlin LKA

[...]

EISENRAUCH: Frau B., ich darf also zusammenfassend festhalten, dass die Angaben über den Verlauf des Abends, die Sie seinerzeit, genauer am 27. 8. auf der Polizeidienststelle in Charlottenburg gemacht haben und später auch vor Gericht, nicht der Wahrheit entsprachen?

BUCHERER: Ja. Leider. Das stimmt.

EISENRAUCH: Sie haben uns soeben einen neuen Ablauf geschildert, dem zufolge Sie dem Opfer bis zum Bahnhof Heerstraße gefolgt sind, es auf dem Bahnsteig angesprochen und mit ihm gemeinsam das Bahnhofsgebäude verlassen haben.

BUCHERER: Ja.

EISENRAUCH: Sie geben ferner an, dass Sie sich anschließend mit dem späteren Opfer auf einer Bank an der Grünanlage zwischen Lötener Allee und der Teufelsseestraße unterhalten haben. Das Gespräch dauerte Ihren Angaben zufolge maximal fünfzehn Minuten, danach wollen Sie nach Hause gegangen sein, Derya Demizgül ließen Sie lebend auf der Bank zurück.

BUCHERER: Sie hat ja gesagt, ihr Bruder holt sie ab. Warum sollte ich das nicht glauben?

EISENRAUCH: Kam der Bruder noch, solange Sie in Rufweite des Opfers waren?

BUCHERER: Nicht dass ich wüsste. Aber sie hat ihm
eine SMS geschickt.

EISENRAUCH: Während Sie gesprochen haben?

BUCHERER: Ja. Sie hat gedacht, ich merke es nicht.
Aber sie hat beide Hände so komisch in der Tasche
gehabt. Und nachher hat sie eine Antwort bekommen.

EISENRAUCH: Von ihrem Bruder?

BUCHERER: Ja. Also nein, das weiß ich natürlich
nicht. Es hat halt gepiept.

EISENRAUCH: Hat sie Ihnen die SMS gezeigt?

BUCHERER: Nein!

EISENRAUCH: Die Nachricht hätte also auch von irgendjemand anderem sein können? Ihrem Sohn zum
Beispiel?

BUCHERER: Theoretisch. Aber Sie wissen doch, von wem
sie die SMS bekommen hat. Sie haben doch bestimmt
das Handy überprüft.

EISENRAUCH: Das haben wir. Aber darum geht es nicht.
Es geht darum, was Sie wissen und was Sie uns sagen.

BUCHERER: …

EISENRAUCH: Haben Sie sonst jemanden bemerkt? Zeugen vielleicht, die Ihre Angaben bestätigen könnten?

BUCHERER: Das ist schon so lange her …

EISENRAUCH: Es wäre nicht so lange her, wenn Sie damals, bei Ihrer ersten Vernehmung, gleich die
Wahrheit gesagt hätten.

BUCHERER: Ich hatte Angst, mich zu belasten. Und meinen Sohn.

EISENRAUCH: Weshalb Ihren Sohn? Der war, Ihrer jetzigen Aussage zufolge, doch zu Hause und hat nicht bemerkt, dass Sie seiner Freundin gefolgt sind.

BUCHERER: Ja, schon. Aber ich wollte nicht … Wenn jemand erfährt, dass sie bei uns war, bevor sie …

EISENRAUCH: Zurück zu meiner Frage. Gibt es Zeugen für die Angaben, die Sie uns eben gemacht haben? Haben Sie jemanden auf der Straße bemerkt? Es war ein warmer Sommerabend, Ausflugsgebiet, da waren doch noch Leute auf der Straße.

BUCHERER: Ich weiß nicht … Ja, schon. Aber die haben Sie doch damals schon alle befragt, oder?

EISENRAUCH: …

BUCHERER: Der Kellner. Der die Stühle hochgestellt hat. Er hat die ganze Zeit aufgeräumt und den Laden dichtgemacht. Als ich nach Hause gegangen bin, war das Café dunkel.

EISENRAUCH: Das Café Rafih? An der Ecke Heerstraße, Teufelsseestraße?

BUCHERER: Genau.

EISENRAUCH: Wir werden das überprüfen.

BUCHERER: Es waren schon ein paar Leute unterwegs. Aber ich erinnere mich nicht konkret an irgendwen. Es müssen uns Leute gesehen haben.

EISENRAUCH: Wir tun, was wir können, aber es haben sich schon damals nicht sehr viele Zeugen gemeldet, ein halbes Jahr später wird es nicht leichter.

BUCHERER: Es tut mir so leid.

EISENRAUCH: *Frau Bucherer …*

BUCHERER: *Ich habe überhaupt nicht nachgedacht, ich habe nicht daran gedacht, dass … Ich habe nur gedacht, dass ich vielleicht die Letzte war, die sie gesehen und … ich dachte, wenn Valentin erfährt, was ich getan habe … (Die Zeugin weint heftig.)*

EISENRAUCH: *Ich schlage vor, wir machen hier eine Pause.*

BERLIN-MOABIT, ARMINIUS-MARKTHALLE,
EIN SAMSTAGVORMITTAG IM FEBRUAR,
ELF UHR DREISSIG

Obwohl sie sich schon tausendmal vorgenommen hatte, niemals hungrig einzukaufen, brach Ruth diesen Vorsatz nur allzu gerne und allzu oft. Sie schleppte einen vollen Einkaufskorb und zwei schwere Tüten, die ihr in die Handgelenke schnitten, und stand vor der Fisch-Bar. Sie überlegte, ob es schon die angemessene Zeit für eine köstliche Bouillabaisse mit einem Glas eiskalten Weißwein war oder ob sie sich dann als Säuferin fühlen und schämen müsste. Die Alternative wäre gewesen, ihre Beute – Bamberger Hörnchen von Kartoffel Kaiser, zwanzig orangefarbene Tulpen aus einem bösen holländischen Treibhaus, zwei Flaschen edler deutscher Bio-Grauburgunder, hausgemachte Tagliatelle, frische Mini-Pulpo, duftendes Baguette, zwei Croissants, drei Kilo Obst und Gemüse inklusive zweier Artischocken, mindestens ein Kilo sündhaft teurer Stinkekäse und als Krönung Kuchen am Stiel – nach Hause zu schleppen, sich eine weitere Kanne Tee zu kochen und ein zweites Frühstück einzunehmen. Dazu die bequeme Jogginghose und »Die Zeit«. Diese hatte sie in einem Anfall von Freizeitübermut gekauft, weil Jamila sie gezwungen hatte, sich den freien Samstag auch wirklich freizunehmen. Ganz. Nicht nur zur Hälfte.

Noch während sie überlegte und Vernunft und Bequemlichkeit gegen Appetit und eine Prise Verrücktheit abwog, bemerkte sie einen Mann, der mit hängenden Schultern rechts von ihr stand und mit mindestens ebenso sehnsüchtigem Blick das Angebot der Fisch-Bar musterte. Er war groß, mindestens eins fünfundneunzig, hatte eine ausgebeulte Levis 501, edle Budapesterschuhe und ein spießiges Tweedsakko an. Darunter trug er unpassenderweise ein Kapuzensweatshirt, das schon bessere Tage gesehen hatte. Es war ein bunt zusammengewürfelter und für den sonst so aus dem Ei gepellten Staatsanwalt Hannes Eisenrauch durch und durch untypisches Outfit. Die grauen Haare standen biestig vom Kopf ab, er hatte Schatten unter den Augen und ließ die Mundwinkel weit nach unten hängen.

Noch bevor sie sich überlegt hatte, ob sie ihn ansprechen sollte, drehte er den Kopf in ihre Richtung. Ruth nickte und grüßte freundlich, aber seiner ausdruckslosen Miene zufolge konnte er sie nicht einordnen. Daher entschied sie sich, ein paar Schritte auf ihn zuzugehen und ihn zu begrüßen. Weniger, weil er ihr so sympathisch war, als vielmehr aus Neugierde. Nachdem der letzte Verhandlungstag so spektakulär geendet hatte, konnte Ruth es kaum erwarten, bis der Prozess fortgesetzt würde. Beinahe stündlich dachte sie daran, was wohl in der Zwischenzeit geschehen war, was die Polizei aus Sibylle Bucherer herausbekam und welche Gründe diese für ihre Falschaussage angeführt hatte.

»Holländer«, sagte sie und grinste den Staatsanwalt freundlich an, bei dem immer noch nicht der Groschen fiel. »Ich bin Schöffin in dem Prozess ...«

»Ach ja, Demizgül, jetzt weiß ich«, gab Eisenrauch zurück – nicht eben zuvorkommend.

Ruth öffnete den Mund, um etwas zu entgegnen, aber der Typ hob seine rechte freie Hand, als wolle er sie abwehren.

»Frau, äh, Holländer, wir können uns leider nicht unterhalten.«

Ruth war so verblüfft über diesen Affront, dass sie lediglich den Mund aufklappen konnte, ihr fiel auf die Schnelle keine passende Entgegnung ein.

Hannes Eisenrauch schien zu bemerken, dass er sie unnötig vor den Kopf gestoßen hatte, und ruderte zurück. »Entschuldigen Sie bitte, das ist nicht persönlich gemeint. Aber als Prozessbeteiligte dürfen wir uns außerhalb des Gerichtssaals nicht austauschen. Ich bedaure.«

»Ach, echt?« Etwas Intelligenteres fiel ihr nicht ein, und Ruth wollte im gleichen Moment in den Boden versinken. Sie stand da wie ein Idiot – ungeduscht, geduzt und ausgebuht, wie es der von ihr sehr geschätzte Max Goldt mal formuliert hatte.

»Hat man Ihnen das nicht gesagt?«, fragte Eisenrauch jetzt etwas freundlicher.

Sein rechter Mundwinkel zuckte, was vermutlich den Anflug eines Lächelns andeuten sollte. Das machte ihn um ein winziges Quäntchen sympathischer, aber Ruth fühlte sich nach wie vor in ihrer ersten Einschätzung bestätigt. Er war ein Arsch.

»Fahren Sie so einen silbernen Pseudogeländeschlitten?«, ging sie zum Frontalangriff über.

Jetzt war es an Eisenrauch, verdattert auszusehen.

»Einen BMW X5, ja, wieso?«

»Sie sind am 9. Januar mit überhöhter Geschwindigkeit über die gelbe Ampel an der Rathenower Straße gefahren. Und damit nicht genug: Sie sind durch eine Pfütze gerauscht und haben mich bespritzt. Den Mantel musste ich in die Reinigung geben.« Das war eine Lüge, aber sie verfehlte nicht ihren Zweck. Der Staatsanwalt wurde noch blasser und fuhr sich peinlich berührt durch die Haare.

»Das ... Vermutlich war ich zu spät zu einem Termin. Das tut mir sehr leid, ich habe es nicht gemerkt ...«

»Wie auch, in diesem Panzer«, setzte Ruth hinterher. Jetzt hatte sie die Oberhand, und das gefiel ihr.

»Ich bezahle die Reinigung, das ist ja selbstverständlich.«

Ruth musste nicht lange überlegen. Davon hatte sie gar nichts, nicht einmal Genugtuung. »Ich begnüge mich auch mit einer Bouillabaisse. Und einem Glas Sauvignon.«

Eisenrauch starrte sie an, klappte die Kinnlade runter, um etwas zu entgegnen, entschied sich dann aber anders. »Wenn ich nur ein stilles Wasser nehmen darf?!«

Touché.

Sie nahmen an einem der Bartische Platz, Ruth verstaute ihre Einkäufe, so gut es ging, zu ihren Füßen und warf einen Blick in die Plastiktüte, die Eisenrauch neben seinem Barhocker abgestellt hatte. Ein Pfund Kaffee von der sagenhaften Rösterei in der Halle sowie eine kleine Tüte vom Bäcker und eine Tageszeitung. Ein Singleeinkauf. Andererseits trug er einen schmalen goldenen Ring am linken Ringfinger. Ruth wurde neugierig.

»Aber kein Wort über den Prozess. Das kostet mich den Kopf.« Eisenrauch bedachte sie mit einem kurzen strengen

Blick, und Ruth stellte sich vor, dass er Leute beim Verhör so anblickte. Führten Staatsanwälte überhaupt Verhöre? Sie musste sich schamvoll eingestehen, dass sie vom Rechtssystem ihres Landes keine Ahnung hatte. Gerichtsverhandlungen kannte sie aus den amerikanischen Filmen, und in diesen bestanden sie im Wesentlichen aus geschickt geführten Kreuzverhören.

»Sie haben noch gar niemanden ins Kreuzverhör genommen«, begann sie die Unterhaltung.

Hannes Eisenrauch lachte. Er wollte etwas entgegnen, gab aber erst seine Bestellung auf. Er entschied sich spontan für Fish and Chips mit viel Essig und einem alkoholfreien Bier.

»Danke«, kommentierte Ruth erleichtert und erklärte auf seine hochgezogenen Augenbrauen hin: »Dass Sie das fettige Essen bestellen. Dann komme ich mir nicht ganz so verkommen vor mit meinem Wein.«

»Ehrlich gesagt, hätte ich lieber ein richtiges Guinness dazu getrunken, aber dann ist der Tag gelaufen.« Er grinste leicht verschämt, und Ruth musste sich eingestehen, dass er den ersten Punkt auf der Haben-Seite gelandet hatte.

»Wohnen Sie in der Gegend?«, erkundigte sie sich, »normalerweise finden Nicht-Moabiter den Weg nicht unbedingt hierher.«

Er sah sich um und nickte beiläufig. »Ich gestehe, dass ich zum ersten Mal hier bin. Lohnt sich aber. Wirklich, das ist sehr schön gemacht.«

Keine Antwort ist auch eine Antwort, dachte Ruth bei sich. Er wohnt also nicht hier. Er ist verheiratet, kauft aber nur für eine Person ein. Und er muss nicht nach Hause, es wartet also niemand.

»Ihre Frau ist im Urlaub?« Angriff ist die beste Verteidigung, Ruth!

»Was?« Er sah sie an und war aus dem Konzept.

Sie deutete auf den Ring. »Ich habe nur eins und eins zusammengezählt. Sie sind verheiratet, haben aber am Samstagvormittag trotzdem Zeit, mit mir zu essen.«

Hannes Eisenrauch war sichtlich verlegen. Er schüttelte leicht den Kopf und drehte gedankenverloren am Ring, bis er ihr antwortete. »Ich habe im Büro geschlafen.« Er deutete mit dem Kopf leicht in Richtung Landgericht. »Das mache ich manchmal, wenn es sehr spät wird. Ähm. Ist viel Arbeit im Moment.« Er lachte. Es klang gezwungen. »Oder eigentlich immer. Es ist immer viel Arbeit.«

Die Getränke kamen, und sie prosteten sich zu. Ruth suchte in Gedanken nach einem unverfänglicheren Thema, aber eigentlich interessierte sie sich am brennendsten für Sibylle Bucherer, nur leider war das verbotenes Terrain. Außerdem hätte sie ihm gerne gesagt, dass sie nicht verstand, warum sich die Staatsanwaltschaft so auf Aras Demizgül als Täter kaprizierte. Aber auch das war tabu. Noch während sie in ihrem Hirn nach den üblichen Smalltalkthemen kramte – Es soll ja noch mal Winter werden ... Die BSR bekommt die Straßenreinigung wieder einmal gar nicht in den Griff ... Glauben Sie, der Flughafen wird überhaupt jemals in Betrieb genommen? ... –, fragte Eisenrauch sie nach ihrem Beruf. Ruth atmete auf. Sobald sie erwähnte, dass sie ein französisches Bistro führte, erhielt sie im Land der Hobby-Köche und -Gourmets maximale Aufmerksamkeit. Die Gespräche führten dann schnell von den letzten Frankreich-Urlauben und kulinarischen Mitbringseln zu Rezepttipps und Fachsimpeleien über die beste Küchenausstattung. Obwohl sie all das mittlerweile mehr als anödete, war Ruth doch froh, dass sie damit jedes Partygespräch bestreiten konnte und eigentlich mit jedem Gesprächspartner eine Basis fand. Wenn Leute nicht gerade selber kochen konnten, dann gingen sie doch zumeist gerne essen. So auch der Staatsanwalt. Er schien vom Kochen keinen blassen Schimmer zu haben – wie auch, bei der Arbeitsbelastung –, aber umso lieber zu essen. Ruth musste zugeben, dass er nicht nur Interesse, sondern auch kulinarisches Wissen offenbarte.

Über der Bouillabaisse und den in Zeitungspapier servierten Fish and Chips unterhielten sie sich rege über die Küchen verschiedener Länder, die Lieblingsgerichte von zu Hause (Er: Blut- und Leberwurst mit Sauerkraut, Ruth: Grüne-Bohnen-Eintopf, so etwa das einzige Gericht, das ihre Mutter anständig kochen konnte) und die Tatsache, dass die Deutschen mehr Geld für Kücheneinrichtung als fürs Essen ausgaben. Eine Dreiviertelstunde verging fast im Flug, Ruth war der Wein zu Kopf gestiegen, und sie freute sich darauf, dass sie sich zu Hause noch einmal ins Bett legen und einen Mittagsschlaf halten konnte. Auch der Staatsanwalt schien seine Absicht, das Wochenende arbeitend zu verbringen, aufgegeben zu haben, denn er hatte sich nach dem alkoholfreien Bier doch noch ein kleines Guinness bestellt. Schließlich zahlte er und entschuldigte sich noch einmal für die Matschpfütze.

»Schon vergessen«, gab Ruth zurück und griff nach ihren Einkäufen. »Alles, was danach kam, war viel schlimmer.«

Eisenrauch zog erneut fragend eine Augenbraue nach oben.

»Es war mein erster Tag bei Gericht«, erläuterte sie. »Und

dann gleich das. Ich war nicht darauf vorbereitet.« Vor ihrem geistigen Auge zogen wieder die Bilder aus der Gerichtsmedizin vorbei. Die gewaschene Leiche der jungen Kurdin mit den unzähligen Einstichwunden. Die Aufnahmen vom Tatort. Die Ausführungen des Notarztes über den Todeskampf von Derya.

Ruth konnte sich nicht dagegen wehren, dass ihr schon wieder die Tränen in die Augen schossen. Sie schluckte und bemühte sich, ihre Erschütterung nicht zu zeigen. »Ich habe eine Tochter und einen Sohn. Beinahe im gleichen Alter wie Aras und Derya.«

Sie schaffte es noch, Eisenrauch zuzunicken, dann beeilte sie sich, durch den Seitenausgang zu kommen, um so schnell wie möglich ihr Zuhause zu erreichen. Im Rücken spürte sie seinen Blick und sie fragte sich, wie man das aushalten konnte. 57 Strafsachen vertrat er aktuell, er kam in manchen Jahren auf über 800 Fälle, hatte er erzählt. Wie schaffte man das, ohne seelischen Schaden zu nehmen?

Auszug aus der Zeugenaussage von Keram H.

*Im August war ich als Kellner im Café Rafih beschäf-
tigt. Am 25. August hatte ich Dienst bis zum Ende. Ich
war der Einzige im Lokal, habe die Leute abkassiert
und gegen 00.00 Uhr angefangen aufzuräumen. Ich achte
darauf, dass ich pünktlich bin, ich mache keine Aus-
nahmen. Um Mitternacht ist Feierabend, da kenn ich
nichts, ich will ja nach Hause. Es waren noch Gäste
im Garten, an zwei Tischen. Als ich anfing, die Stühle
hochzustellen und alle Gläser abzuräumen, sind sie
gegangen. Um 0.20 Uhr war außer mir niemand mehr im
Lokal. Ich habe den Garten dichtgemacht und die Roll-
laden heruntergelassen. Dann habe ich noch eine geraucht und dabei die Abrechnung gemacht. Das dauert
nicht länger als 30 Minuten. Ich bin also ungefähr um
kurz nach eins aus dem Laden und habe abgesperrt. Die
genaue Uhrzeit weiß ich natürlich nicht mehr, also so
plus/minus zehn Minuten. Es waren noch Leute unterwegs, ein Jogger, jemand auf dem Fahrrad, vielleicht
auch noch jemand zu Fuß, keine Ahnung. An die Frau
erinnere ich mich nur deshalb, weil sie bei Rot über
die Heerstraße gegangen ist! Wie eine Schlafwandle-
rin, sie war bestimmt betrunken. Ich wollte hinterher, die Autos haben gehupt, aber dann war sie schon
fast drüben. Sie hatte dunkelblondes, vielleicht
schon graues Haar, schulterlang.*

*(Dem Zeugen wird ein Bild von Sibylle Bucherer ge-
zeigt)*

*Ja, genau, das ist sie. Hundert Prozent. Sonst
kann ich mich an niemanden erinnern. Das Mädchen?*

Keine Ahnung, habe ich nicht gesehen. Doch, an den Mercedes erinnere ich mich. Nagelneu, mit Alufelgen, getönte Scheiben, schickes Teil. Da ist eine Frau ausgestiegen. Jung, gutaussehend. Ja, sie war bestimmt Ausländerin. Keine Ahnung, wo sie hingegangen ist, ich bin auf mein Fahrrad und ab nach Hause.

Es war definitiv nicht ihr Tag, und das hatte sie gewusst, als ihre Schwester mitten im Service angerufen hatte. Um halb eins. Ruth hatte zwei Tournedos in der Pfanne gehabt, da klingelte ihr Handy. Als sie die Nummer von Regine im Display sah, hatte sie das Handy wieder in die Tasche gesteckt, einen Klumpen kalte Butter in die Pfanne geschmissen und daran gedacht, dass sie in vierzig Minuten ihre Tochter vom Hauptbahnhof abholen musste, Ende der Klassenfahrt. Aber Regine hatte nicht lockergelassen. Natürlich nicht. Im Piesacken war ihre Schwester schon immer ganz groß gewesen. Sie hatte noch dreimal angerufen und schließlich eine Nachricht auf die Mailbox gesprochen. Die Tournedos waren fertig, Jamila arrangierte das Fleisch mit den Beilagen auf den Tellern und reichte sie Susan nach vorne durch.

Ruth hörte die Mailbox ab, und ihr wurde klar, dass sie jetzt gleich zurückrufen musste – ihr Vater war soeben vom Notarzt ins Krankenhaus transportiert worden. Während Ruth ihre Schwester zurückrief, spürte sie, wie ihre Hände unkontrolliert zitterten und ihr der Schweiß ausbrach. Sie dachte an nichts anderes als an ihren Vater und betete zu einem imaginären Gott, der nur in absoluten Notfällen existent war, dass Papa noch lebte.

»Warum gehst du nicht ans Telefon?«, herrschte Regine sie an, sobald sie abgenommen hatte.

Ruth hatte weder die Nerven, zurückzuschnauzen, noch sich zu erklären. »Was ist mit Papa?«

»Sie schieben ihn gerade durch die Röhre«, gab Regine übellaunig zurück. Typisch Regine. Anstatt sich Sorgen zu machen, war sie einfach nur schlecht drauf, vermutlich, weil es ihr nicht passte, Papa ins Krankenhaus zu bringen, dachte Ruth. So war sie immer schon gewesen. Ich, ich, ich.

»Was ist mit ihm?«, erkundigte sie sich besorgt.

»Mama hat den Notarzt gerufen. Für alle Fälle. Er hatte wieder diese Schmerzen im Arm und in der Schulter.« Regines schlechte Laune schien zu weichen, Ruth hörte nun doch Besorgnis durch. »Dazu hat er diesen Druck auf der Brust. Er war wohl im Garten, die Vogelhäuschen auffüllen, und konnte nicht mehr atmen.«

»O Gott. Und Mama?«

»Die sitzt hier neben mir. Willst du sie sprechen?«

Ihre Mutter war erstaunlich beherrscht. Ruth telefonierte einige Minuten mit ihr, und außer dem leichten Zittern in der Stimme hielt sich ihre Mutter ausgesprochen tapfer. Papa war bei vollem Bewusstsein ins Krankenhaus eingeliefert worden und wurde jetzt von Kopf bis Fuß durchgecheckt. Vielleicht war es bereits ein winziger Herzinfarkt, wie sich ihre Mutter ausdrückte, oder aber ein Anzeichen auf einen solchen. Im Gespräch mit Ruth machte sich ihre Mutter vor allem darüber Luft, dass ihr Mann sich geweigert hätte, die Ratschläge des Arztes bezüglich Ernährungsumstellung und Bewegung zu befolgen. Nun sei er selbst schuld an der Misere. Natürlich wusste Ruth, dass der Ärger ihre Mutter lediglich davor schützte, vor Angst und Kummer zusammenzubrechen, deshalb pflichtete sie ihr bei. Schließlich gab ihre Mutter sie wieder zurück an

Regine. Den Geräuschen nach schlussfolgerte Ruth, dass ihre Schwester mit dem Telefon den Warteraum verließ und irgendwo hinging, wo sie ungestört sprechen konnte.

»Und, wann kommst du?«, fragte ihre Schwester schließlich.

»Was heißt, wann komme ich?« Ruth schwante, dass sie ab sofort vermintes Terrain betrat. »Ich kann hier nicht weg. Das weißt du doch.«

Regine schnaubte missbilligend.

»Ich kann den Laden nicht allein lassen, die Kinder ...«

»... sind schon groß, Ruth. Lukas braucht dich nun wirklich nicht mehr, und du kannst mir doch nicht erzählen, dass du Annika nicht alleine lassen kannst. Sie ist sechzehn!«

Es war die immer gleiche, immer gleich böse Auseinandersetzung. Sobald es etwas gab, das erforderte, dass sich jemand um die Eltern kümmern musste, etwas, das über Aufmerksamkeit hinausging, gerieten die Schwestern darüber in Streit. Regine wohnte nur ein paar Straßen vom Haus der Eltern entfernt, sie war also nah dran und entsprechend gefordert. Sie hatte drei Kinder, die wesentlich jünger waren als die von Ruth, und Regine profitierte davon, dass ihre Eltern jederzeit ungefragt Babysitterdienste übernahmen. Ruth fand also, dass Regine einen klaren Deal eingegangen war: Ihre Eltern standen ihr bei der Kinderbetreuung bei, dafür musste sie zur Stelle sein, wenn die Eltern einmal Hilfe benötigten. Sie, Ruth, war zu weit weg, um einzuspringen, war aber auch nie in den Genuss der Betreuungsunterstützung gekommen.

Aber Regine sah das anders. Sie hatte immer schon das Gefühl gehabt, die benachteiligte Tochter zu sein, sie empfand sich als zu kurz gekommen, und spätestens, als die

Eltern Ruth ihr Erbe vorzeitig ausgezahlt und ihr so die Existenzgründung ermöglicht hatten, sah Regine sich im Hintertreffen.

»Das ist ja so bequem, Ruth. Du hast immer was, das du vorschieben kannst. Als wenn das Bistro nicht mal ohne dich läuft?!«

»Es ist doch niemandem geholfen, wenn ich für ein paar Tage runterkomme«, entgegnete Ruth, betont sanft, sie wollte nicht noch Öl ins Feuer gießen, obgleich es sie sehr viel Beherrschung kostete, nicht einfach aufzulegen. Sie wusste ja, was kam. Der immer gleiche Sermon. Aber sie hatte sich getäuscht.

»Du hast keine Ahnung«, gab Regine zurück. »Wann hast du Mama und Papa das letzte Mal gesehen?«

»Weiß nicht. Vor einem Jahr ungefähr.«

»Sie sind alt geworden«, sagte ihre Schwester leise. »Und Papa hat Depressionen.«

»Was? Quatsch, Reggie. Das hätte Mama mir gesagt. Und Lukas hat auch erzählt, wie gut der Opa drauf war.« Lukas hatte sein Versprechen gehalten und das Wochenende bei ihren Eltern verbracht. Er war am Sonntagabend wieder nach Hause gekommen und hatte sie gleich angerufen. Natürlich hatten die beiden ihn total verwöhnt und mit Essen vollgestopft (und ihm sicher einige Scheine zugesteckt, darüber hatte Lukas dezent geschwiegen, aber Ruth zweifelte nicht daran).

»Natürlich nicht, was denkst du denn?« Jetzt steckte sich Regine eine Kippe an. Es war Ruth neu, dass ihre Schwester rauchte. »Natürlich machen sie eine große Show, wenn der Enkel aus Berlin da ist. Oder wenn sie dich besuchen. Aber ich sehe die beiden jeden Tag, Ruth. Jeden Tag.«

Jetzt schwiegen die beiden Schwestern. Ruth spürte, wie schwer Regine dieses Gespräch fiel. Sie verstand nur nicht, warum das so war.

»Ruth, ich schaff das nicht mehr.« Regines sonst so selbstbewusste Stimme wurde ganz dünn. »Jeden Tag fahr ich hin, jeden Tag. Es ist nicht so, dass Mama das einfordert, aber ich habe sonst ein schlechtes Gewissen. Sie sind so ... Ich weiß nicht, sie werden alt und sind alleine. Es geht alles nicht mehr so einfach wie früher. Neulich habe ich gesehen, wie Papa versucht hat, eine Glühbirne auszuwechseln. Er wäre fast von der Leiter gefallen.« Ihrer Schwester stockte der Atem, und Ruth hörte, dass sie kurz davor war zu weinen. Das war untypisch für ihre Schwester, die ein Jahr ältere, die immer die resolute, toughe von ihnen beiden gewesen war. Jetzt wurde sie ganz leise. »Ich mach mir Sorgen um sie.«

»Regine, das tut mir wahnsinnig leid. Ich hab wirklich nicht gewusst ...« Auch Ruth fiel es schwer, darüber zu reden. Den Gedanken, dass ihre Eltern so alt werden würden, dass sie Schwierigkeiten hätten, ihr Leben alleine zu meistern, hatte sie noch nie zugelassen. Sie hatte gedacht, es würde ewig so weitergehen. Und irgendwann würde einer umfallen oder beide. Naives Wunschdenken. Aber es hatte nur so in ihr Leben gepasst. Sie hatte sich um ihre Kinder, um ihr Bistro und um ihre Existenz gekümmert – dass sie sich vielleicht auch um die Eltern sorgen musste, passte da nicht mehr hinein.

»Du hast ja recht«, Regine wurde wieder resolut, »es hilft wirklich nicht, dass du mal ein paar Tage kommst. Aber wir müssen uns langfristig ein paar Gedanken machen, Ruthi. Das geht nicht ewig mit den beiden da in ihrem Haus.«

»Okay. Wir reden mal in Ruhe, ja? Vielleicht kann ich ja doch ein paar Tage freinehmen. Wenn dieser Prozess vorbei ist«, lenkte Ruth ein.

»Oder ich komm zu dir. Ich kann ein bisschen Veränderung gut brauchen.«

»Ist bei dir alles in Ordnung, Reggie?«, erkundigte sich Ruth ahnungsvoll. Sie hatte schon lange das Gefühl, dass das Leben ihrer Schwester nicht nur aus Sonnentagen bestand. Gerade weil diese jedes Gespräch darüber vermied.

»Frag nicht. Das willst du gar nicht wissen«, bestätigte Regine Ruths Verdacht.

»Ihr haltet mich auf dem Laufenden wegen Papa, ja?!«

Dann verabschiedeten sie sich. Ruth legte auf und sah auf die Uhr. Über das Gespräch hatte sie vergessen, zum Bahnhof aufzubrechen. Annika würde in zehn Minuten dort ankommen, wenn der ICE pünktlich war. Das würde sie natürlich nie und nimmer schaffen, zumal es am Hauptbahnhof keine Parkplätze gab.

»Bin zu spät aber unterwegs warte vorne«, setzte Ruth Annika interpunktionslos per SMS über den Stand der Dinge in Kenntnis. Sie wollte sich bei Jamila noch entschuldigen, dass sie mitten in der Stoßzeit am Mittag ausfiel, aber diese verscheuchte sie nur mit einer resoluten Geste aus dem Lokal.

Ruth bugsierte den Doblo vorsichtig durch das Tor aus dem Hinterhof. Sie fuhr im Schritttempo auf den Bürgersteig, konnte aber nicht verhindern, dass sie dort um ein Haar mit einer Walkerin zusammengestoßen wäre. Diese war schnellen Schrittes von rechts gekommen und hatte die Schnauze des Fiats mit Sicherheit aus dem Hof fahren sehen. Aber sie war wohl der Meinung, dass sie in ihrem

Sportprogramm nicht behindert werden dürfe, und wich weder aus, noch verlangsamte sie ihre Schritte. Stattdessen pikste sie mit ihrem Stock gegen die Kühlerhaube und herrschte Ruth an. Diese verstand zum Glück nicht, was die Walkerin ihr an den Kopf warf, aber der Hieb mit dem Stock reichte schon, um Ruth, die im Moment nicht eben ein Ausbund an Ausgeglichenheit war, auf die Palme zu bringen. Sie trat das Gaspedal durch und ließ den Motor aufheulen, was die erschrockene Walkerin veranlasste, einen Satz nach vorne zu machen, um sich außer Lebensgefahr zu bringen. Dabei verheddert sie sich mit ihrem eigenen Stock und wäre beinahe gefallen. Ruth, die während des Manövers den Gang herausgenommen hatte, so dass sich ihr Auto tatsächlich nicht einen Millimeter nach vorne bewegt hatte, schickte einen Luftkuss durch die Scheibe, knallte den ersten Gang rein und jagte mit quietschenden Reifen aus der Hofeinfahrt. Sie verzichtete darauf, sich im Rückspiegel zu vergewissern, ob die Walkerin sich das Kennzeichen notierte oder nicht.

Wenig später reihte sie sich in die Kurzhalteschlange vor dem Hauptbahnhof ein und hielt nach ihrer Tochter Ausschau. Sie konnte Annika zwischen den vielen Passanten nicht entdecken, und da es völlig illusorisch war, einen regulären Parkplatz zu ergattern, drehte sie noch zwei weitere Runden zwischen den anderen Autos. Schließlich entdeckte sie Annika. Ihre Tochter zerrte ihren riesigen roten Koffer hinter sich aus der Drehtür. Den Kopf hielt sie gesenkt und war offensichtlich mit ihrem Handy beschäftigt, anstatt nach dem Wagen ihrer Mutter Ausschau zu halten. Ruth war also gezwungen zu halten, obwohl sich hinter ihr schon eine Schlange gebildet hatte, und kaum hatte sie die

Fahrertür geöffnet, um auf sich aufmerksam zu machen, hupten die ersten hinter ihr bereits. Sie rief und wedelte mit den Armen, aber Annika schenkte ihr keinen Blick. Ruth setzte sich zwangsläufig wieder in den Wagen, fuhr eine weitere Runde und stellte sich dann völlig verboten auf den Bürgersteig unterhalb der großen Freitreppe. Dort tippte sie eine SMS an ihre in Rufweite stehende Tochter, weil sie wusste, dass sie auf andere Art und Weise niemals auf sich würde aufmerksam machen können.

Tatsächlich hob Annika den Kopf und sah sich suchend um, kaum dass Ruth die Nachricht abgesandt hatte. Ruth fiel auf, wie blass ihre Tochter war. Vermutlich hatte sie in Florenz kein Auge zugetan. Ob sie auch so heftig Party gemacht hatte wie weiland Lukas?, fragte sich Ruth besorgt.

Annika hatte den Doblo erreicht, und Ruth war ausgestiegen, um ihr die Türen zum Kofferraum zu öffnen.

»Hallo, meine Süße«, sagte sie erfreut und wollte ihre Tochter liebevoll in den Arm nehmen.

»Hallo, Mama«, gab diese lahm zurück und gab Ruth ein distanziertes Bussi auf die Backe. Obwohl nun sämtliche Mutter-Alarmglocken schrillten, konnte Ruth es sich, kaum waren sie beide eingestiegen, nicht verkneifen, beleidigt darauf hinzuweisen, dass sich Annika nicht ein einziges Mal von der Klassenfahrt gemeldet hatte – in zehn Tagen!

»Du sagst doch immer, wir sollen im Ausland unser Handy nicht benutzen«, gab Annika schnippisch zurück und sah starr durch das Beifahrerfenster. Sie vermied krampfhaft jeden Augenkontakt, und auch aus dem sonstigen Verhalten ihrer Tochter las Ruth heraus, dass die Klassenfahrt auf gar keinen Fall ein Erfolg gewesen war.

»Erzähl mal, wie war's denn?«, machte sie dennoch einen Vorstoß und knuddelte Annika liebevoll den Oberschenkel, während sie sich in den Verkehr einfädelte.

»Schon okay«, murmelte Annika.

»Ich bring dich nach Hause, dann kannst du es dir ganz gemütlich machen, auspacken, baden, was weiß ich. Ich muss noch mal ins Bistro, aber für heute Abend habe ich für uns beide eine Quiche Lorraine vorbereitet, mit Salat, und dann erzählst du mir alles, ja?« Ruth versuchte, mit ihrem betont heiteren Gequatsche die gedrückte Stimmung im Auto etwas aufzulockern, aber es wollte ihr nicht gelingen. Annika hatte weiter den Kopf abgewandt und tat so, als würde sie die graue vorbeiziehende Moabiter Stadtlandschaft rasend interessieren.

Noch während Ruth überlegte, ob es sinnvoll war, ihrer ohnehin depressiv verstimmten Tochter die schlechten Neuigkeiten über ihren Großvater zuzumuten, begannen Annikas Schultern haltlos zu zucken, und das Mädchen presste beide Handballen vor die Augen.

Kurz entschlossen bremste Ruth und fuhr rechts an den Straßenrand. Sie legte einen Arm um die bebenden Schultern ihrer Tochter, mit der anderen Hand streichelte sie sanft deren Hände. Es dauerte gefühlte fünf Minuten, bis Annika in der Lage war, einen einigermaßen verständlichen Satz hervorzubringen.

»Raul hat Schluss gemacht«, stieß sie verzweifelt hervor, bevor sie erneut in Tränen ausbrach.

Vergeblich kramte Ruth in ihrem Gedächtnis nach einem passenden Gesicht zu dem Übeltäter, aber zu Raul mochte ihr einfach gar nichts einfallen. War der schon einmal bei ihnen zu Hause gewesen? Hatte Annika von ihm erzählt, und wenn ja, was?

Ihre Tochter schien trotz der Tränen ihre Ratlosigkeit bemerkt zu haben und sah ihre Mutter mit tränenverschleiertem Blick an.

»Du weißt gar nicht, wer Raul ist, oder?«

Hilflos schüttelte Ruth den Kopf.

»Er war mal bei uns, wir haben Pizza gebacken. Jascha, Marie und Max waren auch da.«

Jetzt fiel bei Ruth der Groschen. Es musste sich um eines der Deo-Models gehandelt haben, die an dem Abend die Küche bevölkert hatten, als sie die Nachricht bekommen hatte, dass sie zur Schöffin berufen worden war. Das war wann gewesen? Ende November?

»Wie lange wart ihr zusammen?«, erkundigte sie sich.

»Fünfter Dezember«, kam es wie aus der Pistole geschossen, »seit der Nikolausparty bei Marie. Ich hab's dir erzählt.«

Annika wischte sich die Tränen aus den Augen und sah Ruth prüfend an. »Du hast es vergessen, oder?«

Ruth wollte protestieren, aus dem Brustton der Überzeugung, denn mit wem ihre Tochter um die Häuser zog, das interessierte sie immer noch mehr als die Fischpreise bei Fernando, aber Annika kam ihr zuvor.

»Du hast keine Ahnung. Du weißt gar nichts von mir! Du interessierst dich immer nur für deinen Scheiß«, schleuderte Annika ihr ins Gesicht, um gleich darauf wieder einen Heulkrampf zu kriegen.

Ruth öffnete den Mund, schloss ihn aber gleich darauf wieder. Stattdessen ließ sie den Motor an und steuerte nachdenklich in die Oldenburger Straße. Sie fand einen Parkplatz direkt vor dem Haus, schleppte den monströs schweren Koffer in den vierten Stock und schloss vollkommen außer Atem die Wohnungstür auf. Ohne ein Wort verschwand ihre Tochter in ihrem Zimmer. Ruth zögerte einen Moment, dann rief sie bei Jamila an und teilte ihr mit, dass sie heute nicht mehr ins Bistro kommen würde. Sie umriss ihrer Freundin kurz das Vorgefallene, auch von der Sache mit ihrem Vater hatte sie ihr noch nicht berichtet, und wie nicht anders zu erwarten, versicherte ihr Jamila, dass sie kein Problem haben würde, gemeinsam mit Susan den Laden zu schmeißen. Ruth war ihr überaus dankbar, nötigte der Marokkanerin noch das Versprechen ab, dass sie im Gegenzug den Mittwochvormittag freinehmen würde, und ließ sich dann stöhnend aufs Sofa fallen. Sie musste gedanklich so manches sortieren, was ihre Familie und ihr Privatleben betraf. Im Moment hatte sie das Gefühl, dass alles aus dem Ruder lief. Ihre Eltern, Regine und jetzt auch noch Annika – da gab es einiges an Klärungsbedarf.

BERLIN-MOABIT, 12. GYMNASIUM, HANSA-UFER,
EIN DONNERSTAG IM FEBRUAR, ZWANZIG UHR ZEHN

Der Unterstufenchor sang entsetzlich schief eine schlechte Coverversion von Leonard Cohens »Hallelujah«, so dass Ruth, die Ohren ohnehin so gut wie möglich angeklappt, Zeit hatte, die Bucherers zu beobachten und sich Gedanken zu machen. Sie saß drei Reihen hinter dem Ehepaar, schräg versetzt, und sah die Galeristin im angeschnittenen Profil. Links neben ihr saß der Mann, Quirin Bucherer, von dem Ruth lediglich den Hinterkopf und das rechte Ohr im Blick hatte, rechts neben der Galeristin saß ein kleiner Junge, vielleicht zehn Jahre alt. Er machte die ganze Zeit über Quatsch, flüsterte hinter dem Programmblättchen Kommentare oder schnitt Grimassen. Seine Mutter flüsterte ab und zu leise zurück und strich ihm sanft über den Haarschopf. Man sah ihm an, dass er der kleinere Bruder von Valentin sein musste, er hatte dasselbe weiche Blondhaar und die dunklen Augenbrauen.

Sibylle Bucherer sah ausgesprochen schlecht aus. Ihre Haut war unter dem Make-up fahl, ihre Haare hatten jeglichen Glanz verloren. Die Augen lagen tief in den Höhlen, das ohnehin schon schmale Gesicht wirkte mager, die Backenknochen, die der Frau etwas apart Sinnliches verliehen hatten, wirkten nur knochig. Sie litt, das war unübersehbar. Aber Derya hatte auch gelitten, dachte Ruth mitleidslos.

Zwanzig Minuten zuvor hatte Ruth beinahe einen Schock bekommen, als sie zusammen mit Annika das Foyer des Gymnasiums betreten und am Getränkestand die Bucherers entdeckt hatte. Sie hatte ja von Staatsanwalt Hannes Eisenrauch gelernt, dass Prozessbeteiligte, Richter, Anwälte und Schöffen, keinen Kontakt mit in den Fall Involvierten haben durften. Aus Gründen der Einflussnahme. Ruth hatte gar nicht damit gerechnet, dass sie Valentins Familie heute Abend hier treffen könnte, und war nun umso mehr bestrebt, jegliches Zusammentreffen zu vermeiden.

Es war der Tag des alljährlichen Halbjahreskonzertes in der Schule. Ein Pflichttermin für alle Eltern, deren Kinder in irgendeiner Weise musikalisch engagiert waren. Lukas hatte damals in der Big Band als Schlagzeuger gespielt. Vollkommen »bocklos«, wie er immer wieder versicherte, aber die Teilnahme am Wahlunterricht ging in die Abinote ein, und er hatte gehofft, auf diese Weise wenigstens irgendwo ein paar Punkte einzufahren. Die Rechnung war allerdings nicht ganz aufgegangen, und dafür hatte Ruth, anfangs trotz Trennung noch gemeinsam mit Johannes, zweimal im Jahr den Katzenjammer über sich ergehen lassen. Es war vielleicht nicht ganz fair, die Abende, vom überaus engagierten Direktor des Gymnasiums stets mit überschäumender Freude und Stolz moderiert (er selbst leitete die Big Band), als durchgängig misslungen abzutun. Es gab durchaus Highlights, wie beispielsweise den hochbegabten Percussionisten, der jedes Jahr aufs Neue für Staunen gesorgt hatte, wenn er mit großen weichen Klöppeln auf überdimensionierten Xylophonen wirbelte und sphärische Klangwelten zauberte. (Ruth musste sich stets von Lukas belehren lassen, dass es sich mitnichten um große Xylophone handelte, aber sie konnte und wollte sich den korrekten Namen einfach nicht merken. Für sie war das ein von Orff erfundenes Kinderspielzeug, und damit basta.) Johannes hatte sich nach der Trennung erleichtert vor den Konzerten drücken wollen, aber nachdem erst Lukas und dann Annika, die von Beginn an im Chor sang, ihre Enttäuschung darüber ausgedrückt hatten, hatte er sich dazu durchgerungen, einmal im Jahr beim großen Sommerkonzert zu erscheinen. Selbstverständlich ohne Mona, die sich, damals noch kinderlos, geweigert hatte, alles, was Johannes' Kinder an Kreativität zeigten, zu beklatschen. Ruth war gespannt, wie es werden würde, wenn Joanna alt genug war, um Drachen aus Buntpapier oder Fische aus Ton zu basteln. Sicher stünde Mona dann stolz in der ersten Reihe der Bewunderer.

Der Unterstufenchor räumte gerade rumpelnd die Bühne, während eine Handvoll pickliger Helferlein Notenpulte aufstellte, um den Auftritt des Schulorchesters vorzubereiten. Dem Programmzettel entnahm Ruth, dass das

Orchester drei Stücke spielen würde, danach läutete ein dramatisches Zwischenspiel die Pause ein. Auf die Pause folgte der Oberstufenchor, mit Annika, wieder ein Zwischenspiel, und als Höhepunkt des Abends die schmissige Big Band.

Als »Höhepunkt« und »schmissig« bezeichnete nur der Direktor selbst die Darbietung seiner Truppe, eigentlich war die Ansammlung verjazzter Pop-Hits peinlich veraltet, aber da der rundliche und sympathische Mann mit ansteckender Begeisterung bei der Sache war, ließ sich dann doch der ganze Saal hinreißen und klatschte mit. Der Direktor schmiss sich extra für die Show in ein rasantes Bühnenoutfit – tailliertes schwarzes Hemd, die obersten drei Knöpfe geöffnet – und gab den sexy Entertainer. Dem nachsichtigen Grinsen auf den Gesichtern der jungen Männer in seiner Band sah man an, dass sie ihn keinesfalls für die Songauswahl, aber umso mehr für seine Begeisterung liebten.

Jetzt lenkte Ruth ihre Aufmerksamkeit auf das Schulorchester. Es waren alle Alters- und Klassenstufen vertreten. Als Dresscode war offenbar weißes Ober- und schwarzes Unterteil vorgegeben, und Ruth betrachtete die jungen Mädchen in knappen weißen Shirts oder Blusen, mit den sorgfältig geschminkten Gesichtern und gestylten Frisuren. In dieser Hinsicht standen die Jungs den Mädchen in nichts nach, ganz gleich, ob ihnen die fransig geschnittenen Haare ins Gesicht fielen oder mit Gel hingebungsvoll geformt waren – so nachlässig wie in ihrer Jugend sahen die Kids heute nicht mehr aus. Keine Fusselbärte oder schulterlangen Haare bei den Jungmännern, keine unrasierten Beine, Achseln oder ungezupften Augenbrauen mehr bei den Mädchen. Sie sahen alle mehr oder weniger gepflegt und bereit für eine ordentliche Karriere im System aus.

Ruth seufzte und verbat sich ihre defätistischen, Annika hätte gesagt: hippiemäßigen, Gedanken. Vermutlich war es der Neid der Alternden, der sie so ungerecht urteilen ließ. Ruths Gedanken schweiften ab, und sie stellte sich vor, dass auch die Eltern von Derya ein paar Jahre lang hier in dieser Aula gesessen und ihre Tochter auf der Bühne bewundert hatten. Ein lebendiges, wunderschönes Mädchen, das sein ganzes Leben vor sich gehabt hatte. Das Energie und Selbstvertrauen ausgestrahlt und seine Eltern unglaublich stolz gemacht hatte. Und jetzt lag sie tot und begraben unter der Erde, herausgerissen aus der Gemeinschaft, aus dem Leben.

In dem Moment erkannte Ruth Valentin Bucherer auf der Bühne. Er stand, in einem schicken weißen Hemd, das er offen über einem ebenfalls weißen T-Shirt trug, in der letzten Reihe der Orchesterformation, dort, wo die Blechbläser standen. Er überragte einige seiner Mitspieler, und so konnte Ruth beobachten, wie er sich mit dem neben ihm stehenden Jungen unterhielt. Ganz im Gegensatz zu seiner Mutter wirkte Valentin heute locker und gelöst. Die Trauer, die er im Gerichtssaal an den Tag gelegt hatte, war von ihm abgefallen, und Ruth fragte sich, ob diese lediglich geschickt gespielt oder aber er durch das Aufdecken der gemeinsamen Lüge mit seiner Mutter von einer Gewissenslast befreit war. Jetzt lachte er und strich sich die Haare aus dem Gesicht. Er sah unverschämt gut aus, und Ruth war sicher, dass ihm die Herzen der Mitschülerinnen zuflogen, erst recht mit der tragischen Geschichte im Hintergrund. Nun kam der Einsatz der Bläser, und Valentin hob sein Instrument an den Mund. Er spielte Trompete, eine eigentümliche Wahl für einen so coolen jungen Mann, fand sie, musste aber zugeben, dass er ziemlich lässig wirkte. Unwillkürlich warf Ruth einen Blick zu Sibylle Bucherer und sah, wie diese die Lippen aufeinandergepresst hatte. Sie schien unter enormer Anspannung zu stehen, und Ruth mutmaßte, dass die Geschehnisse im Gericht nicht eben zu einem besseren Verhältnis zwischen Mutter und Sohn beigetragen hatten.

In der Pause holte Ruth sich ein Getränk und versuchte, einen möglichst weiten Bogen um die Bucherers zu machen. Valentin konnte sie ohnehin nirgends entdecken, und die Eltern drückten sich samt dem jüngsten Sohn in einer weniger belebten Ecke des Raumes herum, wohl um neugierigen Fragen aus dem Weg zu gehen. Schließlich waren die Presseberichte über die unerwartete Wendung in der Verhandlung kaum zu übersehen gewesen.

Die Mutter einer Freundin von Annika sprach Ruth an, und sie unterhielten sich eine Zeitlang über Teenager im Allgemeinen und schulische Probleme im Besonderen, bis Ruth sich auf die Toilette verabschiedete. Der zweite Teil des Konzertes würde in wenigen Minuten beginnen, und sie beeilte sich.

Als sie sich in der Mädchentoilette die Hände wusch und sich wie immer über die unhaltbaren hygienischen Zustände in den Schultoiletten wunderte, sah sie im Spiegel, wie sich in ihrem Rücken die Tür einer Kabine öffnete und Sibylle Bucherer heraustrat. Erschrocken senkte Ruth den Kopf und hoffte, unerkannt aus dem Waschraum verschwinden zu können, als die Galeristin bereits neben sie trat und den Wasserhahn öffnete. Ruth linste unter ihrer Lockenmähne vorsichtig hervor und traf mit ihrem Blick sofort auf den der Frau neben ihr. Sie grüßte knapp und wollte sich gerade umdrehen, als die Bucherer die Stirn runzelte und sie nachdenklich musterte. Kaum hatte Ruth die Klinke in der Hand, hörte sie, wie Valentins Mutter in ihren Rücken sagte: »Wir kennen uns vom Gericht.«

Langsam drehte sich Ruth um und sah sich nun gezwungen, den Satz zu sagen, den sie Hannes Eisenrauch so übelgenommen hatte. »Wir dürfen uns nicht unterhalten.«

»Was?« Sibylle Bucherer sah sie ebenso verständnislos an wie sie weiland den Staatsanwalt.

Ruth beeilte sich, der Frau zu erläutern, dass sie diese Weigerung nicht persönlich nehmen solle, sondern dass es sich dabei um eine gesetzliche Vorgabe handelte, die jegliche Form der Einflussnahme verhindern sollte, aber die Bucherer schnitt ihr das Wort ab.

»Sie wollen mir ausweichen. Es ist Ihnen unangenehm, sich mit mir zu unterhalten. Ich sehe doch, dass Sie am liebsten flüchten würden.« Die Galeristin hatte sich vom Waschbecken gelöst und ging auf Ruth, die schon mit dem Rücken zur Toilettentür stand, zu.

»Nein, bitte, Sie missverstehen mich«, wollte sie sich rechtfertigen, aber Frau Bucherer war offensichtlich ziemlich in Fahrt und ließ sich nicht ohne weiteres stoppen. Den Grund dafür hatte Ruth deutlich in der Nase. Sibylle Bucherer hatte eine Fahne.

»Ach, kommen Sie schon, wer soll uns denn hier sehen?« Die Galeristin sah sich demonstrativ um und breitete theatralisch die Arme aus. »Niemand. Oder soll ich jede Toilettentür aufreißen, damit Sie ganz sicher sind?«

In dem Wissen, dass dieses Gespräch zu nichts Gutem führen würde, wollte Ruth energisch die Tür öffnen und sich verabschieden, zumal draußen bereits die ersten Klänge des großen Chores erklangen, aber Valentins Mutter drückte die Tür mit der linken Hand kraftvoll wieder zu und stellte sich ganz nah vor Ruth. »Bitte«, sagte sie, jetzt mit fast flehendem Unterton, »bitte, Sie müssen mir zuhören.«

Dann wurde sie plötzlich weinerlich, wodurch Ruth erkannte, dass die Fahne nicht allein von einem Glas Wein kommen konnte, das sie hier getrunken hatte.

»Ich bin keine Lügnerin.« Sibylle Bucherers Augen suchten die ihren, und Ruth schwante, dass die Bucherer sie für eine »echte« Richterin hielt, was sie im Grunde genommen ja auch war. Vor allem aber erkannte sie die abgrundtiefe Verzweiflung dieser Frau. Sibylle Bucherer hatte einen Fehler gemacht. Einen schlimmen, unverzeihlichen und folgenschweren Fehler. Und im Moment bekam sie die volle Wucht der Buße dafür zu spüren.

Jetzt fasste die Galeristin Ruth am Ärmel. »Und erst Recht bin ich keine Mörderin. Ich bin ... ich habe Derya nicht getötet, bitte glauben Sie mir das.« Ihre Hände zitterten. Ruth fasste danach. Sie spürte jede Sehne, jeden Knochen. Die Hände der Frau waren kräftig und zerbrechlich gleichermaßen. Ruth konnte nicht vermeiden, dass sie Mitleid bekam. Sie drückte die Hand der ihr fremden Frau etwas fester. Sibylle Bucherer sah Ruth in die Augen. »Morgen ist die Verhandlung. Ich habe der Polizei gesagt, was wirklich passiert ist. Ich weiß nicht, ob man mir dort glaubt.«

Es war Ruth außerordentlich unangenehm, sie fühlte sich in die Ecke gedrängt. Gleichzeitig spürte sie die moralische Verpflichtung, die Mutter von Valentin jetzt nicht in ihrer Not stehen zu lassen, sondern ihr zuzuhören. War das schon Einflussnahme? Oder hatte Sibylle Bucherer nicht vielmehr ein Recht auf Anteilnahme?

»Sie sind doch auch eine Mutter«, fuhr die Galeristin fort. »Sie verstehen das vielleicht.« Forschend suchte sie in Ruths Augen nach einer Bestätigung. Dann fuhr sie fort. »Ich wollte Valentin nicht verlieren. Er war so weit weg. Schon seit Jahren. Und dann kam Derya.«

Der Blick der Frau ging jetzt in die Ferne. Ihre Arme hingen schlaff an ihr herab, Ruth ließ ihre Hand los. Sibylle Bucherer hatte nichts mehr von der strahlenden Schönheit, sie wirkte erloschen.

»Ich habe ihr gesagt, dass sie ihn mir nicht wegnehmen soll. Mehr wollte ich nicht. Ich wusste ja, dass ich ihn teilen muss. Früher oder später. Mehr wollte ich nicht von ihr.«

»Und?«, fragte Ruth behutsam.

Die Augen von Valentins Mutter suchten wieder die von Ruth. »Es ist viel schlimmer geworden«, sagte sie leise. »Jetzt ist er weg. Ganz weg.«

Ruth dachte an den jungen Mann dort draußen, seine Vitalität, seine Jugend und sein strahlendes Lächeln. Sibylle Bucherer hatte recht. Dieser junge Mann hatte sich vom Joch seiner Mutter befreit. Er lebte sein Leben. Und seine Mutter musste damit zurechtkommen, dass sie es um ein Haar zerstört hätte. Ruth hielt kurz inne und öffnete dann energisch die Tür, um hinaus in den Flur zu treten, dem Licht und den Klängen von »We are the world« entgegen, die alte Schmonzette, die aus den Kehlen der fast fünfzig jungen Menschen dort auf der Bühne aber so lebendig und vital klang, dass Ruth eine Gänsehaut bekam.

»Der Staatsanwalt musste Anklage erheben, so wie die
Dinge lagen. Wir haben einen Mord, und wir haben einen
Verdächtigen«, sagte Richterin Veronika Karst.

»Aber die Beweise reichen doch gar nicht aus!« Ruth
hielt verzweifelt dagegen. Die drei hauptamtlichen Richter,
Ernst Hochtobel und sie hatten sich nach zwei Stunden
Verhandlung zur Beratung zurückgezogen. Bislang war Sibylle Bucherer angehört worden sowie zwei Zeugen, die sie
in der Mordnacht gesehen hatten. Eine Nachbarin und der
Kellner eines Cafés in der Heerstraße. Die Aussagen der
Zeugen stimmten mit denen von Sibylle Bucherer überein,
und demzufolge hatte sie kurz nach eins das Gebiet um
den Bahnhof Heerstraße verlassen und war, nicht mehr
ganz nüchtern, nach Hause gegangen. Derya schien zu diesem Zeitpunkt noch gelebt zu haben. Während der Befragung hatte die Bucherer immer wieder Augenkontakt mit
Ruth gesucht, der das äußerst unangenehm war. Was dachten die anderen Beteiligten, warum die Frau ausgerechnet
immer sie anblickte? Auch mit Hannes Eisenrauch hatte
Ruth ab und an Blickkontakt. Allerdings nur kurz und vermutlich nicht mehr als an den vorhergehenden Verhandlungstagen. Aber Ruth schien es, als könnten alle Anwesenden aus den Blicken herauslesen, dass sie sich einmal
länger unterhalten hatten. Sie verstand jetzt die Reaktion

des Staatsanwaltes, als sie ihn in der Arminius-Markthalle angesprochen hatte, nur zu gut und schwor, sich niemals wieder auf ein Gespräch mit Prozessbeteiligten, von welcher Seite auch immer, einzulassen. Sie betete, dass sie die noch ausstehenden Verhandlungen durchstehen würde, ohne dass jemand mit dem Finger auf sie zeigte und sagte: »Ich habe Sie gesehen!«

Aber jetzt saßen sie in der Richterrunde und erörterten den Stand der Dinge. Ruth war jedes Mal wieder aufs Neue überrascht, wie offen Veronika Karst die Gespräche gestaltete – sie nahm die beiden ehrenamtlichen Richter in ihren Ansichten genauso ernst wie die hauptamtlichen. Dass dies keine Selbstverständlichkeit war, hatte Ernst Hochtobel ihr am Morgen versichert.

»Sie haben ganz besonderes Glück mit der Karst«, hatte er gesagt. »Tolle Frau. Das haben wir nicht sehr oft hier. Die meisten Richter kungeln sich untereinander etwas aus, und wir sind lästiges Beiwerk.«

»Und wie gehen Sie damit um?«, hatte sich Ruth erkundigt.

Der Rentner hatte grimmig geguckt. »Ich beschwere mich.«

Ja, dachte Ruth bei sich, das kannst du bestimmt gut. Beschweren. Sie wusste immer noch nicht, was sie von Hochtobel halten sollte. Er hatte einerseits erzkonservative Ansichten, die sie keineswegs teilte und die definitiv an der Grenze zur Ausländer- und Frauenfeindlichkeit lagen. Andererseits hatte er ein ausgesprochenes Gerechtigkeitsgefühl und war stets darauf bedacht, alle Aspekte eines Falles zu betrachten und die Ansichten eines jeden Beteiligten gleichermaßen wertfrei anzuhören. Außerdem nahm er sein Ehrenamt sehr ernst und stand Ruth stets hilfsbereit zur Seite.

Auch jetzt sprang er ihr bei. »Alles, was gegen den jungen Mann vorliegt, sind Indizien. Es gibt keinen einzigen Beweis.«

»Aber auch jetzt laufen die Fäden wieder zu Aras Demizgül«, wandte der junge Richter ein. »Das kann man doch nicht von der Hand weisen. Derya sagte zu Frau Bucherer: Ich warte hier auf meinen Bruder. Dazu haben wir die SMS auf ihrem Handy gesichert. Wir haben außerdem seine Antwort, und wir haben die Aussagen seiner Begleiter, wann er in Moabit losgefahren ist, um seine Schwester abzuholen.«

»Aber das leugnet ja auch niemand«, argumentierte Ruth engagiert. »Er kommt an, Derya ist nicht da. Er sucht sie. Er findet sie in dem Waldstück, schwer verletzt. Er zieht sie auf den Bürgersteig auf der Suche nach Hilfe. Er ruft den Notarzt. Das klingt für mich total plausibel und nicht danach, als hätte er sie erstochen.«

Alle schwiegen und dachten dasselbe: Aber warum sagt er genau das nicht aus? Warum schweigt er zum Tathergang? Warum plädiert sein Anwalt nicht auf unschuldig?

»Aber was ist mit diesem schwarzen Mercedes?«, fragte Ruth schließlich in die Stille hinein.

»Der Staatsanwalt sagt, die Polizei hat noch keine Erkenntnisse über den Halter«, sagte Veronika Karst. »Das dauert natürlich, wenn es kein Kennzeichen gibt.«

»Zumal es der reine Zufall sein kann«, meldete sich jetzt der ältere Richter zu Wort. »Die Fahrerin hat irgendwas gesucht. Mit Aras Demizgül kann der Wagen nicht in Zusammenhang stehen. Zu dem Zeitpunkt, als diese Nachbarin, Frau ...«, er blätterte in seinen Notizen, »... Schmidt-Wessels, ihn beobachtet hat, ist Aras Demizgül nachweislich noch in der Shisha-Bar in Moabit.«

»Darf man eigentlich Auto fahren, wenn man Wasserpfeife geraucht hat?«, erkundigte sich Hochtobel.

Ruth musste lachen und versicherte ihm, dass es sich beim Shisharauchen um reinen Tabakgenuss und nicht um Drogenmissbrauch handelte. In der Regel jedenfalls. Aras Demizgül war also durchaus in der Lage gewesen, ein Auto zu steuern. Die Polizei hatte bei ihm auch keinen Blutalkohol festgestellt. Was andererseits bedeutete, dass, sollte er tatsächlich der Täter sein, er seine Schwester bei vollem Bewusstsein getötet hatte. Da er offenbar auch keinerlei psychische Erkrankungen hatte, würde die Strafe im Fall einer Verurteilung das Höchstmaß erreichen. Aber so weit war es noch nicht. Alle im Raum anwesenden Richter hatten Ruth zugestimmt: Die Anklage stand auf tönernen Füßen.

»Eisenrauch weiß das natürlich«, lenkte Veronika Karst ein und seufzte. »Das Schlimmste, was uns in diesem Fall passieren kann, ist, dass der Angeklagte aus Mangel an Beweisen einen Freispruch erwirkt. Dann bleibt diese furchtbare Tat ungesühnt. Das kann niemand wollen. Erst recht nicht die Eltern. Auf der anderen Seite verstehe ich dann nicht, warum sie ihren Sohn nicht dazu bringen, endlich eine Aussage zu machen.«

»Und noch schlimmer wäre es, wir verurteilen einen Unschuldigen auf Grund der Indizien«, gab Hochtobel zu bedenken.

Der ältere Richter wiegte den Kopf. »Solange wir uns in dieser unklaren Situation, sprich einem juristischen Dilemma, befinden, wird eben kein Urteil gefällt. Wir haben noch zwei weitere Verhandlungstage angesetzt, wenn wir auch dann nicht zu einem Urteil kommen, müssen wir verlängern.«

Der junge Richter stöhnte. »Bitte nicht. Ich habe schon ein Wirtschaftsverfahren am Hals, das läuft seit einundzwanzig Tagen. Ich komme ja gar nicht mehr hier raus.«

Die anderen schwiegen betreten, aber Hochtobel bekam einen roten Hals vor Ärger und ergriff engagiert das Wort. »Entschuldigung, da muss ich mich schon sehr wundern. Was ist das denn für eine Berufsauffassung?! Wir verhandeln hier schließlich keine Dummejungenstreiche ...«

Die Vorsitzende Richterin legte ihm beruhigend eine Hand auf den Arm. »Das weiß auch der Kollege, Herr Hochtobel. Dafür braucht er von Ihnen keine Belehrung. Ich bin mir sicher, dass er sich seiner beruflichen Verantwortung durchaus bewusst ist.«

Hochtobel schwieg, guckte den jungen Richter aber misstrauisch an. Der beeilte sich, den schiefen Eindruck geradezurücken. »Entschuldigung. Natürlich weiß ich um die Bedeutung unseres Verfahrens. Dieses Verfahrens und aller anderen. Ich betrachte es auch nicht als Bagatelle. Das müssen Sie mir wirklich nicht sagen, Herr Hochtobel. Ich war nur ... Wir sind einfach wahnsinnig überlastet hier.«

Hochtobel murmelte etwas von »Leben oder Tod«, gab aber Ruhe. Ruth bemühte sich, die Aufmerksamkeit erneut auf den konkreten Fall zu lenken.

»Was halten Sie von der korrigierten Aussage von Frau Bucherer?«

»Scheint mir plausibel.« Die Vorsitzende Richterin sah Ruth dankbar an, dass diese für den Moment die Kuh vom Eis gezogen hatte. »Schließlich hat der Kellner die Aussage bestätigt. Er hat gesehen, wie sie betrunken über die Heerstraße gewankt ist. Ich glaube kaum, dass sie in der Lage war, direkt davor das Mädchen zu erstechen, zumal das zeitlich gar nicht hinhaut. Und dass sie wieder umdreht, erneut die fünf- oder sechsspurige Straße überquert, Derya gegen deren Willen in das Wäldchen zerrt ... Theoretisch ist das vielleicht möglich, aber ich glaube es nicht.«

Dem stimmten alle zu. Das Fazit dieser Besprechung war jedenfalls, dass man noch im Dunkeln tappte. Die Sache mit dem Mercedes musste abgeklärt werden, man erhoffte sich eine Aussage des Angeklagten, aber Sibylle Bucherer schied als Verdachtsperson für alle zunächst aus.

BERLIN-MOABIT, HANSA-UFER,
EIN FREITAG IM FEBRUAR, DREIZEHN UHR FÜNF

»Lässig, Alter«, Georg und Vali klatschten sich ab.

»Was geht am Wochenende?«, fragte Georg, aber Valentin stöpselte sich die Kopfhörer schon in die Ohren, grinste und machte sich auf den Weg zur S-Bahn. Während er die Straße hinunterlief, wählte er seine Songs aus. Er nahm »Short Change Hero«, ihren Song, aus der Endlosschleife heraus und fügte ein paar andere, neue, zur Wiedergabeliste hinzu. Er hatte ein paar Sachen verpasst in den letzten Monaten. Georg hatte ihm was gebrannt, ganz cool eigentlich. Er hatte jetzt Bock auf was Neues.

Vielleicht würde er sich echt mit Georg zusammentun und um die Häuser ziehen. Er war über ein Jahr nicht mehr im Kino gewesen, vorher könnten sie bei Georg abhängen und nachher noch was trinken. Kam darauf an, was mit Jonas war. Seine Mutter saß heute in der Verhandlung. Danach würde sie sich zuschütten. Keiner würde sich um Jonas kümmern. Papa war nur noch im Institut seit der ganzen Scheiße.

Valentin kickte eine Dose in den Straßengraben. Er hörte den alten Peter-Fox-Song, »Schwarz zu blau«, und er bekam richtig gute Laune. Stadtlaune. Berlinlaune. Waslosmach-Laune.

Mal sehen, vielleicht könnte er morgen erst mit Jonas in die Skaterhalle fahren, mit dem Kleinen ein bisschen Spaß haben. Am Abend könnte Jonas bei ihm im Zimmer Minecraft zocken, und er würde mit Georg auf die Piste gehen.

Als Peter Fox von »Fatima, der süßen Backwarenverkäuferin« sang, dachte er wieder an sie. Keine würde er je so lieben wie Derya. Er hatte es versucht, er hatte versucht, sich die Mädels in der Schule anzusehen. Ob vielleicht eine dabei wäre. Aber sie langweilten ihn alle. Keine strahlte annähernd das aus, was Derya gehabt hatte. Aber scheiß drauf. Das mit den Mädchen war jetzt irgendwie nicht wichtig.

Wichtig war, dass sie seine Mutter drankriegten. Warum hatte er sich von ihr belabern lassen? Warum hatte er auf sie gehört und gelogen? Im Nachhinein, dachte er, war er so sediert gewesen von Deryas Tod, er war willenlos gewesen, er hätte alles gemacht. Er hatte nichts mehr gespürt außer Derya und nichts mehr gedacht außer Derya. Und seine Mom hatte versucht, das auszunutzen.

Es erfüllte ihn mit Genugtuung, dass seine Mutter am Boden war. Sie war schuld an Deryas Tod, und sie büßte dafür. Valentin glaubte keinen Moment, dass seine Mutter Derya wirklich getötet hatte. Aber sie hatte dazu beigetragen. Sie hatte dafür gesorgt, dass Derya allein zum Bahnhof gegangen war. Sie hatte sie davon abgehalten, in ihre S-Bahn zu steigen, und sie hatte sie ganz allein an diesem Platz mitten in der Nacht sitzenlassen. Seine Mom war eine Bitch, und sie sollte in der Hölle verrotten.

Er checkte den Facebook-Messenger, als er auf dem Bahnsteig Tiergarten stand. Die Nachrichten von den Mädels ignorierte er, nahm alle Freundschaftsanfragen an, und dann entdeckte er erst, dass sie geschrieben hatte. Er hatte nichts mehr von ihr gehört seit damals. Seit sie ihn davor gewarnt hatte, mit Derya zu gehen. Das war zwei Wochen gewesen, bevor Derya starb.

»Hi. Wie geht's.«

Gestern Nacht, um drei Uhr getippt. Konnte wohl nicht schlafen. Oder war in der Türkei eine andere Zeit? Höchstens eine Stunde Zeitverschiebung, schätzte Valentin. Vorher oder nachher? Egal, es war mitten in der Nacht gewesen. Und jetzt war sie immer noch online. Oder schon wieder.

»Hi. Geht so. Und dir?«

»Frag nicht.«

»:(«

»Vermisst du sie?«

»Warum hast du mich damals gewarnt? Was weißt du?«

»Noch mal: Frag nicht.«

»Sag mir, wer du bist, sonst hör ich auf.«

»Eine Freundin.«

»Von wem?«

»Kommt drauf an.«

»?«

»:)«

»Wo bist du?«

»Im Bett.«

»Bist du krank? Meinte welche Stadt.«

»Ankara. Und nee. Nur müde.«

»Ich komm aus der Schule.«

»:) Wie läuft der Prozess?«

»Woher weißt du davon?«

»Ich sag doch: bin eine Freundin.«

»Keine Ahnung. War nur einmal da.«

»Wie geht es Aras?«

»:(Kennst du ihn?«

»Wird er verurteilt?«

»Hoffe nicht.«

»Glaubst du, er war's?«

»Never.«

»Wer dann?«

»Weiß nicht. Aber A ist ok.«

Der grüne Punkt war offline gegangen. Valentin starrte auf sein Handy. Dann surfte er auf dem Profil von dieser Sergul herum, aber er konnte nicht mehr herauslesen als damals schon. Sie postete nie irgendwas. Ganz früher mal, Songs oder YouTube-Links, er kannte nichts davon, fast alles türkisch. Oder kurdisch? Vermutlich, wenn sie irgendwie mit Derya zusammenhing. Er hatte keine Ahnung, was der Unterschied war. Als er sie gefragt hatte, hatte Derya nur den Kopf zurückgeworfen und gelacht. Es hatte sie nicht interessiert, was die Kurden von den Türken unterschied, sie sah sich als Berlinerin. Sie sagte, ihr Vater und ihr Bruder würden wahnsinnigen Wert darauf legen, dass sie Kurden waren. Auf ihre Wurzeln und ihren Stamm, ihre Kultur und ihre Geschichte. Aber ihr war es egal gewesen, und deshalb hatte Valentin auch keine Antwort auf seine Frage bekommen. Er hatte sie auf den Hals geküsst und durch ihre Haut mit dem Mund das Glucksen gespürt, mit dem sie geantwortet hatte.

Valentin ging doch noch mal auf »Short Change Hero« und schloss die Augen. Die S-Bahn hielt am Savignyplatz; er hatte noch Charlottenburg, Westkreuz, Messe Süd und dann erst Heerstraße vor sich, Zeit für den Song, Zeit, um von ihr zu träumen. Er vergrub seine Nase tief in ihrem Haar und spürte ihre Hände auf seinem Rücken. Ihm wurde heiß. »This ain't no place for no hero, this ain't no place for no better man, this ain't no place for no hero, to go home ...«, sang Kelvin Swaby, und Valentin dachte daran, wie sie eng aneinandergelegen und sich zu dem Song bewegt hatten. Wenn ihm etwas leidtat, dann, dass er nicht mit Derya geschlafen hatte. Dass er Angst davor gehabt hatte, es einfach zu tun.

Der Song war zu Ende, jetzt begann Audrianna Cole ein bisschen rumzuheulen, und er öffnete die Augen. Er übersprang den Song, er war definitiv zu traurig jetzt, er brauchte keinen Runterzieher. Warf einen Blick auf das Handy. Hatte eine neue Nachricht. Öffnete den Facebook-Messenger.

Sergul schrieb. »Kann ich dir ein Geheimnis anvertrauen?«

Die Verhandlung lief bereits wieder eineinhalb Stunden seit der Mittagspause, und Ruth hatte Schwierigkeiten, sich zu konzentrieren. Sie hatte in der Kantine ihrer plötzlichen Gier nachgegeben und einen großen Teller mit Käsespätzle in sich hineingeschaufelt. Jetzt pulsierte das Blut, das eigentlich ihr Gehirn versorgen sollte, in ihrem Magen. Was zur Folge hatte, dass Ruth die Lider vor Müdigkeit zufielen und sie im Geist damit beschäftigt war, sich zu fragen, ob ihr ein Sekundenschlaf auf der Toilette wieder auf die Beine helfen würde. Die Aussagen diverser Zeugen, die in der Mordnacht in der Nähe der Teufelsseechaussee unterwegs gewesen waren, krochen durch ein Ohr in ihre Hirnwindungen und verließen diese wieder zum anderen Ohr. Unverarbeitet. Letztendlich sagten die meisten dasselbe aus. Sie hatten weder Derya gesehen noch Aras noch sonst etwas Auffälliges. Die Zeugen, die dabei gewesen waren, als Aras mit seiner blutenden Schwester auf dem Arm aus dem Wäldchen gekommen war, würden erst später, wenn nicht gar erst am kommenden Verhandlungstag aussagen. Im Moment ging es um die Zeitspanne von dem Zeitpunkt, als Sibylle Bucherer das Mädchen verlassen hatte, bis zu ihrem Auffinden durch den Bruder.

Auf Nachfrage konnten sich zwei Zeugen an den schwarzen Mercedes vage erinnern, nicht aber, ob dieser geparkt war, mit laufendem Motor gehalten hatte oder jemand ausgestiegen war. Eine Joggerin meinte sich erinnern zu können, Derya gesehen zu haben, allerdings nicht alleine, sondern gemeinsam mit einer jungen Frau, ebenfalls Ausländerin, ebenfalls jung, aber mit kürzeren Haaren. Die Beschreibung der zweiten Frau deckte sich in etwa mit der, die der Kellner des Café Rafih abgegeben hatte, blieb aber gleichzeitig sehr vage. Es war einfach zu viel Zeit vergangen.

Dann wurde ein junger Mann in den Zeugenstand gerufen, der direkt nach dem Mord keine Aussage gemacht hatte. Er hatte sich erst in der vergangenen Woche bei der Polizei gemeldet.

Nach Aufnahme der Personalien fragte die Vorsitzende Richterin ihn, warum er sich erst jetzt als Zeuge zur Verfügung stelle.

»Ich hab die Berichte in der Zeitung gesehen. Und da habe ich mich erinnert. An die Frau.«

»Aber warum erst jetzt? Warum nicht damals im Sommer? Die Zeitungen waren voll davon.«

Der junge Mann grinste verlegen. »Ich bin ein halbes Jahr nach Australien. Hatte gerade Abi gemacht. Das war mein letztes Wochenende damals, am Montag darauf bin ich geflogen.«

Ein leises Stöhnen ging durch die Zuschauerreihen.

Der Mann zuckte bedauernd die Schultern. »Ich bin seit Anfang des Jahres zwar wieder da, aber von dem Prozess hab ich nichts mitgekriegt.«

»Das erklärt natürlich alles«, wandte Veronika Karst ein. »Sie waren in der fraglichen Nacht unterwegs?«

»Ja. Ich war mit einem Kumpel biken. Wir waren im Grunewald, so crossmäßig, und sind um die Zeit heim.«

»Der Kumpel, wie Sie sagen, oder Ihre Begleitung, hat sich aber nicht bei uns als Zeuge gemeldet«, wunderte sich die Karst.

»Nee. Der wohnt in Schöneberg und ist direkt vorher abgebogen. Deshalb war ich auch nicht so schnell, als ich sie gesehen habe. Ich war gerade erst wieder gestartet.«

»Mit ›sie‹ meinen Sie das Opfer, Derya Demizgül?«

Der Mann nickte.

»Wo haben Sie sie gesehen?«

»Sie kam mir auf der Straße entgegen. Zusammen mit dem Mann. Sie sind rechts in den Wald, auf so einen Trampelpfad.«

Augenblicklich wachte Ruth auf. Das war das erste Mal, dass jemand Derya offenbar unmittelbar vor dem Mord gesehen hatte. Ihre Müdigkeit war wie weggeblasen, und sie war hochgradig angespannt. Die gleiche Spannung hatte auch alle anderen im Saal ergriffen, sie konnte es an den konzentrierten Gesichtern ablesen.

»Was genau haben Sie dabei beobachtet? Warum ist Ihnen die junge Frau aufgefallen?«

Der Mann wand sich etwas auf dem Stuhl, und er sprach mit gedämpfter Stimme weiter. Ruth konnte an seiner Verlegenheit ablesen, dass er sich schuldig fühlte, dass er etwas beobachtet hatte, aber nicht eingegriffen.

»Na ja, zuerst mal war sie sehr schön. Und sehr auffällig. Also sie hatte diese Wahnsinns-Haare. Deshalb ist sie mir überhaupt aufgefallen. Ich hab halt hingeguckt, wie man eine schöne Frau eben anguckt.«

Die Richterin nickte. Sie musste jetzt behutsam vorgehen, den Zeugen nicht durch gezielte Fragen beeinflussen, aber dennoch das Relevante zu Tage fördern.

»Und die Frau hat zurückgeschaut?«

»Nicht wirklich. Kurz, ja. Aber ich hatte den Eindruck, sie war beschäftigt.«

»Beschäftigt. Womit? Was hat diesen Eindruck bei Ihnen hervorgerufen?«

Der Zeuge musste tief Luft holen. »Ich hatte den Eindruck, sie wollte weg. Sie wollte nicht neben dem Mann laufen. Und sie wollte nicht mit ihm in den Wald.«

Mit gutem Recht, dachte Ruth, und ihr lief ein Schauder über den Rücken. Die Vorstellung, dass die Sechzehnjährige geahnt haben musste, dass ihr etwas Schlimmes widerfahren könnte, sie aber nicht in der Lage war, sich dagegen zu wehren oder jemanden zu Hilfe zu holen, griff ihr kalt ans Herz.

»Was haben Sie getan?«

»Ich hab ihr hinterhergeschaut. Aber der Mann hatte sie fest umarmt, und sie hat sich nicht umgedreht und ist ja doch mit ihm mit. Also habe ich gedacht, es ist wohl schon okay ... Ich wusste ja nicht ...«

Er verstummte. Auch die Richterin schwieg einen Moment, um die Information sacken zu lassen.

»Sie würden den Mann wiedererkennen?«

Der Zeuge zuckte erneut mit den Schultern. »Ich bin mir nicht sicher. Es ist verdammt lang her. Ich weiß echt nicht mehr viel. Sie hatte halt diese Haare, nur deshalb erinnere ich mich an sie. Er war auch ein Türke. Groß, schlank, kurze dunkle Haare. Mehr weiß ich nicht.«

Alle Augen im Saal wanderten zu Aras Demizgül. Dieser sah den Zeugen an, und auf seinem Gesicht zeigte sich ungläubiges Staunen. Entsetzen. Panik. Die Mutter von Aras hatte die Hände vor den Mund geschlagen, der Vater schüt-

telte den Kopf. Der Verteidiger umklammerte seinen Stift
mit der rechten Hand so fest, dass das Weiße der Fingerknö-
chel hervorschimmerte.

»Die Polizei hat Ihnen Fotos vorgelegt. Darauf haben Sie
den Mann identifiziert«, stellte die Vorsitzende fest.

Der junge Mann sah rasch zum Angeklagten und biss
sich dann auf die Lippen. »Ja, schon. Aber so hundertpro-
zentig ... Ich weiß nicht.«

»War es der Angeklagte, Aras Demizgül?«, insistierte die
Richterin.

»Ja«, nickte der Zeuge, »vermutlich. Er sah so aus.«

Die Käsespätzle in Ruths Magen rumorten. Ihr wurde
speiübel, und sie musste sich sehr zusammenreißen, um
nicht sofort aus dem Saal zu stürmen. Wie konnte es sein,
fragte sie sich, wie konnte es nur sein, dass Aras Demizgül
der Täter war, wo sie und die meisten anderen von seiner
Unschuld überzeugt schienen? Hatten sie sich alle so in
ihm getäuscht?

Berlin-Charlottenburg, Olympiastadion,
eine Samstagnacht im Februar

Er nahm Anlauf, vielleicht zehn Meter, und beschleunigte
von null auf hundert, bevor er sich vom Boden abstieß. Er
setzte den rechten Fuß gleich hoch an und stemmte den linken auf die gegenüberliegende Granitsäule. Fünf Schritte
schaffte er so nach oben, ohne die Hände zur Hilfe zu nehmen. Dann noch einmal sechs, wobei er sich mit den Fingern in dem groben Stein festklammerte. Dann ging es
nicht mehr weiter. Valentin kostete ein paar Sekunden in

der Position aus, in einer Höhe von vielleicht drei Metern, bevor er sich mit gespreizten Beinen, an den Säulen rechts und links abstoßend, wieder nach unten bewegte; rasch, es war eine Bewegung, die mehr einem abgestützten Fall ähnelte. Ab der Hälfte sprang er, landete auf dem Beton, geschmeidig in der Hocke, und sprintete auf das gegenüberliegende Geländer zu. Er sprang darauf, rannte balancierend bis zum Ende. Ein erneuter Sprung, ein Satz über den Poller. Auf dem nächsten Poller landete er mit beiden Füßen, stieß sich nach oben ab und flog mit einem Rückwärtssalto herunter. Beim Aufkommen rutschte er etwas zur Seite und wäre um ein Haar mit dem Hinterkopf an den nächsten Poller geknallt. Aber er ließ sich nicht davon beirren, auch nicht davon, dass er schon außer Atem war und seine Lungen schmerzten. Sein Ziel war die Mauer an den Stadionterrassen, die wollte er heute zur Gänze erklimmen, bis er sich oben auf das Dach setzen könnte.

Er hatte Georg abgesagt, hatte auf trinken und um die Häuser ziehen doch keinen Bock mehr gehabt. Nach dem, was diese Sergul ihm geschrieben hatte, musste er alleine sein. Die Skaterhalle war schon anstrengend gewesen, die vielen Menschen und der Lärm von den Rollen auf den Halfpipes. Er hatte Kopfschmerzen gehabt, aber Jonas hatte sich so gefreut und konnte gar nicht genug bekommen.

Wie erwartet war seine Mom heute ausgefallen. Sie war nicht aus dem Bett gekommen. Sein Vater hatte nach dem Frühstück das Haus verlassen, hatte etwas gemurmelt von »Institut«. Dann war die Tür hinter ihm ins Schloss gefallen, und Valentin war mit seinem kleinen Bruder allein zurückgeblieben. Wie so oft. Jonas konnte nichts dafür, und Valentin fand, es war seine verdammte Pflicht, sich um den

Kleinen zu kümmern. Das war nicht das Schlechteste. Sie hatten Spaß zusammen. Er freute sich, wenn Jonas sich freute. Jonas hing an ihm, und Valentin war es recht. Im Gegensatz zu den meisten seiner Altersgenossen war ihm sein kleiner Bruder keine Last. Er machte alles mit ihm, was er in dem Alter versäumt hatte. Nicht, dass seine Eltern nichts mit ihm unternommen hätten. Sie hatten ihn auf jede Party mitgeschleift, auf die sie eingeladen waren, und hielten das für progressive Erziehung. Sie hatten für ihn Trommelworkshops bei den Berliner Philharmonikern gebucht und ihn in ein Segelcamp in die Ägäis geschickt. Aber sie hatten nie etwas Normales mit ihm gemacht. Valentin war stets begeistert gewesen, wenn er zu einem Geburtstag eingeladen war, und man ging zum Bowlen. Oder eine befreundete Familie nahm ihn zum Biken mit. In einen Klettergarten. Ins Schwimmbad. Oder eben in die Skaterhalle. Nun war es das, was Valentin mit seinem Bruder unternahm. Der Kleine liebte ihn dafür abgöttisch.

Nach dem Skaten hatten sie sich bei McDonald's versorgt und waren in Valentins Zimmer abgetaucht. Sie hatten zusammen ein paar Spiele auf der X-Box gezockt, danach hatte er Jonas seinen Computer überlassen und war rausgegangen. Er übte gerne Parkour, nachts, in der Stadt, allein. Rund um das Stadion, das war sein Revier. Es gab hier jede Menge Challenges. Er wurde immer besser. Seit zwei Jahren kletterte er und trainierte Sprünge. Ernsthaft verletzt hatte er sich noch nie, aber es war wichtig, immer geschmeidig zu bleiben, sich fit zu halten. Und er hörte nur selten Musik dabei. Valentin konzentrierte sich voll auf die Geräusche, die er beim Klettern verursachte. Wenn die Turnschuhe über den Stein glitten, das hörte sich jedes Mal anders an. Backstein klang anders als rauer Granit. Asphalt machte ein stumpfes Geräusch, polierter Stein hallte etwas nach. Und er horchte auf seinen Atem. Er versuchte, total gleichförmig zu atmen, ruhig, beherrscht. Aber es gelang ihm nicht immer. Manchmal stöhnte er vor Anstrengung oder hielt den Atem an, wenn es besonders schwierig wurde.

Jetzt zum Beispiel, er war auf den letzten Metern. Noch vielleicht fünfzig Zentimeter, dann würde er die Bruchkante der Mauer erreicht haben. Er krallte seine Finger in die winzigen Spalten im Gestein. Seine Füße stützten unten, aber er war nicht sehr stabil, seine Waden zitterten vor Anstrengung, er kam nicht vorwärts und nicht rückwärts. Er hing wie eine Spinne über dem Abgrund an der Mauer. Valentin schloss die Augen und versuchte, seinen Atem zu kontrollieren.

Ein, ein, aus, aus, aus.

Ein, ein, aus, aus, aus.

Er schnaufte durch die Nase. Angst hatte er nicht. Aber er musste mehr Willen aufbringen. Den Willen, eine Hand aus dem Stein zu lösen und nach oben zu fassen. Sich dazu mit den Zehenspitzen abzustoßen und den Körper hochzufedern. Nicht zu sehr, gerade so viel, dass er sich ein winziges Stück weiterschieben konnte.

Valentin hatte den Atem unter Kontrolle, und auf einmal spürte er, wie er leicht und entspannt wurde. Er ließ los, aber anstatt in die Tiefe zu stürzen, griff er mit der linken Hand nach oben, fand Halt und schob sich noch ein Stück weiter, der rechte Fuß setzte nach, und schließlich konnte er mit den Fingern der rechten Hand auf die Plattform fassen. Noch zweimal nachgesetzt, und er lag auf der Mauer. Er rollte sich auf dem kalten Stein auf den Rücken, presste kraftvoll die Luft aus den Lungen, schloss die Augen und breitete die Arme aus. Sein Gehirn war leer, total leer.

Erst als er die Augen wieder öffnete und nach oben in den klaren Nachthimmel blickte, kamen die Gedanken zurück. Aras war unschuldig, hatte sie geschrieben. Das war wichtig, das sollte er wissen. Sie kannte den Mörder. Oder die Mörderin. Aber sie wollte es ihm nicht sagen. Sie hatte nur immer wieder darauf beharrt, dass Aras unschuldig war. War sie es am Ende selbst, Sergul aus Ankara, von der er nichts wusste? Die behauptet hatte, sie sei eine Freundin? Von wem auch immer. Plötzlich war sie offline gewesen, und am nächsten Tag war ihr Account gelöscht. Scheiße.

Valentin rollte sich auf den Bauch, schob die Unterarme ineinander und stützte sich darauf ab. Jetzt schaute er in Richtung Grunewald. Sah die roten Positionslichter von Kränen oder Windrädern oder dem zerfetzten Turm auf dem Teufelsberg.

Was sollte er mit der Info anfangen? Warum sagte diese Sergul ausgerechnet ihm das? Wenn sie den Mord gesehen hatte, warum ging sie nicht zur Polizei?

Die Antwort ließ Valentin schaudern. Der Gedanke, dass er sich mit jemandem geschrieben hatte, der dabei gewesen war, als Derya starb, vielleicht sogar selber das Messer in der Hand gehabt hatte, ließ ihn frösteln. Er musste mit irgendwem darüber sprechen. Diese Sergul kannte Aras. Sie wusste, wer der Täter war. Also kannte vielleicht auch Aras den wahren Täter. Vielleicht ohne zu wissen, dass dieser Jemand seine Schwester getötet hatte.

Valentin sprang auf, zog die Beine ein-, zwei-, dreimal an und sprintete dann über die Terrasse des Vereinsheims und die Treppe nach unten in Richtung S-Bahnhof Olympiastadion. Der hatte noch auf, die letzte Bahn war noch nicht durch. Er nahm fünf Stufen auf einmal, rannte, so schnell er konnte, über den Bahnsteig bis zu der gegenüberliegenden Treppe und nahm den linken Ausgang. Er würde mit jemandem reden müssen, noch bevor der Prozess zu Ende war. Nicht mit der Polizei. Seine Falschaussage und seine verlogene Mutter hatten schon genug Wirbel verursacht, er hatte keinen Bock, schon wieder mit den Typen zu reden. Vielleicht mit dem Anwalt? Er schwitzte, während er die Trakehner Allee herunterrannte, rechts abbog, unter der S-Bahn hindurch und dann links. Er würde darüber nachdenken. Morgen. Übermorgen.

BERLIN-MOABIT, BOCHUMER STRASSE,
EIN DIENSTAG IM FEBRUAR, SIEBZEHN UHR

Annika hob die kleine Naima hoch über ihren Kopf und schüttelte dabei den kleinen Körper spielerisch hin und her. Naima kreischte laut und prustete, die weichen dunklen Löckchen flogen, die abgespreizten Ärmchen flatterten aufgeregt links und rechts vom Körper, als versuchte sie zu fliegen. Annika trieb das Spielchen nun schon ein paar Minuten lang, und sowohl Jamila als auch Ruth betrachteten ihre jeweilige Tochter voller Stolz. Schließlich setzte Annika die kleine dunkle Schönheit in ihren Buggy, zog ihr die Teddymütze resolut über beide Ohren und sprach mit Jamila noch einmal das genaue Ritual des Ins-Bett-Bringens durch. Dann schob sie den Buggy zur Tür hinaus, und die beiden Mädchen verschwanden in der trüben Dämmerung dieses Berliner Winterabends.

Draußen war es feuchtkalt, die Kälte kroch förmlich in die Knochen, es wurde, trotz der mittlerweile wieder längeren Tage, nie richtig hell, und Ruth war dankbar für ihr heimeliges kleines Bistro. Im »La Paysanne« war es warm und gemütlich, es roch nach Zimt, Nelken und Orange, weil Jamila überall selbstgemachte Potpourris aufgestellt hatte. Ruth freute sich auf den Abend, den sie gemeinsam mit ihrer Freundin im Laden verbringen würde, und war der Marokkanerin zutiefst dankbar, dass diese dafür einen kostbaren Familienabend opferte. Annika hatte sich bereit erklärt, bei Naima das Babysitten zu übernehmen, was ihr wiederum Ruth mit ein paar neuen Schuhen vergolten hatte.

Angesichts des vergangenen Verhandlungstages, der so unerwartet mit der Zeugenaussage zu Ungunsten von Aras Demizgül geendet hatte, hatte Ruth am Wochenende Bilanz gezogen. Das getötete junge Mädchen, zwei kaputte Familien – die Demizgüls und die Bucherers –, ihr kranker Vater, ihre Schwester Regine, die so frustriert durchs Leben ging, Johannes, der seinen Job verloren hatte und dessen zweite Lebensbeziehung anscheinend gerade in die Binsen zu gehen schien – all das hatte Ruth dazu gebracht, sich für eine spontane Fete zu ihrem Fünfzigsten zu entscheiden. Sie wollte leben, sie wollte feiern, sie wollte mit ihren Freunden und ihrer Familie zusammen sein, sie wollte demütig und dankbar sein für ihre Kinder, ihre Gesundheit und ihre berufliche Existenz, kurz: Ruth wollte das Leben genießen.

Sie hatte vor, das Bistro am Freitag komplett zu schließen und mit Jamila alles vorzubereiten. Die Planung dafür wollten die beiden Frauen am heutigen Dienstag vornehmen, sich überlegen, was es zu essen und zu trinken geben sollte, ob man eine Tanzfläche freiräumen sollte oder nicht und wer am Samstagmorgen nach der Feier den Laden wieder aufsperren würde. Oder nicht.

Jamila hatte sich sofort begeistert gezeigt. »Wir hatten noch nie eine Party! Ruth, das ist klasse. Und zum 5. Bestehen machen wir gleich noch eine.«

Ruth lachte. »Nee danke, vermutlich ist mein Bedarf dann gedeckt.«

Jamila wurde ernst. »Ich find's gut, dass du dich dazu entschieden hast. Du warst ganz schön down.«

»Ich hab mich schon gefragt, ob es geschmacklos ist, eine Party zu machen«, gestand Ruth ein.

Jamila guckte überrascht.

»Wegen Aras«, erklärte Ruth. »Das war ziemlich heftig ...«

Jamila unterbrach sie heftig. »Er ist nicht dein Sohn! Und vielleicht ist er der Mörder – hast du daran schon gedacht? Dann bekommt er die Strafe, die er verdient hat. Ruth, nicht alle Menschen sind so gutherzig wie du.«

Ruth malte mit dem Löffel eine Blume in ihren Milchkaffeeschaum. Selbstverständlich hatte Jamila recht. Wie eigentlich immer. Es war nicht zwangsläufig eine schlechte Nachricht, dass der Zeuge Aras identifiziert hatte als denjenigen, der mit Derya in das Wäldchen gegangen war, kurz vor dem Mord. Wenn er der Mörder war, musste er zur Rechenschaft gezogen werden. Aber es hatte sie trotzdem tief erschüttert, weil sie so sehr von seiner Unschuld überzeugt gewesen war.

Nach der Verhandlung hatten sie noch auf einen Kaffee im Beratungszimmer gesessen, Veronika Karst hatte darauf bestanden.

»Sehen Sie«, hatte sie sich direkt an Ruth gewandt, »des-

halb ist es so wichtig, dass wir, die Richter, völlig unvorein-
genommen sind. Dass wir die Ermittlungsunterlagen nicht
kennen und nicht in die Polizeiarbeit involviert sind. Man
macht sich ein anderes Bild, wenn man über Wochen und
Monate mit den Ermittlungen zu einem Fall befasst ist. Der
Staatsanwalt muss von der Schuld des Angeklagten felsen-
fest überzeugt sein. Wir nicht. Und dennoch ...«

»... nimmt die Verhandlung manchmal eine Richtung,
die man nicht erwartet«, beendete Ernst Hochtobel den
Satz. Er hatte kurz zuvor Ruth ein kleines Quadrat Trauben-
zucker angeboten, wohl, weil er gesehen hatte, dass sie einen plötzlichen Schwächeanfall gehabt hatte. Nur mit Mühe
hatte Ruth ihre Tränen im Gerichtssaal zurückhalten können, kaum aber hatten die Richter sich zurückgezogen, liefen ihr ein, zwei über die Wange. »Ich versteh das nicht«,
hatte sie immer wieder in ihr Taschentuch geschluchzt, und
Veronika Karst hatte ihr beruhigend die Schulter getät-
schelt. Und darum gebeten, dass sie sich noch einmal in
kleiner Runde zusammensetzten, bevor jeder mit den Ein-
drücken des Tages allein ins Wochenende ging.

»Ich gebe zu«, meldete sich der ältere Richter nachdenklich zu Wort, »dass ich den jungen Mann mehr und mehr
für unschuldig gehalten hatte. Er machte einen guten, be-
herrschten und ausgeglichenen Eindruck auf mich. Ich
habe ihm die Tat nicht zugetraut.«

»Das letzte Wort ist ja auch noch nicht gesprochen«, erinnerte Veronika Karst. »Wir werden sehen, wohin uns
diese Aussage führt. Der Zeuge war sich nicht hundertpro-
zentig sicher. Das ist noch lange kein Beweis für die Tat.
Wir müssen jetzt sehen, was Staatsanwaltschaft und Verteidigung beim nächsten Verhandlungstag vorlegen.«

Damit hatten sie die kleine Richterrunde aufgelöst, und Ruth war in düsterer Stimmung nach Hause aufgebrochen.

»Ruth«, Jamila schüttelte sie sanft am Oberarm und holte sie aus ihren Gedanken. »Du kannst dir die Schicksale nicht jedes Mal so zu Herzen nehmen. Du hast noch fünf Jahre Schöffenarbeit vor dir – wo soll das sonst enden?«

Das allerdings war eine Frage, die Ruth sich in den vergangenen Wochen oft gestellt hatte. Wie konnte sie dieses Ehrenamt emotional durchstehen, wenn sie davon so umgetrieben wurde wie bei diesem Fall? Allerdings redete Ruth sich ein, dass es bei dem Fall Demizgül besonders schwer war, Distanz zu wahren. Zum einen, weil das Opfer eine Mitschülerin von Annika war, und zum anderen, weil die Familienkonstellation mit dem älteren Bruder und der kleineren Schwester ihrer allzu sehr glich. Bestimmt würde Ruth andere Fälle weniger an sich heranlassen, wenn diese weniger Berührungspunkte mit ihr persönlich hätten.

Sie betete, dass der nächste Fall, dem sie zugelost werden würde, ein Wirtschaftsverbrechen sei.

Oder vielleicht doch nicht?

Jetzt klatschte Jamila in die Hände. »Das Wichtigste: Wer legt auf?«

YASIKAN KÖYÜ, SÜDOSTANATOLIEN,
IM AUGUST DES VORJAHRES, FÜNFZEHN UHR ZWANZIG

»Mein Bruder ist kein Monster.« Sergul legte ihren Arm tröstend um Deryas Schultern.

»Scheiße, Sergul, darum geht's doch nicht!« Derya hatte

241

keinen Bock, sich beschwichtigen zu lassen. Warum schnallten die das alle nicht? Jetzt auch noch Sergul! Sie hatte wirklich gedacht, die Cousine sei auf ihrer Seite.

»Die wollen mich verheiraten! Einfach so! Ich werde nicht mal gefragt!« Derya war sofort wieder auf hundertachtzig. Es war der Tag der Abreise, sie hatte kein Auge zugemacht. Beinahe minütlich hatte sie SMS verschickt, an Valentin, an ihre Freundinnen. Papa würde durchdrehen, wenn die Handyrechnung kam. Aber das war ihr scheißegal, nein, es geschah ihren Eltern recht. Wenn sie sich schon nicht wehren konnte.

»Und wenn er, keine Ahnung, Bradley Cooper höchstpersönlich wäre ...«

Sergul lachte und unterbrach sie. »Gelogen. So was von gelogen.«

»Ja, okay«, gab Derya zu, aber sie war noch immer in Fahrt, »dann vielleicht nicht. Aber wenn es irgendein gutaussehender netter Typ wäre, würde ich ihn nicht heiraten. Nicht, wenn ich nicht gefragt werde. Und nicht, wenn meine Eltern ihn aussuchen. Und vor allem nicht wegen ein paar Arbeitsplätzen.«

Sergul schwieg, und sie gingen ein paar Schritte stumm nebeneinander her.

»Und dein Bruder, sorry, der ist weder nett noch gutaussehend«, setzte Derya nach.

Sergul seufzte. »Aber diese Heiratspolitik ist immer schon unsere Kultur gewesen, Derya. Deine Mutter hat so geheiratet und meine Mutter ebenfalls. Und beide haben es nicht schlecht getroffen.«

»Verarsch mich doch nicht!« Derya kickte wütend einen Stein zur Seite. Sie sah sich um. Die Gegend hier war so armselig. Überall Steine, Berge, Geröll. Keine Kultur, nur Vollidioten. Wahrscheinlich waren die alle Inzestprodukte. Sie verachtete ihre angebliche Heimat. Warum sprachen alle immer davon, wie wichtig es sei, zu wissen, wo man hingehörte, wo die Wurzeln waren und der Stamm und die verschissene Heimaterde? Berlin war ihre Heimat! Da war sie geboren, da waren ihre Wurzeln. Und mit dieser kargen Öde hatte sie echt nichts am Hut.

»Es ist mir egal, wovon die hier leben, Sergul. Ich kann doch nicht irgendeinen Typen nehmen, bloß damit Leute, die ich nicht kenne, sich für deinen Vater den Arsch abschuften dürfen.«

»Jetzt mach aber mal 'nen Punkt!« Sergul drehte sich herum, ihr Gesicht war wutverzerrt. Derya war total überrascht, dass sie ihre Freundin mit irgendwas auf die Palme gebracht hatte.

»Erstens hast du keine Ahnung, worum es hier geht. Das ist Politik, Derya. Es geht um das Überleben von einer Menge Familien, nicht nur um deinen süßen kleinen Hintern.«

Sergul trat ganz nah an Derya heran, und diese wich erschrocken nach hinten aus. »Dieser Staudamm ist ein wichtiges Projekt hier unten. Schau dich doch um: Hier gibt es nichts.«

Sie packte Derya unsanft am Arm und drehte sie einmal um ihre eigene Achse. Derya fügte sich widerstrebend, sie hatte Respekt vor Sergul und spürte, dass es besser war, sich jetzt nicht gegen die Ältere aufzulehnen.

»Die meisten, die hier leben, sind bitterarm. Auf dieser Erde wächst nichts, jede Stadt, jede Industrie ist meilenweit weg. Wer Arbeit sucht, muss von hier weggehen. Und das heißt nicht, sich in die S-Bahn setzen und fünf Stationen fahren. Das heißt, Frau und Kinder zurücklassen. Ein paar Jahre im Ausland schuften. Vielleicht in Deutschland, wie dein Vater, vielleicht anderswo. Aber da gibt es auch keine Garantie mehr. Viele kommen zurück und haben es nicht geschafft.«

Derya nickte stumm. Sergul redete genauso wie ihr Vater. Und wie Aras. Auch sie hatten ihr die Notwendigkeit der Heirat mit Zinar so erklärt. Aber scheiß drauf, dachte Derya trotzig. Sie wollten ihr die Verantwortung für das Leben dieser Bauern hier unten in die Schuhe schieben. Das war nicht fair. Nicht fair.

»Mein Vater«, fuhr Sergul fort und blies sich eine schwarze Haarsträhne aus der Stirn, »mein Vater hat es geschafft. Er ist ein großer Mann. Er entscheidet, wer beim Staudamm Arbeit bekommt und wer nicht. Nicht alle können ein Stück vom Kuchen haben, Derya. Und es liegt an dir, wer eins bekommt. Und wer nicht.«

Endlich ließ Sergul ihren Arm los und fummelte die Gauloises-Packung aus ihrer Hosentasche. Derya musterte ihre Cousine erstaunt. Sergul war doch eine moderne Frau. Sie war selbst nicht verheiratet, sie lebte in Ankara, studierte, führte ein normales Leben. Warum setzte sie sich so für diesen Traditionskrempel ein?

»Wenn dein Vater wirklich groß wäre, dann würde er die Arbeit an die vergeben, die sie am besten können. Oder die sie am nötigsten haben. Und nicht akzeptieren, dass ich dafür geopfert werde.« Derya hielt tapfer dem Blick Serguls stand. Diese blies verächtlich den Rauch durch die Nase, bevor sie antwortete. »Mein Vater ist groß, weil er so entscheidet. Nicht ein milder Mann wird ein großer Mann.«

»Du hast sie doch nicht mehr alle.« Derya konnte nicht verstehen, wie Sergul so etwas sagen konnte. »Warum opferst *du* dich dann nicht? Warum hast *du* nicht einen von diesen Ziegenbauern geheiratet? Oder meinetwegen Aras.«

Sergul starrte sie an. Nach einer Weile, die Derya wie eine halbe Ewigkeit vorkam, sah Sergul schließlich zur Seite. Ihr Gesichtsausdruck veränderte sich. Sie war nicht länger aufgebracht, sie wirkte von einer Sekunde auf die andere einfach nur traurig. »Ich kann nicht. Es geht nicht. Aras würde mich nicht nehmen. Und auch kein anderer.«

Derya verstand gar nichts. »Warum?«

Sergul trat ihre Zigarette aus und schlang die Arme um den Körper. »Weil ich nichts wert bin.«

Derya schüttelte verständnislos den Kopf.

»Ich bin keine Jungfrau mehr, Derya. Schon lange nicht mehr. Bevor mich mein Vater verheiraten konnte, wurde ich entehrt.«

»Freiwillig, oder ...« Derya ließ den Rest der Frage in der Luft hängen. Es war nicht nötig, das auszusprechen.

Sergul zog die Schultern hoch. »Beides irgendwie. Ich war vierzehn. Er war schon zwanzig und aus dem Nachbardorf. Wir sind abgehauen. Ich dachte, es wäre romantisch, aber ... Danach war nichts mehr einfach.«

Sergul drehte sich mit dem Rücken zu Derya und blickte über die langgezogene braune Bergkette. »Mein Vater ist ein gütiger Mann. Und ein reicher Mann. Er hat mich weggeschickt. Erst ins Internat, dann auf die Uni. Damit ich wenigstens noch etwas aus meinem Leben machen kann.«

»Das ist doch Schwachsinn«, platzte Derya hervor. »Du hast mit vierzehn Sex gehabt, na und? Das haben andere

auch. Dann heiratest du eben keinen von diesen Hinter-
wäldlern. Du lebst doch sowieso nicht hier.«

»Ich kann nie wieder zurück, Derya. So ist das. Ich habe
meiner Familie Schande gemacht. Ich komme zu Besuch,
und ich bin bei Festen dabei, okay. Aber mehr kann ich
nicht erwarten. Das ist bitter, weißt du?«

Sergul sah Derya an, als wollte sie ihr Mitleid, aber Derya
konnte sich absolut nicht dazu durchringen, etwas Trösten-
des zu sagen. Weil sie nicht fand, dass Sergul Trost brauchte.
Sie war entkommen. Sie hatte es geschafft und hatte ein normales Leben vor sich: mit einem guten Job, einem Mann
und vielleicht Kindern. Warum jammerte sie hier rum?

»Ich werde Zinar nicht heiraten. Notfalls hau ich mit Vali
ab. Wir lieben uns, und ich weiß, dass er zu mir steht.« Derya blickte ihre Cousine stolz an. War Zeit, dass sie hier
wegkam. Sie wollte keine Stunde länger in den anatolischen
Bergen bleiben. Jetzt, wo sie sogar Sergul verloren hatte.
Die Cousine sah sie an. Etwas in diesem Blick gefiel Derya
überhaupt nicht.

»Überraschung!«

Ruth zuckte zusammen und drehte sich auf dem Absatz um. Tatsächlich stand ihre Schwester Regine in der geöffneten Tür des »La Paysanne« und strahlte von einem Ohr zum anderen. Noch bevor Ruth tatsächlich realisiert hatte, dass das ihre Schwester war, die da leibhaftig vor ihr stand, flog diese in ihre Arme und drückte sie fest. Ruth erwiderte die herzliche Begrüßung überrascht, bevor sie Regine genauer in Augenschein nahm. Die war äußerlich total verändert. Sie trug eine modische Kurzhaarfrisur mit blondierten Strähnen, eine knallenge Jeans zu einem grellbunten Wickeltop, welches Regines ausladende Oberweite bedrohlich hervorhob, sowie, Wunder über Wunder: High Heels!

Insgesamt war die Typveränderung nicht gerade nach Ruths Geschmack, aber sie war wirkungsvoll. Regine wirkte frischer, weiblicher, unverkennbar jünger. Dennoch war alles ein bisschen zu viel des Guten. Zu blond, zu bunt, zu eng, zu hoch. Regine, die die fünfzig bereits überschritten hatte (in aller Trauer und Stille), Mutter von drei Kindern und Sozialpädagogin außer Dienst, war in den vergangenen zwanzig Jahren eigentlich nur in »praktisch und bequem« herumgelaufen. Ruth, die, seit sie nach Berlin gezogen war, ihre Schwester nur selten getroffen hatte – zu sehr hatten ihre Lebensentwürfe differiert –, hatte sie ausschließlich in

Sneakers, weiten Jeans oder Cargohosen, Schlabber-T-Shirts und Sweatshirt gesehen. Jetzt war sie total baff. Statt einer Begrüßung kam ein verwundertes »Warst du bei der Typ-Beratung?« über ihre Lippen.

Regine drehte sich zur Antwort einmal im Kreis und wackelte dabei aufreizend mit dem breiten Hinterteil. »Brigitte-Diät! Und Online-Stilberater. Alles in einem Package. Einmal geklickt, und schon wirst du täglich mit Tipps und Tricks beballert.«

Ruth war sprachlos, aber Jamila, die aus der Küche hinzutrat, sprang charmant in die Bresche. »Wow! Ich wusste gar nicht, dass Ruth eine jüngere Schwester hat.«

Regine quietschte laut und schloss auch Jamila in ihre Arme. Schon wieder zu dick aufgetragen, dachte Ruth insgeheim, freute sich aber, dass Regine gut drauf zu sein schien. Was in den letzten Jahren, so kam es Ruth vor, immer seltener der Fall war.

Jamila jedenfalls freute sich wahrhaftig, Regine wiederzusehen, und bot dieser erst einmal einen Kaffee an. Die beiden hatten sich zwei Jahre zuvor kennengelernt, als Regine mit ihrem Ehemann Martin für ein verlängertes Wochenende nach Berlin gekommen war. Regine hatte ihm den Kurztrip samt Rolling-Stones-Konzert als Geschenk zum zwanzigsten Hochzeitstag gemacht. Die Reise war ein Desaster gewesen, die beiden hatten sich nur gefetzt, Martin war irgendwann alleine losgezogen, und Regine hatte sich im Bistro bei Jamila und Ruth ausgeweint. Während Ruth wenig Empathie für ihre Schwester aufbringen konnte, weil diese sich, in ihren Augen, zur Sklavin ihres Gatten gemacht hatte, hatte Jamila sich in ihrer grenzenlosen Geduld und Weisheit der Probleme angenommen. Sie hatte liebevoll Ratschläge erteilt, die Regine, so schien es Ruth, in den folgenden zwei Jahren allesamt nicht befolgt hatte.

»Jamila«, sagte Regine soeben und rührte wild in ihrem Cappuccino, »du hattest ja sooo recht!«

»Womit?« Jamila lächelte breit, sie wusste genau, wovon Regine sprach.

»Martin«, sagte diese und sprach den Namen ihres Göttergatten mit tiefster Verachtung aus. »Ich hab ihn rausgeworfen.«

Ruth wechselte einen überraschten Blick mit ihrer marokkanischen Freundin. Diese hatte damals bestimmt nicht beabsichtigt, dass Regine ihrer Ehe ein Ende setzen würde, und sah nun ziemlich schuldbewusst drein, aber angesichts der gutgelaunten und aufgekratzten Regine fand Ruth Gewissensbisse unangebracht. Sie selbst war völlig baff über die soeben verkündigte Neuigkeit, da sie der Ehe ihrer Schwester gerade auf Grund der ungleichen Machtverhältnisse eine außerordentliche Langlebigkeit prophezeit hätte. Martin und Regine hatten als Paar ganz klar nach dem Muster »Master and Servant« funktioniert. Martin war ein fauler Pascha, der jedoch in allen Familienbelangen den Ton angab. Er dominierte die ganze Familie, war aber eigentlich ein jämmerlicher Wicht. Regine hatte ihn immer vor allen Anfeindungen von außen in Schutz genommen und nach seiner Pfeife getanzt. Es interessierte Ruth jetzt schon, warum ihre Schwester sich nach so langer Zeit doch noch aufgeschwungen und dem Idioten den Laufpass gegeben hatte.

Sie wollte eben nachfragen, als die Tür des »Paysanne« erneut aufging. Es war Lukas, der gemeinsam mit einem Kumpel ein paar große Boxen in den Laden bugsierte.

Regine sprang vom Barhocker und umarmte ihren Neffen, dem dies vor seinem Freund etwas peinlich zu sein schien. Vermutlich wegen des wenig verhüllten Atombusens, dachte Ruth amüsiert. Der Freund, ein pickliger Kerl mit einer Rastalockenmähne, die er unter eine riesige gehäkelte Mütze in den Farben Jamaikas gestopft hatte, schielte aus den Augenwinkeln auf das Tantendekolleté. Er roch streng nach Marihuana, und Ruth betete, dass die beiden Jungmänner sich auf ihrer Party zusammennehmen und um Gottes willen nicht eine Tüte nach der anderen drehen würden. Sie wusste, dass ihr Sohn ab und an einen Joint rauchte, wovon er sich trotz ihrer bemühten Aufklärung vom circa vierzehnten Lebensjahr an nicht abhalten ließ. Aber Annika, der die Gewohnheiten des älteren Bruders viel geläufiger waren, hatte Ruth stets versichert, dass Lukas nur ein »Gelegenheits-Kiffer« war, woran diese sich seitdem festklammerte.

Nun lotste sie die beiden jungen Männer zu der Ecke, in der die Anlage aufgebaut werden sollte. Es war Jamilas Idee gewesen, Lukas als DJ mit einzubinden, in der Hoffnung, dass dieser davon absehen würde, die immer gleichen Hits der Siebziger- und Achtzigerjahre aufzulegen, die schon aus Prinzip auf jeder Ü30-Party rauf- und runtergenudelt wurden.

Statt von ihrer heroischen Ehebefreiung zu erzählen, begriff Regine sofort, dass sie bei der Partyvorbereitung als tatkräftige Hilfe gebraucht wurde, und packte mit an.

Während die Jungs ihre Musikanlage anschlossen und ausprobierten, räumten und stapelten die drei Frauen zu Lukas' musikalischer R'n'B-Untermalung Tische und Stühle, machten Platz für das Buffet und legten letzte Hand an das Fingerfood, das Ruth und Jamila in den letzten drei Tagen neben dem Restaurantbetrieb vorbereitet hatten. Es war Ruths ausdrücklicher Wunsch, dass es auf ihrer Party außer den Getränken absolut nichts Französisches geben sollte. Sie hatte ein Faible für die asiatische Küche und hatte die gesamte vergangene Woche nichts anderes getan, als vietnamesische, indonesische und thailändische Kochbücher zu wälzen. Sie hatte sich ihre Lieblingsgerichte herauskopiert, und so bestand das Buffet, das sie vorbereitet hatte, aus nahezu dreißig verschiedenen »Asia-Fusion«-Leckereien. Angefangen mit vietnamesischen Mini-Frühlingsröllchen über hauchzart frittierte Krabbenscheren mit Chilisauce und Lychee-Zitronengras-Sorbet – Jamila und Ruth hatten sich regelrecht in einen Koriander-Reispapier-Ingwer-Chili-Wahn hineingesteigert, und die vielen auf Platten, in Schalen und in Papier gewickelten Köstlichkeiten fanden kaum Platz auf der als Buffet auserkorenen Fläche. Jetzt mussten sie das alles nicht nur vor sich selbst und Regine, sondern auch vor dem Appetit der beiden jungen Kerle schützen.

»Boah, geil, Mama«, hatte Lukas mit vollem Mund verkündet, als Ruth wieder eine Platte aus der Küche geschleppt hatte. Sie hatte ihm auf die Finger geklopft und mit strengem Blick jegliches Vorabnaschen verboten.

Kurz vor sechs fasste sich Regine theatralisch an die Kehle und verlangte nach dem ersten »Proseccochen«, was bei Ruth allerdings ein frischer, eisgekühlter Crémant d'Alsace war.

Als gegen halb sieben die ersten Gäste eintrudelten, waren Ruth, Jamila und Regine bereits in allerbester Partystimmung.

Am Bahnhof hatte Valentin sich noch kurz überlegt, ob er Blumen mitbringen sollte, entschied sich dann aber anders. Er hatte das Gefühl, dass diese Geste seinem Besuch nicht angemessen war. Die ganze Woche über hatte er mit sich gerungen, an wen er sich wenden sollte. Sein Verstand sagte ihm, dass die Polizei die erste und die richtigste Adresse wäre, andererseits war er sich nicht wirklich sicher, ob das, was »Sergul« behauptete, auch der Wahrheit entsprach. Vielleicht war sie einfach eine Wichtigtuerin. Ihr Facebook-Account blieb gelöscht, er hatte wieder und wieder nach ihr gesucht. Jetzt ärgerte er sich, dass er nicht eines ihrer Fotos gespeichert hatte. Aber woher hätte er wissen können, dass sie einmal wichtig sein könnte? Für ihn, für Aras, für den »Fall«.

Valentin hatte sogar daran gedacht, mit dem zu sprechen, der am meisten betroffen war: Aras. Er hatte versucht, sich im Internet schlauzumachen, wie das war mit Besuchen, wenn man in U-Haft saß. Es war offenbar noch strenger geregelt, als wenn man seine Haftstrafe regulär absaß. Das konnte er also vergessen. Schließlich hatte er sich zu diesem Schritt durchgerungen.

Er stand vor dem Haus und starrte auf das Klingelbrett. Er hatte mehrere Male an dieser Stelle gestanden und auf Derya gewartet. Aber noch nie hatte er geklingelt. Sie hatten vereinbart, dass er immer eine SMS schickte, dann kam sie herunter.

Aber nun legte er einen Finger auf das mit »Demizgül« beschriftete Plättchen und drückte. Es dauerte etwas, bis sich jemand meldete. Was genau dieser Jemand sagte, konnte man nicht verstehen, aber Valentin nahm all seinen Mut zusammen und sagte laut und vernehmlich seinen Namen in die Sprechanlage. Gleich darauf betätigte irgendwer den Türöffner.

Deryas Vater wartete bereits in der geöffneten Tür, als Valentin das vierte Stockwerk erreicht hatte. Für einen Moment verließ Valentin der Mut. Er sah die strengen schwarzen Augen und den mächtigen Schnurrbart von Goran Demizgül und zögerte. Was hatte er erwartet? Dass er mit offenen Armen von den fremden Leuten empfangen werden würde? Er, der deutsche Freund ihrer toten Tochter, der sich nie vorgestellt hatte und jetzt, plötzlich mit einem Namen und einer kruden Nachricht vor der Tür stand?

Aber Herr Demizgül zerstreute seine Bedenken sofort. Er streckte Valentin eine Hand entgegen, und als dieser sie ergriff, zog Deryas Vater ihn an sich und umarmte ihn fest. Valentin erwiderte die Geste gerührt, und noch mehr als dieses rührte ihn der Geruch. Der Vater, die Wohnung – alles roch so vertraut, dass ihm die Tränen in die Augen schossen. Unweigerlich fühlte er sich mit Macht an seine Freundin erinnert. Er hätte diesen Duft nicht benennen können, es war eine spezifische Mischung von einem bestimmten Waschmittel, Gewürzen und einer sanften Schweißnote.

Im Flur zog Valentin sofort die Schuhe aus. Auch sein Gastgeber war auf Socken, außerdem war die gesamte Wohnung, soweit er sehen konnte, mit hochflorigen Teppichen ausgelegt. Seine Mutter hätte das nackte Grauen gepackt. Für sie waren Teppiche und vor allem Auslegware der Inbegriff der Spießigkeit. Valentin fand es gemütlich.

Im Wohnzimmer stand Deryas Mutter und erwartete

ihn. Sie sah aus wie eine ältere Ausgabe von Derya, die gleichen großen schwarzen Augen mit den kräftigen Brauen, die dicken lockigen Haare – nur, dass Frau Demizgül diese in einer modischen halblangen Frisur trug – und die gleichen ausdrucksstarken Lippen. Valentin fand, dass Deryas Mutter eine unglaublich schöne Frau war. Und eine unglaublich traurige. Ihre großen Augen lagen tief in den Höhlen und waren dunkel umschattet. Als sie ihm ihre Hand reichte, spürte er, wie kalt diese war, wie schwach und dass sie leicht zitterte. Aber Hatice Demizgül ließ sich ihre Trauer nicht anmerken, sie bot Valentin einen Platz auf dem Sofa an. Der Vater stellte ihm ungefragt ein kleines Glas gesüßten Tee hin, und Frau Demizgül verschwand in der Küche, um Nüsse und Gebäck zu holen.

»Entschuldigen Sie bitte, dass ich Sie so überfalle«, begann Valentin zögerlich das Gespräch.

»Nein!« Deryas Vater hob abwehrend beide Hände. »Sie müssen sich nicht entschuldigen. Bitte nicht. Wir sind sehr froh, dass Sie uns besuchen.«

Dabei sah er zustimmend seine Frau an, die in dem Moment das Wohnzimmer wieder betrat und eine Schale mit Pistazien, eine mit Kürbiskernen und eine mit kleinen Sesamkringeln auf dem Tisch platzierte. Sie nickte Valentin zu und versuchte ein vages Lächeln. Valentin wusste nicht, was er sagen sollte. Er hatte sich vorher alles zurechtgelegt, aber hier, eingesunken auf dem ausladenden Cordsofa, die Sockenfüße auf dem kuscheligen Teppich und die freundlichen, wenngleich von Trauer gezeichneten Gesichter von Deryas Eltern, die ihn erwartungsvoll anblickten, fühlte es sich nicht richtig an. Er sollte die Demizgüls nicht mit dieser seltsamen Sergul-Geschichte verwirren. Was konnten sie schon dazu sagen? Irgendeine fremde, anonyme Frau hatte im Netz behauptet, sie wisse, dass Aras nicht der Täter sei. Weil sie dort gewesen war. In der Nacht.

Aber brauchten die Demizgüls diese Versicherung von ihm? Sicher wüssten die Eltern selbst, dass ihr Sohn Derya nicht getötet hatte. Vielleicht sollte er alles auf sich beruhen lassen, ein wenig plaudern und wieder dahin zurückgehen, wo er herkam.

»Es ist schön, Sie kennenzulernen«, sagte Deryas Mutter gerade mit belegter Stimme. »Leider zu spät.«

»Tut mir leid, dass ich nie vorbeigekommen bin.« Valentin schämte sich. Er hatte damals, als er mit Derya ging, gar nicht daran gedacht, sich vorzustellen. Das war irgendwie total altmodisch und spießig, sie waren ja kein Ehepaar. Und Derya hatte es immer zu verhindern gewusst, dass er ihren Eltern in die Arme lief. Auf Schulfeten hatte er sie natürlich gesehen, oder wenn sie Derya zum Bus gebracht hatten, vor dem Landschulheim oder so. Nur Aras, den hatte er richtig gekannt. Derya hatte sie miteinander bekannt gemacht, und sie hatten sich auf Anhieb gemocht. Die Art, wie Aras ihn als Freund seiner kleinen Schwester akzeptiert hatte, ließ Valentin auch stark an dessen Täterschaft zweifeln. Und natürlich, weil Derya Aras angebetet hatte. Die beiden hatten so ein enges Verhältnis gehabt; nie war Aras unfair zu Derya gewesen, so wie man es vielleicht klischeemäßig erwarten konnte. Er war nicht der große Türkenmackerbruder, der seine kleine ›Sista‹ als ›Bitch‹ abwatschte. Oder so. Er war kein Bushido-mäßiger Proll. Immer wenn Valentin die Geschwister zusammen erlebte, waren sie respektvoll miteinander umgegangen. Aras beschützte Derya, klar. Das würde jeder große Bruder machen. So wie Valentin auch Jonas beschützte (am meisten vor Mom). Aber er hatte nie mitgekriegt, dass Aras Derya blöd angemacht hätte. Oder sie wegen ihm traurig war. Deshalb war er so geneigt, dieser Sergul zu glauben. Nie und nimmer hatte Aras Derya getötet.

»Ich wollte Ihnen nur sagen«, brach er plötzlich hervor, »dass Aras nicht der Mörder ist.«

Die Eltern sahen erst ihn erstaunt an, dann sahen sie sich kurz in die Augen, bevor Frau Demizgül in Tränen ausbrach. Valentin war erschrocken – über sich selbst aber noch mehr als über die heftige Reaktion. Was hatte er sich nur gedacht? Er kam hierher, in ein Haus voller Trauer, und brachte Unruhe und Aufruhr.

»Es tut mir leid«, murmelte er, »das wollte ich nicht. Es ist nur ...«

»Schon gut«, beruhigte Herr Demizgül ihn, während er seiner Frau den Rücken streichelte und ihr ein Glas Tee reichte.

»Aras ist unschuldig. Das wissen wir. Aber bei der letzten Verhandlung ...« Deryas Vater zögerte weiterzusprechen. Er sah seine Frau an, und diese verließ schluchzend das Zimmer. Erst als sie draußen war, sprach Herr Demizgül weiter. Auch ihm fiel es schwer, das konnte Valentin deutlich hören.

»Bei der letzten Verhandlung«, nahm er schließlich wieder den Faden auf, »hat ein neuer Zeuge ausgesagt. Er will gesehen haben, wie Derya ...«, hier brach die dunkle Stimme des kräftigen Mannes, »... wie Derya mit ihrem Bruder in das Wäldchen gegangen ist. Sie lebte noch. Verstehen Sie?«

Valentin starrte den Mann an. Ja, er verstand. Diese Aussage legte nur einen Schluss nahe: dass Aras Derya nicht verletzt gefunden hatte. Sondern dass er mit ihr auf dem Weg in das Wäldchen gewesen war, um sie zu töten.

»Aber das kann nicht sein!« Valentin schüttelte ungläubig den Kopf. Goran Demizgül sah ihn nur stumm an. Stumm und hoffnungslos. Deshalb entschied sich Valentin, doch zu erzählen, weshalb er hergekommen war. Er erzählte von seinem Chat mit »Sergul« und was sie geschrieben hatte. Deryas Vater sah ihn an, und seine Gesichtszüge wurden plötzlich ganz hart. Am Ende von Valentins Erzählung stand er auf und reichte Valentin die Hand.

»Vielen Dank.« Das war alles.

Valentin war perplex. »Was soll ich jetzt tun? Gehen wir zur Polizei?«

»Nein.« Deryas Vater hielt seine Hand fest. Sehr fest. Er hatte Valentin mittlerweile in den Flur begleitet. »Sie dürfen nicht zur Polizei gehen, bitte. Wir wissen, wer Sergul ist. Wir kümmern uns selbst darum.«

Valentin war weniger überrascht, als er erwartet hatte. Also hatte Sergul recht gehabt, sie war eine Freundin. Wahrscheinlich eine, die Derya in den Sommerferien dort unten kennengelernt hatte, als sie mit ihrer Familie in Anatolien gewesen war.

»Wir haben einen Fehler gemacht, Valentin.«

Er stand mit Deryas Vater vor der Haustür, und dieser sah ihm nun fest in die Augen. »*Ich* habe einen Fehler gemacht. Ich habe nicht akzeptieren wollen, dass meine Tochter keine Kurdin war. Sie war eine Deutsche, sie hat sich hier wohl gefühlt, sie wollte ihr Leben leben. Hier. Mit ihren deutschen Freunden. Ich habe das nicht gesehen, und deshalb ...« Seine Stimme versagte für einen Moment, und Deryas Vater wischte sich über die Augen.

»Es war sehr wichtig für mich, was Sie mir heute erzählt haben. Wichtig für meine Frau. Und für Aras. Vielen Dank.«

Damit öffnete er die Tür und entließ Valentin. Dieser zögerte einen Moment, aber dann ergriff ihn ein Fluchtimpuls. Er hatte nicht verstanden, was eben passiert war. Warum hatte der Mann ihm nicht gesagt, was es mit »Sergul« auf sich hatte? Wer war das Mädchen, und was hatte Herr Demizgül geschlussfolgert?

Valentin nahm vier Stufen auf einmal und sprang jeweils ab der halben Treppe. Er fühlte sich irgendwie verarscht, jetzt war er genauso klug wie zuvor. Scheiße.

BERLIN-MOABIT, BOCHUMER STRASSE,
EIN FREITAG IM FEBRUAR, GEGEN ZWANZIG UHR DREISSIG

»Du bist wirklich das Letzte.« Tadelnd blickte Ruth zu dem Trio, das sich, in der Hoffnung, verborgen zu bleiben, im Hinterhof in die Ecke gedrückt hatte. Aber Ruth war nicht entgangen, dass Johannes sich vor ein paar Minuten heimlich durch die Hintertür verzogen hatte, durch die kurz vorher auch die beiden Jungs verschwunden waren. Sie kannte ihren Exmann nur zu gut und konnte nicht umhin, ihm unter die Nase zu reiben, wie unmöglich sie sein Verhalten fand. Eigentlich hätte sie gerade heute, an ihrem großen Fest, tolerant sein sollen, aber dass Johannes sich dazu hinreißen ließ, mit dem eigenen Sohn und dessen Kumpel einen Joint durchzuziehen, das ging ihr doch zu weit.

Ertappt sahen die drei aus ihrer Ecke zu ihr hinüber. Der Rastakopf saugte unbeirrt an dem dicken Ding, das sie sich gebaut hatten, während Lukas voll des schlechten Gewissens den Boden anstarrte. Johannes hatte immerhin so viel Anstand, sich von den Jungs zu lösen und ihr in die Küche zu folgen.

Kaum hatte er diese betreten, ging Ruth auf ihn los. »Du hast sie wohl nicht mehr alle!«

Johannes rollte genervt mit den Augen. »Mann, mach dich doch mal locker.«

Ruth ging durch die Decke. »Locker?! Du bist sein Vater, verdammt! Anstatt ihn darauf hinzuweisen, dass das nicht gut für ihn ist, sanktionierst du seinen Drogenkonsum noch!«

»Drogenkonsum, also komm, mach dich nicht lächerlich. Die eine Tüte. Bist du so verspießert?«

»Hör auf, mich so in die Ecke zu stellen!« Ruth war erbost. »Ich bin nicht ›verspießert‹, bloß weil ich nicht will, dass mein Sohn kifft.«

Christoph, ein Freund aus Studientagen, steckte seinen Kopf in die Küche und sah sich suchend um. »Wischer? Scheuerlappen? Irgendwas ... Ich hab mein Glas kaputtgemacht.«

»Im Flur rechts«, gab Ruth knapp zur Antwort. Kaum war die Tür wieder geschlossen, widmete sie sich ihrem Ex, der jetzt trotzig die Arme vor der Brust verschränkt hatte.

»Du bist von uns beiden der Spießer.« Ruth kam in Fahrt. »Als alter Sack so einen auf obercool machen, von wegen ›Alter, lass uns mal 'ne Tüte durchziehen‹ – Mann, das ist der Inbegriff von Spießigkeit! Und Peinlichkeit!«

Johannes wollte etwas entgegnen, aber Ruth ließ sich nicht bremsen. »Dein neues Haus – der Inbegriff von Spießigkeit! Townhouse am Mauerstreifen mit Schieferbad und was weiß ich für ein Edelholzboden. Ökogelackt. Ha!« Ruth spürte, dass ihr der viele Champagner etwas zu Kopf gestiegen war und sie nicht mehr sehr sachlich argumentieren konnte, aber sie war nicht in der Lage, sich zu bremsen. »Alternder Intellektueller mit junger Frau und halblangen Haaren – deine ganze Gelegenheitskiffer-Existenz ist spießig, Johannes. Du bist ökogelackt, hahaha ...« Sie wollte nicht so hysterisch lachen, es war ihr in derselben Sekunde furchtbar unangenehm, aber sie konnte nichts dagegen tun, ihre Stimme kippte, sie gluckste unkontrolliert, und die Tränen traten ihr in die Augen. Lachtränen, so hoffte sie inständig. Und Johannes? Anstatt beleidigt zu sein oder wenigstens unangenehm berührt, begann er zu grinsen. Er sah sie an und grinste einfach nur!

»Boah, Mama«, hörte sie plötzlich in ihrem Rücken und drehte sich um. Lukas stand hinter ihr und grinste ebenfalls. »Du hast echt getankt, oder?«

»Du ...«, hob Ruth an, pikste ihrem Sohn erbost den Zeigefinger in die Brust und wollte einen Schritt auf ihn zu machen. Leider blieb sie mit einem Stöckelabsatz in der Türschwelle hängen, knickte um und wurde von Lukas gerade noch aufgefangen. ›O Himmel‹, dachte Ruth, ›der Abend ist für mich gelaufen – dabei hat er noch gar nicht angefangen.‹

Sie befreite sich genervt aus den Armen ihres Sohnes, der kichernd mit seinem Rastamützenfreund die Küche durchquerte, und stützte sich schwer auf den Herd.

Johannes blieb bei ihr und begann, sich an den Schränken zu schaffen zu machen. »Ich mach dir mal 'nen Kaffee, okay?!«

»Ich bin nicht betrunken«, wehrte Ruth ab.

Johannes guckte nur skeptisch.

»Okay«, gab sie zu. »Drei Gläser Schampus. Auf leeren Magen.«

»Dann wird's Zeit, dass du dich an deinem Buffet bedienst. Es ist nämlich bald leer. Du hast dich mal wieder selbst übertroffen.«

Tatsächlich hatte Ruth noch nichts von all den Köstlichkeiten gegessen, sie war einfach zu nervös gewesen, ob auch alles an seinem Platz war, ob die Gäste gut versorgt waren, jeder etwas zu trinken bekam und sich wohl fühlte. Außerdem war sie damit beschäftigt gewesen, ihre Gäste zu begrüßen, die Geschenke auszupacken und mit allen wenigstens ein paar persönliche Worte zu wechseln. Und mit jedem hatte sie angestoßen. Okay, vermutlich waren es doch mehr als drei Gläser. Jetzt hatte sie einen sitzen und war schwer unterzuckert. Aber bevor sie die Küche verließ, drehte sie sich noch einmal zu Johannes um, der sich die Mühe gemacht und eine kleine Alu-Espressokanne auf dem Herd aufgesetzt hatte – anstatt die große Kaffeemaschine auf dem Tresen zu benutzen –, und entschuldigte sich.

»Was ich gesagt habe ... Das stimmt natürlich so nicht. Sorry. Ich bin einfach ... Es ist mit mir durchgegangen. Ihr habt natürlich ein tolles Haus.« Sie hob entschuldigend die Hände. »Vermutlich ist es der Neid. Entschuldige bitte.«

Johannes ließ sich Zeit mit seiner Antwort. »Du musst dich nicht entschuldigen. Irgendwie stimmt's ja.«

Der Espresso brodelte jetzt laut in der kleinen Kanne, während ihr Exmann nach Worten suchte. »Spießig ist allerdings vielleicht nicht der ganz zutreffende Begriff. Ich würde eher sagen: eng. Ja, es ist zu eng. Es ist ein tolles Haus, und Mona ist eine tolle Frau. Aber ich ...«

Er musste es nicht aussprechen. Ruth hatte all das vor

zehn Jahren so schon einmal gehört. Dass er sich eingesperrt fühlte. Dass es nicht seine Vorstellung vom Leben war. Dass er mehr Freiheit brauchte. Alle diese Floskeln. Johannes würde es nie lernen.

»Es ist vorbei, ja?« Ruth sah ihn an. Sie hatte es gewusst. Gespürt schon länger, aber die Gewissheit hatte sie gehabt, als er heute Abend ohne Mona erschienen war – wie aus dem Ei gepellt und bester Laune. Amüsierwillig.

Johannes versuchte zu lächeln und einen Scherz aus dem nächsten Satz zu machen, aber es wollte nicht gelingen. »Und schon wieder lasse ich eine Frau mit kleinem Kind zurück. Tja ...«

Ruth drehte sich nur um und verließ die Küche.

In dem kleinen Gastraum ging es hoch her. Während sie in der Küche gestanden hatte, waren noch mehr Gäste gekommen, und Ruth ahnte, dass sie wieder nicht dazu kommen würde, sich am Buffet zu bedienen. Während sie Franz, den Bühnenbildner und Lebensgefährten von Christoph, begrüßte und erwartungsvoll sein Geschenk auspackte, bemerkte sie, dass Farid sich neben sie schob. Der Ehemann von Jamila hielt ihr einen Teller hin: von beinahe jeder Spezialität des Buffets ein kleiner Happen. Ruth sah ihn verwundert an. Farid lächelte und zeigte mit dem Kinn auf Jamila, die in dem Moment zu ihnen hinübersah und sofort strahlte, lächelte und ihrem Gatten eine Kusshand zuwarf. »Sie hat mich gebeten, mich darum zu kümmern, dass du etwas zu essen bekommst. Du weißt, wie sie ist.«

»Ohne sie wäre ich verloren. Ganz ernsthaft. Ich – und das Bistro sowieso.« Ruth nahm dankbar den Teller entgegen und schob sich sofort einen Spieß mit in Zitronengras und Koriander marinierten Tintenfischen in den Mund.

»Und ich erst«, lachte Farid und verschwand wieder in der Menge.

Franz hatte ihr eine traumhafte Vase geschenkt, die mit ihrer mattgrünen Glasur perfekt auf den Tresen des »La Paysanne« passte, und während Ruth sich überschwänglich bedankte, nahm sie aus den Augenwinkeln wahr, dass jemand vor den großen Glasfenstern stand und neugierig hereinblickte. Ruth guckte nun genauer hin, um zu sehen, ob es sich um einen ihrer Partygäste handelte oder jemanden, der eigentlich das Bistro besuchen wollte, da stellte sie fest, dass ihr das Gesicht, das aus dem Nachtdunkel in den hell erleuchteten Laden starrte, bekannt vorkam. Doch noch bevor sie denjenigen identifiziert hatte, war er schon verschwunden, nachdem er einen Blick auf den Zettel geworfen hatte, der im Fenster hing. »Heute wegen privater Feier geschlossen« stand darauf. Ruth sah den Rücken der Person in der Dunkelheit verschwinden, da endlich wusste sie, wer es war. Sie entschuldigte sich mit vollem Mund bei Franz und drängelte sich durch die Feiernden zur Tür. Sie riss sie auf und sah sich um, konnte ihn aber nicht mehr entdecken.

»Herr Eisenrauch?!«, rief sie aufs Geratewohl in die Dunkelheit, und daraufhin nahm sie vom Ufer her unter einem Baum eine Bewegung wahr. Ein Mensch trat ins Licht der Bogenlampe, und tatsächlich war es der Staatsanwalt. Hatte sie doch richtig gesehen. Er kam ein paar Schritte auf sie zu.

»Ich wusste nicht, dass Sie eine Party haben. Ich dachte nur, ich probiere Ihr Restaurant heute Abend aus. Ich komme ein anderes Mal.«

Ruth erkannte, dass er verlegen war. Es war seltsam, ihn so zu sehen, denn vor Gericht war er stets ein Ausbund an

Selbstbewusstsein. Er hatte eben das Auftreten eines Staatsanwalts, aber jetzt traf sie ihn zum zweiten Mal privat und stellte fest, dass er so ganz anders war. Ohne Robe.

»Sie bekommen auch jetzt etwas zu essen. Ich lade Sie gerne ein.«

Hannes Eisenrauch zögerte und warf einen Blick ins Restaurant. »Es ist eine private Feier. Da möchte ich nicht stören. Ganz davon abgesehen ...«

»... dass wir keinen Kontakt haben dürfen. Ich weiß.« Die Verlegenheit des Mannes übertrug sich auf sie. Er hatte natürlich recht. Sie selbst hatte letztens gemerkt, wie unangenehm es ihr war, dass sie sich über dieses Verbot hinweggesetzt hatte. Andererseits fand sie es auch unangebracht, Eisenrauch wieder fortzuschicken.

Ruth spürte, wie die Februarkälte eisig von unten hochstieg, sie trug nur einen hauchdünnen Fummel, Stilettos und eine Seidenstrumpfhose. Unwillkürlich schüttelte sie sich vor Kälte.

»Gehen Sie wieder rein, Sie holen sich ja den Tod.« Eisenrauch stand jetzt direkt vor ihr und legte ihr den Arm um die Schultern, um sie zurück ins warme Bistro zu führen. Noch in derselben Sekunde fuhr ein heißer Blitz durch ihren Körper, während Ruth alle Sinneseindrücke gleichzeitig wahrnahm – die große und kräftige Statur des Staatsanwalts, das angenehme Gewicht des Arms, der auf ihrer Schulter ruhte, die raue Wolle seines Pfeffer-und-Salz-Mantels und das würzig-frische Aftershave, nach dem er duftete. Sie verfluchte sich und wusste, dass dies ein riesengroßer Fehler war. »Mist«, dachte sie, »Mistmistmist, ich bin verknallt.«

Als er sie reinkommen sah, wusste Valentin, dass irgendeine höhere Instanz es gut mit ihm meinte. Warum war ihm das nicht gleich eingefallen?! Er hatte die beiden ja letztens zusammen auf dem Schulkonzert gesehen. Und seine Mutter hatte den ganzen Abend herumlamentiert, dass sie die Schöffin auf dem Klo zugetextet hatte. Dass das ein Fehler war und wieso hatte sie bloß und blablabla.

Er beobachtete das Mädchen mit den mausbraunen Haaren. Ihrer Mutter sah sie irgendwie gar nicht ähnlich. Die hatte eine blonde Lockenmähne, ein bisschen hippiemäßig. Ihre Tochter dagegen hatte ganz glatte lange Haare. Und hippiemäßig sah sie auch nicht aus. Eigentlich ganz hübsch, aber überhaupt nicht sein Typ. Was gerade auch absolut keine Rolle spielte.

Sie war in Begleitung gekommen. Die eine Freundin kannte er, sie hieß Lissy oder so. Die anderen hatte er auch schon mal an der Schule gesehen, sie waren alle eine Stufe unter ihm, das wusste Valentin. Warum fiel ihm der Name des Mädchens nicht ein, verdammt.

Georg folgte seinem Blick. »Was glotzt du da rüber, Alter?«

Valentin wies mit dem Kopf in die Richtung der Mädchen. »Wie heißt die? Die mit dem grauen Shirt und den glatten Haaren.«

Georg kniff die Augen zusammen. Er hatte schon ein paar Wodka-Orange intus, während Valentin sich noch immer an seinem ersten Becks festhielt. Das letzte Mal, dass er sich die Kante gegeben hatte, war in der Nacht gewesen, in der Derya gestorben war. Trotzdem hatte er heute das Bedürfnis gehabt, etwas zu trinken, nachdem er bei den Demizgüls raus war. Das Treffen war einfach zu strange gewesen. Also hatte er Georg angesteuert, und zusammen waren sie hier gelandet. Er war kurz davor gewesen, Georg von der ganzen Sache zu erzählen, weil er irgendwohin musste mit dieser Story. Aber dann hatte er es sich verkniffen. Und jetzt kam sie hier herein. Seine Rettung.

»Annika«, sagte Georg jetzt, »die Ex von Raul. Dem Pisser.«

Valentin nickte, nahm einen Schluck von seinem Bier und ging quer durch den Raum zu der Mädchengruppe. Diese Lissy sah ihn kommen und sagte etwas zu den anderen. Dabei schüttelte sie ihre blonden Haare nach hinten und schürzte die Lippen. Daraufhin drehte sich die Mausbraune um.

»Annika?!«, fragte Valentin.

Ihre Augen wurden groß vor Verwunderung. »Hi«, sagte sie.

»Kann ich mit dir reden?«

Sie nickte. Sie sah ganz ernst aus, und er war ihr dankbar dafür, dass sie die Tatsache, dass er sie hier ansprach, nicht für einen Flirtversuch hielt. Sie ahnte wohl, dass es mit Derya zu tun hatte.

»Gehen wir raus«, sagte sie. Nahm ihre Tasche und ließ ihre Freundinnen stehen. Valentin folgte ihr.

Ruth hatte es geschafft und all die Stunden einen großen Bogen um Hannes Eisenrauch gemacht. Taktisch klug hatte sie ihn als Erstes Jamila und Farid vorgestellt, und die beiden hatten den Staatsanwalt offenbar gut durch den Abend begleitet. Jedenfalls war er immer noch hier, obwohl er stets versicherte, dass er sich nun wirklich auf den Heimweg machen musste. Aber er stand in der Nähe des Tresens, sein kariertes Hemd hatte er hochgekrempelt, in der einen Hand ein Glas Rotwein, die andere gestikulierte in der Luft. Er war im angeregten Gespräch mit Max und Helena, dem Autorenpärchen. Max schrieb Krimis, und ein Gespräch mit einem Staatsanwalt versprach offenbar eine Menge interessanter Geschichten. Er und Helena waren Stammgäste des »Paysanne« von Beginn an und mittlerweile so etwas wie Freunde von Ruth.

Ruth ließ den Blick weiterschweifen zu Regine. Schon seit Beginn des Abends unterhielt sich ihre Schwester mit ihrem Ex, aber aus der Unterhaltung war irgendwann ein Flirt geworden, und mittlerweile hatte es Züge eines Vorspiels. Wäre Ruth nicht so überaus gutgelaunt gewesen, sie hätte die beiden wegen Erregung privaten Ärgernisses hinausgeworfen. Wie widerwärtig sie es fand, dass ihre Schwester, die Stunk mit dem Ehemann hatte, sich dem Mann an die Brust warf, der Ruth vor zehn Jahren hatte sitzenlassen und jetzt, wegen lächerlichen Bindungsängsten, drauf und dran war, auch seine zweite Ehe in den Sand zu setzen. Doch bevor sie darüber in schlechte Stimmung kommen konnte, zogen Christoph und Franz sie auf die winzige Tanzfläche.

Lukas und dieser Rastakumpel mit den roten Kaninchenaugen waren inzwischen natürlich doch dazu übergegangen, die alten Gassenhauer runterzunudeln, und wie üblich verfehlte diese DJ-Politik nicht ihr Ziel: Der Großteil der Partygäste hatte sich seiner wärmenden Februar-Klamotten entledigt und tanzte hemmungslos. Gerade lief Gloria Gaynors »I will survive«, und natürlich ließ Ruth sich von ihren schwulen Freunden nicht lange bitten. Zumal ihr bewusst war, dass sie damit abgelenkt werden sollte von den Vorbereitungen, die Jamila jetzt traf, um ihre Chefin um Mitternacht hochleben zu lassen. Farid zog Johannes von Regine weg und verschwand mit ihm nach draußen.

Ruth schloss die Augen und gab sich ganz dem Song hin. Sie war in diesem Moment so vollkommen glücklich, sie blendete alles, was sie belastete, aus: ihren Vater, den Prozess, die doofe Schwester, von Johannes ganz zu schweigen. Stattdessen dachte sie daran, dass sie glücklich war. Jahrelang hatte sie geschuftet, damit sie und die Kinder ein anständiges Leben hatten, und jetzt, als sie fünfzig wurde, spürte sie, wie alles leichter wurde. Dass sie arbeitete, weil es ihr Spaß machte. Dass sie es genoss, dass ihre Kinder so groß waren, und sie selbst dadurch neue Freiheit gewann. Dass sie wieder bereit war, sich auf eine neue Liebe einzulassen, dass ...

»Zehn! Neun! Acht!«

Die Musik war schlagartig ausgedreht worden, und Ruth öffnete die Augen. Um sie herum hatte sich ein Kreis gebildet, alle Gäste hatten ein Glas Champagner in der Hand ...

»Sieben! Sechs! Fünf!«

... und während Max und Hannes Eisenrauch damit beschäftigt waren, die letzten Gläser zu füllen, drückte Jamila ihr freudestrahlend eines in die Hand ...

»Vier! Drei! Zwei! Eins!«

... Lukas schob sich direkt vor sie, und noch bevor Ruth protestieren konnte, passierte alles gleichzeitig. Die Gäste hoben ihre Gläser und prosteten alle durcheinander, aber dafür umso lauter mit »Happy Birthday«, »Alles Gute« und »Hoch soll sie leben«. Lukas umfasste seine Mutter und hob sie stolz, so weit er konnte, in die Höhe, so dass Ruth sich ihr halbes Glas Champagner in den Ausschnitt kippte. Dazu erklangen die ersten Takte von Stevie Wonders Geburtstagsgröler, und draußen vor den Fensterscheiben des »Paysanne« ließen Farid und Johannes Raketen in den Himmel steigen. Ruth war völlig überwältigt und nahm gerade noch wahr, dass ihr Sohn ihr ins Ohr flüsterte: »Du beste Mama ever!« Dann ließ sie sich rundum in den Arm nehmen und beglückwünschen, bis sie, mittlerweile ebenfalls auf dem Bürgersteig vor dem Bistro, neben Hannes Eisenrauch zu stehen kam. Stumm betrachteten sie das Feuerwerk, das Johannes und Farid abfackelten. Ruth spürte die Verklemmung des Staatsanwalts, der im Moment zu überlegen schien, wie er der Frau, auf dessen Geburtstagsparty er sich befand, mit der er aber eigentlich nicht reden durfte, angemessen zum 50. gratulieren sollte. Sie dachte ihrerseits darüber nach, ob und wie sie ihm auf die Sprünge helfen konnte, da sah sie von weiter oben in der Straße ihre Tochter auf sich zukommen. Aber Annika war nicht alleine. Neben ihr ging Valentin Bucherer. Und an den Mienen der beiden konnte Ruth ablesen, dass die jungen Leute nicht hier waren, weil sie ihr gratulieren wollten. Und sie waren auch nicht durch Zauberhand zu einem Liebespärchen geworden. Sie hatten etwas auf der Seele.

Als ihre Tochter sie fast erreicht hatte, zuckte diese kurz

zusammen, als erinnerte sie sich erst jetzt daran, dass ihre Mutter Geburtstag hatte.

»Sorry, Mama, dass ich zu spät komme«, Annika warf einen irritierten Blick zum Feuerwerk, »aber ich bin aufgehalten worden.« Sie wies mit der Hand nach hinten, dort, wo Valentin Bucherer mit etwas Abstand stehen geblieben war. Jetzt kam er ein paar Schritte näher, und Annika fuhr fort: »Valentin glaubt, dass es eine Zeugin für den Mord gibt. Er hat mit ihr gechattet.«

Jetzt drehte sich Hannes Eisenrauch um und sah erst die Jugendlichen, dann Ruth verblüfft an.

»Ich denke, wir gehen mal lieber rein«, nahm diese die Situation in die Hand. Ihr Geburtstag würde damit wohl beendet sein.

Der erste Schlag traf sie nicht unvorbereitet. Sie hätte sich also noch ducken können, ausweichen, aber sie wusste aus Erfahrung, dass das alles nur schlimmer machen würde. Feigheit machte ihren Vater noch wütender als Trotz. Sergul bemühte sich deshalb darum, demütig zu sein.

»Warum bist du nicht zu mir gekommen?«

Der zweite Schlag. Ihr Kopf flog nach links, um ein Haar wäre sie gegen den Türrahmen geknallt.

Sie gab keine Antwort. Wie hätte sie das auch erklären sollen?

Ihr Vater hatte recht, dass er sie schlug. Sie hatte es verdient.

»Wie kannst du damit leben? Und wie kannst du so lange schweigen?«

Der dritte Schlag. Die Haut ihrer Wangen brannte, aber Sergul fühlte nicht den Schmerz, sie fühlte die Erleichterung. Die Scham über das, was geschehen war, war viel schwerer zu ertragen gewesen, hatte sie viel tiefer verletzt als die Schläge ihres Vaters. Sie hatte es verdient, dass er sie schlug. Sie wünschte sich in dem Moment, dass er nicht aufhören würde, sie zu schlagen, dass er sie treten würde, sie mit dem Gürtel züchtigen, so lange, bis das Böse, das sie erlebt und getan hatte, aus ihr gewichen war.

Aber nach dem dritten Schlag hörte ihr Vater auf. Er

stand vor ihr und starrte sie an. Ließ die Hand sinken und begann zu weinen. Sergul lehnte sich wie erstarrt an den Türsturz. Sie konnte sich nicht erinnern, ihren Vater jemals weinen gesehen zu haben. Sie traute sich nicht, ihn zu trösten, das stand ihr nicht zu. Sie verstand, dass sie ihm den größten Schmerz zugefügt hatte. Es war schlimmer als damals, als sie durchgebrannt war. Damals hatte er sie verbannt, hatte sie weggeschickt, aber er hatte sie als Tochter behalten. Jetzt war sie sich dessen nicht mehr sicher.

Von draußen drangen die Schreie der Hühner herein. Zinar stand im Stall und schlachtete. Bozan drehte den Kopf und blickte zum Fenster hinaus.

»Goran muss das wissen. Er hat ein Recht darauf. Und Aras muss freikommen. Das weißt du wohl.«

Sergul nickte. »Soll ich zur Polizei gehen?«

Ihr Vater drehte den Kopf wieder in ihre Richtung. Er sah sie an, aber sein Blick war stumpf und leer. Die schwarzen Augen waren tiefe Löcher, aus denen seine Seele gewichen war, so kam es Sergul in diesem Moment vor. Kein Leben war mehr in ihrem Vater. Und sie war schuld.

»Nein. Wir regeln das unter uns.«

Damit ging er aus dem Zimmer und ließ sie stehen.

Die Hühner hatten aufgehört zu schreien. Und wie immer nach dem Schlachten senkte sich eine tiefe Stille über den Hof, über das Anwesen, ja über die ganze Welt. Die Stille, dachte Sergul, in der der Toten gedacht werden sollte. Die Stille, in der man Abschied nahm. Sergul dachte an die Schlaftabletten in ihrer Schublade.

Als sie den Schlüssel im Schloss hörten, sahen Ruth und Annika sich an. Annika schüttelte grinsend den Kopf, und Ruth rollte die Augen nach oben. Kurz darauf kam Regine in die Küche, warf Jacke und Tasche auf einen Stuhl und seufzte »Kaffee«.

Ruth musterte ihre Schwester kritisch. »Dafür, dass du die Nacht durchgemacht hast, siehst du gar nicht so schlecht aus.«

Regine guckte erstaunt. »Woher willst du wissen, dass ich durchgemacht habe? Wir haben geschlafen wie die Murmeltiere.«

Brüllendes Lachen aus drei Frauenkehlen dröhnte durch die Küche. Als es abgeebbt war, beschied Ruth ihre Schwester, dass sie unter keinen Umständen wissen wollte, wie die Nacht gewesen war, aber Regine wehrte ab. »Kein Wort kommt über meine Lippen.«

»Du bist echt mit Papa abgezogen?«, fragte Annika leicht angewidert, aber dennoch amüsiert. »Der hat wohl nicht mehr alle Tassen im Schrank?!« Dabei sah sie um Zustimmung heischend zu ihrer Mutter.

»Kein Kommentar«, sagte diese und stellte ein Glas mit zwei in Wasser aufgelösten Aspirin vor ihre Schwester. »Mir liegt es fern, mich in Johannes' Angelegenheiten einzumischen.«

»Und Mona?« Annika war moralisch richtiggehend entrüstet, sie hatte mit Ruth bereits darüber gesprochen, bevor Regine nach Hause gekommen war. Ruth stellte belustigt fest, dass die Generation ihrer Kinder, obwohl durch Wer-

bung, Internet oder Fernsehsendungen in einer übersexua-
lisierten Welt aufgewachsen, oftmals seltsam konservative
Ansichten hatte. FKK und Sauna waren irgendwie pfui, und
dass Menschen fortgeschrittenen Alters außerehelichen
Verkehr hatten, war so gut wie kriminell. Dass in den
»Reality«-Formaten, die Annika so gerne schaute (angeblich nur, um sich darüber lustig zu machen), jeder über jeden herfiel und die Sprache zu achtzig Prozent aus Zoten
bestand, war aber völlig okay.

Nun war Ruth selbst in höchstem Maß empört darüber
gewesen, als Regine gestern Nacht mit Johannes abgezogen
war, aber die beiden waren erwachsen, und es ging sie genau genommen gar nichts an, was ihre Schwester und ihr
Ex miteinander veranstalteten.

Außerdem war sie gedanklich mit anderen Dingen beschäftigt. Hannes Eisenrauch hatte sofort reagiert, nachdem Annika und Valentin auf der Party aufgetaucht waren
und über die Zeugin, die sich bei Valentin über Facebook
gemeldet hatte, berichteten. Ohne weiter mit Ruth zu sprechen, hatte er den jungen Bucherer unter die Fittiche genommen, ein Taxi gerufen und war mit ihm verschwunden.
Ruth nahm an, dass er zur nächsten Polizeiwache unterwegs war, um dort ein Protokoll aufnehmen zu lassen. Es
machte sie schier wahnsinnig, dass sie als Schöffin partout
nicht erfahren durfte, was in den Tagen und Wochen zwischen den Verhandlungen passierte. Was ihr blieb, war, sich
in Geduld zu üben und zu spekulieren. Sie hoffte inständig,
dass an der Aussage dieser Sergul etwas dran war, und noch
viel mehr hoffte sie, dass man sie ausfindig machen konnte.
Annika hatte ihr versichert, dass Facebook – am Rande der
Legalität – die Daten aller Nutzer über viele Jahre speicherte,

auch die jener Menschen, die ihre Accounts längst gelöscht hatten. Aber waren sie auch verpflichtet, diese der Polizei zur Verfügung zu stellen? Datenschutzrechtlich war das, was dieses »soziale« Netzwerk da veranstaltete, alles andere als in Ordnung, befand Ruth, aber in einem solchen Fall wäre die Datensammlerei natürlich extrem hilfreich.

Annika hatte ihr noch in der Nacht erzählt, dass Valentin mit seiner Geschichte bei den Demizgüls aufgelaufen war und wie Deryas Vater darauf reagiert hatte. Ruth fand es befremdlich, dass er Valentin gebeten hatte, sich nicht an die Polizei zu wenden. Wäre es nicht das Normalste der Welt gewesen, sich sofort mit den Beamten in Verbindung zu setzen und nach dieser Sergul zu suchen? Oder, wenn die Demizgüls wussten, wer die Frau war, umgehend mit dieser Information bei den Ermittlern aufzuschlagen, um wenigstens ihren Sohn vor dem Gefängnis zu bewahren?

Immer wenn sie an Aras dachte, war Ruth äußerst beklommen. Sie hatte so sehr an seine Unschuld glauben wollen, hatte starke Sympathie für den jungen Mann entwickelt und sich in seine Eltern hineinversetzt. Aber je länger die Verhandlung lief, desto weniger konnte sie verstehen, dass er sich nicht zu dem Geschehen äußerte. War es nicht das Bedürfnis eines jeden Unschuldigen, sich vor Gericht zu erklären und reinzuwaschen? Und dann dieser Zeuge. Als der junge Mann ausgesagt hatte, er hätte gesehen, wie Derya mit Aras in das Wäldchen gegangen sei, hatte Ruths Herz kurz ausgesetzt. Konnte das tatsächlich sein? Oder hatte sich der Zeuge getäuscht? Aber wen hatte er dann wirklich gesehen?

Alle diese Fragen würden warten müssen bis zur nächsten Verhandlung. Aber, dessen war Ruth gewiss, sobald sie Antworten darauf erhalten hatte, würden sich neue Fragen ergeben. So war es gewesen, als sich Sibylle Bucherer kurzfristig mit ihrer Falschaussage verdächtig gemacht hatte. Plötzlich musste man die Tatnacht in ganz neuem Licht sehen. Und dann gab es noch immer so viele ungeklärte Fragen. Was hatte es mit dem schwarzen Mercedes auf sich? Würde die Polizei mittlerweile bereits den Halter ausfindig gemacht haben? War es diese Sergul gewesen, die der Kellner des Café Rafih aus dem Auto hatte steigen sehen? Oder war es eine gänzlich unschuldige Person, die rein zufällig zum falschen Zeitpunkt am falschen Ort gewesen war?

Mit all diesen quälenden Fragen hatte sich Ruth in der Nacht herumgeschlagen und kein Auge zugemacht. Sie war auch aufgewühlt gewesen durch ihren fünfzigsten Geburtstag. Es hatte sie tief berührt, dass so viele Freunde gekommen waren. Sie hatte sich geliebt und beschützt gefühlt. Bis zu dem Zeitpunkt, als Annika und Valentin gekommen waren, hatte sie endlich das Gefühl gehabt, ihr Leben verliefe wieder in den richtigen Bahnen. Allein, dass sie sich in Hannes Eisenrauch verliebt hatte, das war so ein kleiner, komplizierter Abzweig, den sie besser ignorieren sollte. Sie wusste es, rational, aber sie konnte sich nicht dagegen wehren, dass er ihr gefiel. Und mehr als das. Als der Staatsanwalt mit Valentin im Schlepptau ins Taxi eingestiegen war, hatte sie einen winzigen Stich der Enttäuschung verspürt. Wie schön wäre es gewesen, hätte sie noch ein bisschen mit ihm flirten können. Schließlich hatte Ruth sich eingebildet, dass auch er eine gewisse Faszination für sie ... Nein, das war zu viel. Ein Interesse hatte. Jedenfalls hatte sie durchaus gespürt, dass er ihr manches Mal mit Blicken durch den Raum gefolgt war. Hatte sie ihn angesehen, blickte er ertappt weg. Und umgekehrt. Das Spiel lief den ganzen Abend, und sie hätte es noch weiterspielen können. Obwohl da natürlich dieser Ehering am Ringfinger seiner linken Hand war. Er war verheiratet, ganz klar. Aber dennoch lief er herum wie ein einsamer Wolf. Also ein frisch Getrennter? Das wäre das Letzte, was sie jetzt gebrauchen könnte. Eine Liebschaft zu einem verheirateten Mann, der sich mit ihr über seine gescheiterte Ehe hinwegtrösten wollte!

»Mama?!« Annika rüttelte an ihrer Schulter.

»Sorry.« Ruth lenkte ihre Aufmerksamkeit wieder in die Küche.

»Opa ist am Telefon.« Ruth atmete auf und nahm, dankbar für die Ablenkung, den Hörer in die Hand.

Ihr Vater war aufgeräumt und bester Laune. Er war von Kopf bis Fuß durchgecheckt worden, und man hatte ihm bescheinigt, dass er erste Alarmsignale in Richtung Herzinfarkt erhalten hatte. So weit, so schlecht. Die Ärzte aber hatten ihm Mut gemacht: Wenn er jetzt bereit wäre, kräftig mitzuhelfen, könnte er einem möglichen Infarkt vorbeugen. Er bekäme einen Stent gesetzt und müsste sich radikal umstellen: gesunde Ernährung und Bewegung. Obwohl Ruth daran zweifelte, dass ihr Vater nach ein paar Wochen der Lebensumstellung immer noch so euphorisch sein würde wie jetzt, freute sie sich doch für ihn und sprach ihm Mut zu. Sie unterhielten sich mehr als zwanzig Minuten lang, Rekordzeit für den alten Herrn. Erst dann gab er den Hörer an seine Gattin, die ihrer Tochter überschwänglich zur »ersten Lebenshälfte« gratulierte. Ja, dachte Ruth, so muss man es sehen. Vielleicht habe ich erst die Hälfte hinter mir. Wir werden immer älter, warum sollte ich nicht 98 oder gar 100 Jahre alt werden?! Da geht noch eine ganze Menge.

Nachdem sie das Gespräch mit ihren Eltern beendet hatte, riefen noch ein paar weitere Gratulanten an. Regine legte sich aufs Ohr, Annika zog mit Freunden los, und am späten Nachmittag machte Ruth sich auf den Weg ins »La Paysanne«. Sie hatte noch in der Nacht mit Jamila beschlossen, den Laden auch am Samstag nicht zu öffnen, damit sich alle erholen konnten und sie in Ruhe aufräumen.

Während Ruth die Reste des Feuerwerks vom Gehsteig räumte und in den Stunden danach Müllsack um Müllsack füllte, machten ihre Gedanken ausschweifende Spaziergänge. Sie gingen von ihren Eltern, die jetzt gefordert waren, ihr Leben neu zu sortieren, zu Regine, die mit Sicherheit irgendwann wieder in die Arme ihres tyrannischen Mannes zurückkehren würde. Von da kam sie auf Johannes, der Mona betrogen hatte und das sicher nicht zum letzten Mal. Wie viel Schmerz würde er seiner Frau und dem Kind noch zufügen? Ruth war dankbar, dass sie nicht mehr darauf angewiesen war, strenge Besuchsregelungen für die Kinder mit Johannes durchkämpfen zu müssen. Annika und Lukas waren alt genug, um sich mit ihrem unzuverlässigen Vater selbst zu arrangieren. Überhaupt Lukas: Wann würde seine orientierungslose Phase ein Ende haben? War sie als Mutter gezwungen, irgendwann einzugreifen? Müsste sie sich Sorgen machen, dass er als kiffender Hilfsarbeiter auf Hartz IV endete? Was war mit Annika, ihrem braven Nesthäkchen – wusste sie eigentlich immer, was diese machte, wenn sie nicht zu Hause war? Ruth bekam verdammt wenig von ihrer Tochter mit, die eigentlich schon eine junge Frau war. Hatte sie schon Sex? Längst gehabt? Wenn ja, mit wem? Und verhütete sie? Sollte sie mit ihr sprechen? Waren dies die Fragen, die sich auch die Eltern von Derya stellten? Was hatten die Demizgüls vom Leben ihrer Tochter wirklich gewusst? Sie hatten Derya in Anatolien einem anderen Mann versprochen, da musste Valentin Bucherer für sie eine Bedrohung dargestellt haben; schließlich war davon auszugehen, dass er und Derya miteinander schlafen würden. Konnte man eine junge Kurdin, die keine Jungfrau mehr war, noch verheiraten? Wäre es nicht naheliegend gewesen, Druck auf Valentin auszuüben, damit dieser die Finger von dem Mädchen ließe? Aber das war nicht geschehen. Vielleicht hatten die Eltern sich damit begnügt, tatsächlich ihren Sohn, den älteren Bruder, als Bewacher von Derya abzustellen. War das wirklich, wie die wackelige Anklage der Staatsanwaltschaft suggerierte, das Motiv für eine bestialische Tat?

Die Staatsanwaltschaft. Hannes Eisenrauch. Ruth seufzte, während sie die Reste der Limetten-Mango-Creme in sich hineinschaufelte. Warum kehrten ihre verdammten Gedanken bloß immer zu ein und demselben Punkt zurück?

BERLIN-WESTEND, MOHRUNGER ALLEE,
EIN SAMSTAG IM FEBRUAR, VIERZEHN UHR

Beinahe lautlos hatte seine Mutter die Tür geöffnet und das Tablett neben sein Bett gestellt. Dann hatte sie dagestanden und ihn betrachtet. Valentin hatte ihren Blick auf seinem Gesicht gespürt. Der Blick fühlte sich nicht zärtlich an. Eher prüfend. Und ratlos. Er hatte die Augen geschlossen gehalten, aber er hatte auch nicht so getan, als ob er schliefe.

Sie wusste, dass er sie nicht sehen wollte. Dann hatte sie tief geatmet, etwas zu demonstrativ, in der Hoffnung, er würde sie doch noch erlösen – er dachte nicht daran –, sich umgedreht und war aus dem Zimmer gegangen.

Er öffnete die Augen. Als Erstes sah er *ihr* Bild. Er hatte es letzte Woche machen lassen. Auf Leinwand gespannt, fünfundzwanzig mal fünfundzwanzig. Er wollte sie nicht riesengroß an der Wand hängen haben, das wäre monströs und bedrohlich. So war es gerade richtig. Derya drehte sich über die linke Schulter um und lachte ihn direkt an. Eine lockige Strähne lag über ihrer Stirn. Er erinnerte sich genau an den Moment. Es war der Abend gewesen, da draußen, am Teufelsfenn. Vorher war Schluss gewesen zwischen ihnen. Aber als sie mit Michelle zum Fenn gekommen war, hatte er gewusst, er würde dem Rat von dieser Sergul (»Lass sie in Frieden, du bringst sie in Gefahr«) nicht folgen können. Er hatte hinter ihr gesessen und ihren Rücken angestarrt, der so beweglich war, als hätte sie kein Skelett darin, sondern eine Gummischlange. Ihr T-Shirt war weit ausgeschnitten, darunter hatte sie ein schwarzes Top getragen, mit schwarzen Trägern. Und einen BH mit Spitze. Er hatte angefangen, mit seinem Handy Fotos von ihrem Rücken zu machen. Von ihren Haaren, ihrem Hintern, er konnte nicht aufhören. Dann hatte sie es gemerkt und sich umgedreht, er hatte das Foto gemacht, und Derya hatte gesagt: »Hör auf, du Spast.« Sie hatte sich auf ihn geworfen und versucht, ihm das Handy wegzunehmen, und dann ... Dann waren sie wieder zusammen. Das Bild an seiner Wand würde ihn immer daran erinnern.

Valentin beugte sich zu dem Tablett hinunter. Natürlich Vollkornmüsli. Er nahm die Glasflasche mit der Milch und trank in langen Zügen. Dann schnappte er sich den Umschlag. Taschengeld. Dezent präsentiert. Er warf einen Blick hinein, zweihundert Euro, und legte den Umschlag zu den anderen. Noch etwas über ein Jahr. Dann hätte er sein Abi in der Tasche. Er wäre volljährig und dann: Abflug. Seit drei Jahren sparte er. Er gab Nachhilfe und räumte im Sommer im Biergarten am Schlachtensee die Gläser weg. Mit Georg zusammen. Seine Mom fand das »abartig«, aber sein Vater sagte, er könne ruhig wissen, was ehrliche Arbeit sei. Als wenn der ehrlich arbeiten würde.

Er hatte fast sechstausend zusammen. Bis nächstes Jahr kämen noch mal zweitausend dazu. Ein bisschen was gab er ja auch aus, für Handy und iTunes. Manchmal ein neues Board. Aber für Weggehen oder Klamotten war ihm sein Geld zu schade. Als er mit Derya zusammen war, war das anders gewesen. Er hatte ihr gerne etwas geschenkt oder sie eingeladen. Aber jetzt?

Er wollte nach Neuseeland. Sofort, gleich im August nach dem Abi. Für ein Jahr mindestens. Jonas wäre dann schon im Gymnasium und könnte auf sich selbst aufpassen. Und zur Not gab's immer noch Skype.

Valentin warf sich wieder auf sein Kissen, schloss die Augen und dachte an den Ozean. Er wollte surfen und Wellen reiten. Und sich Arbeit suchen, am besten was mit Handwerk und was Cooles. Boards bauen oder so. Bloß keinen intellektuellen Scheiß. Vielleicht eine Maori-Frau heiraten. Er musste grinsen. Aber das Bild von Derya, das würde er überall mit hinnehmen.

Ernst Hochtobel passte Ruth gleich hinter dem Personal-
durchgang ab. Er war aufgeregt, das erkannte sie an den roten Flecken auf seinen Wangen. Er fasste Ruth sogar am
Arm, offenbar gab es sensationelle Neuigkeiten.

»Er sagt heute aus!«, stieß Hochtobel statt einer Begrüßung hervor.

»Aras Demizgül?« Die Aufregung ihres Mitschöffen
übertrug sich sofort auf Ruth. Dass Aras plötzlich aussagen
wollte, nach so langem Schweigen, hatte sicherlich vor allem
mit der belastenden Aussage am vergangenen Verhandlungstag zu tun, andererseits könnte auch die Information
von dieser Sergul ein Auslöser sein. Aber sie durfte Hochtobel nicht erzählen, dass sie davon wusste, das musste top-
secret bleiben.

Es waren nicht ganz zwei Wochen vergangen seit ihrem
Geburtstag. Sie hatte beinahe täglich, nein, das war gelogen,
eigentlich stündlich damit gerechnet, dass Hannes Eisenrauch sich bei ihr melden würde. Um ihr zu sagen, welchen
Einfluss Valentins Aussage auf die Ermittlungen hatte. Natürlich, schalt sie sich dann, durfte er das nicht tun. Aber sie
hatte gehofft, dass er sich darüber hinwegsetzen würde. Ach
nein, nicht einmal das war es. Sie hatte einfach auf ein Le-
benszeichen von ihm gehofft. Auf ein »Danke für das
schöne Fest« oder »Entschuldigung, dass ich einfach so ver-

schwunden bin«. Sie hatte auf eine Geste von seiner Seite gehofft, dass es da etwas gab zwischen ihnen. Etwas, das vielleicht außerhalb des Prozesses eine Chance hätte, zu wachsen. Aber dann hatte sie sich immer wieder den goldenen Ring an seinem Finger in Erinnerung gerufen.

Ernst Hochtobel ging jetzt eng neben ihr her und briefte sie mit Flüsterstimme. »Ich weiß es vom Gerichtsdiener. Die anderen Zeugen für heute wurden ausgeladen.« Hochtobel rieb sich vorfreudig die Hände. »Mein Gott, ist das spannend. Wenn das so weitergeht, hängen wir sicher noch ein paar Verhandlungstage dran.«

Ruth dachte daran, was das für sie bedeutete. Sie konnte die Freude des Rentners in diesem Punkt nicht vollständig teilen. Einerseits fand sie es nur angemessen, dass die Justiz sich alle Zeit nahm und jeden neu aufgetauchten Punkt in dem Verfahren genau prüfte. Das hatte der Angeklagte in jedem Fall verdient, ob schuldig oder nicht schuldig. Und gerade im Fall Demizgül, in welchem sich das Blatt so häufig gewendet hatte und in dem es immer noch so viele offene Fragen gab, würde mehr Zeit auch mehr Sicherheit für die Urteilsfindung bedeuten.

Außerdem hatte sie dann häufiger Gelegenheit, den Staatsanwalt zu sehen, dachte Ruth heimlich, verbannte den Gedanken aber gleich wieder in ein winziges Hirnkämmerlein.

Auf der anderen Seite war es für sie als Selbstständige nicht einfach, noch öfter im Bistro zu fehlen. Jeder Schöffe bekam zwölf Verhandlungstage im Jahr zugeteilt. Gegen Aufwandsentschädigung, versteht sich. Nicht immer wurde man dann auch für einen Fall ausgelost, manchmal reduzierten sich diese Tage also von selbst. Wenn allerdings eines der Verfahren, denen man beigestellt wurde, länger wurde als geplant, was insbesondere bei Wirtschaftsverbrechen häufig der Fall war, addierten sich diese zusätzlichen Tage noch zu den zwölf regulären. Das konnte sich Ruth eigentlich nicht leisten. Denn obwohl Jamila im Moment noch bereitwillig für Ruth einsprang, hieß das nicht, dass das in Zukunft so unproblematisch bleiben musste. Schließlich hatte ihre marokkanische Freundin ein kleines Kind.

Des Weiteren bezahlte Ruth ihre Angestellte für die zusätzlichen Arbeitsstunden auch extra. Wenn sie also diese finanziellen Einbußen nicht hinnehmen wollte, musste sie dafür ihre eigenen Urlaubstage opfern. War es ihr das wert? Noch während Ruth darüber nachdachte, kam ihnen Veronika Karst mit dem älteren Richter auf dem Gang entgegen.

»Na, das wird ja spannend heute«, nickte die Richterin den beiden Schöffen zu und bat sie alle ins Beratungszimmer. Der junge Richter wartete dort bereits. Er telefonierte, beendete das Gespräch aber sofort, als die anderen den Raum betraten.

Nachdem die Vorsitzende Richterin beim Gerichtsdiener um Kaffee und Wasser gebeten hatte, setzte sie alle im Raum Anwesenden von der geänderten Planung des Verhandlungstages in Kenntnis.

»Laut dem Verteidiger, Herrn Kaimoglu, hat sich der Angeklagte nun doch zu einer Aussage bereit erklärt. Das begrüße ich außerordentlich, ich glaube, ich spreche damit auch für alle anderen. Auch der Verteidiger war recht dankbar für den Haltungswechsel seines Mandanten, das habe ich gemerkt.«

»Hat das mit der Aussage des Belastungszeugen zu tun?«, erkundigte sich Ruth.

»Hm. Das habe ich den Kollegen Verteidiger auch gefragt, der mir zu verstehen gegeben hat, dass er nicht in der Lage ist, in den Kopf des Angeklagten hineinzusehen.« Die Richterin lächelte fein. »Aber was glauben Sie, Frau Holländer?«

Für den Bruchteil einer Sekunde schoss Ruth durch den Kopf: Sie weiß es. Sie weiß, dass ich mehr weiß! Aber dann schob sie den Gedanken beiseite. Sie litt langsam unter akutem Verfolgungswahn.

»Ganz sicher hat es damit zu tun. Ich meine, dieser Zeuge kam doch für alle total überraschend, oder?« Sie blickte in die Runde. Der junge Richter tippte heimlich in sein Smartphone, aber als er ihren Blick auf sich fühlte, legte er es ertappt beiseite und nickte eifrig.

Ernst Hochtobel, immer noch fahrig und angespannt, mischte sich ein. »Ist der überhaupt glaubhaft, ich meine, dieser Belastungszeuge? Kommt da nach so langer Zeit plötzlich aus der Versenkung. Vielleicht hat den ja auch jemand engagiert, damit er Aras Demizgül belastet. Der richtige Mörder zum Beispiel.«

Trotz des ernsten Themas konnten die anderen sich ein Schmunzeln nur schwer verkneifen.

»Sie lesen wohl zu viele Krimis, was?!«, bemerkte der ältere Richter, und Hochtobel zog eine Schnute.

Veronika Karst griff schlichtend ein. »Natürlich ist so etwas möglich, Herr Hochtobel. Auf der anderen Seite kommt mir das auch etwas, nun ja, konstruiert vor.« Sie erhob sich jetzt. Der Gerichtsdiener hatte den Kopf ins Zimmer gesteckt und der Vorsitzenden Richterin zugenickt. »Aber ich hoffe, wir werden nun mehr über die Motive des Angeklagten erfahren.«

Damit erhoben sich auch die anderen Richter und betraten nacheinander den Gerichtssaal.

Aras Demizgül stand, ebenso wie die anderen Anwesenden, und sah den eintretenden Richtern mit festem Blick entgegen. Ruth – und sicher auch die anderen – bemerkte sofort die Veränderung, die mit ihm vonstattengegangen war. Er hatte ein frisches weißes Hemd an, und obwohl er auch bei den anderen Gerichtsterminen stets gepflegt und frisch rasiert erschienen war, wirkte er heute wie ... geschrubbt. Ja, das war Ruths erste Assoziation. Aras Demizgül sah richtiggehend rosig aus. Seine Wangen waren weniger blass als sonst, sein Haar, schwarz, dicht und sorgfältig frisiert, glänzte unter dem mehrarmigen Kronleuchter des Saales. Durch das weiße Hemd und den offenen Blick hatte er eine beinahe feierliche Ausstrahlung, und jedermann im Saal ahnte, dass heute etwas geschehen würde, das die Verhandlung einen entscheidenden Schritt weiterbringen würde. Die Mutter von Derya und Aras stand, ohne den Vater, hinter ihrem Sohn, und auch sie war anders gekleidet als sonst. Sie trug ein elegantes Kleid und auffälligen Goldschmuck. Sie hatte sich auffälliger geschminkt und blickte erwartungsvoll auf den Hinterkopf ihres Sohnes. Sie wirkte ernst, gefasst, aber weniger von Trauer umschattet als an den vergangenen Tagen im Gericht.

Während Ruth Platz nahm, erblickte sie Valentin Bucherer im Zuschauerraum. Er hätte in der Schule sein müssen, aber Ruth verstand sehr wohl, dass er sich die weitere Entwicklung des Verfahrens nicht entgehen lassen wollte. Nicht, nachdem er eine möglicherweise entscheidende Information beigetragen hatte. Er nickte ihr ganz leicht zu und

lächelte kurz. Ruth erwiderte dies mit einem Augenauf-
schlag. Sie musterte den jungen Mann. Auch er hatte sich
seit seiner Aussage verändert. War wacher und selbstbewusster geworden. Es schien, als habe er seinen Frieden gemacht mit dem, was passiert war. Wenn so etwas überhaupt
möglich war.

Ruths Blick wanderte wieder zurück zu Frau Demizgül,
und sie fragte sich irritiert, wo der Vater von Aras war, an so
einem entscheidenden Tag durfte er eigentlich nicht fehlen. Er musste erkrankt sein, anders konnte sie sich seine
Abwesenheit nicht erklären.

Dann kam ihr der Staatsanwalt Hannes Eisenrauch ins
Visier, der seinerseits die Richter musterte. Ihre Blicke tra-
fen sich kurz, allzu kurz. Aber dennoch meinte Ruth, ein
Zucken in seinen Augenwinkeln wahrgenommen zu haben. Als hätte er versucht, mit den Augen zu lächeln.

Die Richter und anschließend die im Saal Anwesenden
nahmen Platz, und Veronika Karst eröffnete die Verhandlung. Sie setzte alle über den geänderten Ablauf ins Bild
und rief den Angeklagten in den Zeugenstand.

Der junge Mann machte in den nächsten zwei Stunden
den denkbar besten Eindruck. Aufs Gericht, aber auch auf
die Zuschauer und Journalisten im Saal. Er antwortete konzentriert, höflich und, wie es schien, offen auf alle Fragen
der Vorsitzenden Richterin. Er schilderte seinen Lebens-
lauf und beruflichen Werdegang.

Er war als kleiner Junge im Alter von sechs Jahren aus
einem Bergdorf in Anatolien nach Deutschland gekommen.
Er wurde eingeschult, obwohl er kaum einen Brocken
Deutsch verstand, geschweige denn selber sprechen konnte.
Die Folge war eine schwere Schulzeit, geprägt von Hänse-

leien und schlechten Noten. Entsprechend groß war die Sehnsucht des kleines Aras, in die Heimat zurückzukehren. Aber je älter er wurde, desto mehr setzte sich sein Wille zum Erfolg durch, und ähnlich wie seine Eltern, die alle Kraft aufboten, es in Deutschland zu etwas zu bringen, arbeitete er an seinem Fortkommen. Hauptschulabschluss, dann die mittlere Reife, eine mit Bestnote abgeschlossene Lehre als Installateur, von seinem Meister mit Kusshand in den Betrieb übernommen. Er arbeitete ehrenamtlich als Taekwondo-Trainer für Kinder im Sportverein. Aras Demizgül war ein bestens assimilierter Kurde mit zwei Staatsbürgerschaften. Sein Arbeitgeber, seine Mitschüler, seine Freunde – alle bescheinigten ihm, ein sozialer, umgänglicher und angenehmer Mensch zu sein. Mit gelegentlich cholerischen Anfällen. Das gestand er selbst ein.

Nach zwei Stunden intensiver, aber auch unspektakulärer Befragung setzte die Vorsitzende Richterin eine Pause an.

Im Beratungszimmer riss Hochtobel erst einmal die Fenster auf und konnte sich der Zustimmung aller dafür gewiss sein. Die vergangene Befragung hatte Konzentration verlangt. Denn obwohl das Verhältnis zu seiner Schwester und die Geschehnisse in der Tatnacht noch nicht berührt worden waren, hatte im Saal gespannte Aufmerksamkeit geherrscht, als Aras Demizgül über sich und sein bisheriges Leben berichtet hatte.

Ruth spürte jetzt den Druck hinter der Stirn, der sich in den vergangenen zwei Stunden aufgebaut hatte, und beobachtete, dass es ihren Kollegen nicht anders ging. Veronika Karst rollte sich mit einem Aromastift Pfefferminzöl auf

Schläfen und Handgelenke, der ältere Richter stellte sich neben Hochtobel an das offene Fenster, und der Jüngere bat darum, sich auf dem Flur die Beine vertreten zu dürfen. Sie brauchten alle eine Pause, keiner verspürte das Bedürfnis danach, sich mit den anderen über das Gehörte auszutauschen.

Ruth schenkte sich eine frische Tasse Kaffee ein und schaltete dabei ihr Handy an. Sie hatte ein paar belanglose Nachrichten – Jamila schrieb, dass im Bistro alles bestens lief, Annika beschwerte sich per SMS über eine Vier in Englisch, und dann war da noch eine Nachricht auf ihrer Mobilbox. Ruth erkannte die Nummer nicht gleich, aber als sie Johannes' Stimme hörte, ahnte sie, dass es keine gute Idee war, die Nachricht jetzt abzuhören.

»... und da wollte ich fragen, ob ich vielleicht ein paar Tage in unserer alten Wohnung pennen kann. Also bei dir, in Lukas' altem Zimmer ...« Ruth zuckte vor Ärger über die Dreistigkeit ihres Ex derart zusammen, dass sie sich den heißen Kaffee über die Bluse goss.

»Verdammt!« Panisch schmiss Ruth das Handy auf den Tisch und setzte die fast leere Tasse ab, gleichzeitig versuchte sie, das triefend heiße Kleidungsstück von ihrer Haut fernzuhalten. Ihr Dekolleté hatte schon etwas abbekommen und war krebsrot; die Bluse, ein Hauch cremefarbener H&M-Eleganz, extra für die Gerichtsverhandlung gekauft, ruiniert. Die Blicke der Männer im Raum waren mitleidig auf sie gerichtet, nur Hochtobel riss geistesgegenwärtig alle Taschentücher aus der Packung, die er in der Jacketttasche hatte. Ruth tupfte notdürftig, aber es würde ihr niemals gelingen, sich in einen Zustand zu versetzen, in dem sie wieder an der Verhandlung teilnehmen konnte.

»Kommen Sie mit.« Richterin Karst war aufgestanden und bat die Schöffin auf den Flur. »Ich habe eine Ersatzbluse in meinem Spind. Wenn Sie wollen ...?«

Ruth folgte der Richterin dankbar über die verwirrenden Gänge des Landgerichts. Es ging treppauf und treppab, sie hätte den Weg zurück alleine nie gefunden, aber die Richterin eilte mit wehender Robe zielstrebig voran. Schließlich erreichten sie ein kleines Kabuff, ein Arbeitszimmer, das sich drei Richterinnen teilen mussten. Veronika Karst holte eine dezent gestreifte Baumwollbluse aus einem Schrank und zeigte Ruth den Weg zur nächsten Damentoilette.

Die Bluse passte halbwegs, sie spannte lediglich zwischen den Brüsten, denn Ruth war etwas stämmiger gebaut und hatte mehr Oberweite als die schmale Richterin. Aber es war nicht sehr auffällig, und Ruth versenkte ihre kaffeegetränkte Viskosebluse noch vor Ort in den Müll.

»Vielen Dank, Sie haben mich gerettet«, sagte sie zu Veronika Karst, die vor der Tür bereits auf sie gewartet hatte und sich nun sportlichen Schrittes wieder auf den Weg durch das Gerichtslabyrinth machte.

»Gerne. Und auf die Art haben wir uns wenigstens die Beine vertreten«, antwortete die Richterin. Über die Schulter fragte sie Ruth: »Wie haben Sie sich bei uns eingelebt? Ganz gut, scheint mir.«

»Na ja, eingelebt ... Ich fange langsam an, mich zurechtzufinden«, gestand Ruth. »Trotzdem ist für mich immer wieder alles neu. Manchmal bin ich verunsichert, vor allem über die Verfahrensweise in so einer Gerichtsverhandlung. Also, ob ich mich jemals traue, einen Zeugen zu befragen – ich glaube nicht. Vielleicht nach fünf Jahren Schöffenzeit.«

Die Karst lachte. »Manche tun es nie. Dabei ist es wichtig. Ich finde, Sie schlagen sich gut. Haben eine eigene Meinung und vertreten die auch. Sie interessieren sich.«

Ruth ging jetzt neben der Frau in Robe und versuchte, mit ihr Schritt zu halten. »Das ist doch Aufgabe der Schöffen.«

Die Karst seufzte. »Schon. Aber Menschen, die nicht freiwillig in dieses Ehrenamt kommen, bringen dieses Interesse leider nur selten auf.«

Ruth schwieg. Sie konnte sich nicht vorstellen, dass jemand unbeteiligt einem Mordprozess beiwohnen konnte. Sie war davon so absorbiert, von der ersten Minute an, dass ihr die Vorstellung, ein anderer Mensch säße in so einem Prozess nur seine Zeit ab, unmöglich schien. Sie selbst spürte die Last der Verantwortung schwer auf sich.

»Ich bewundere Sie«, platzte sie heraus, »wie Sie das schaffen. Solche Prozesse. Das geht doch an die Nieren.«

Die Richterin verlangsamte ihren Gang nun etwas. »Ja«, räumte sie ein, »das tut es. Es ist sehr oft sehr schwer. Aber nicht jeder Fall ist so vertrackt wie dieser. Und so grausam. Manchmal liegen die Fakten sehr klar auf dem Tisch. Und dann ist es ein gutes Gefühl, mit einem sicheren Urteil Recht sprechen zu können.« Sie erreichten nun den blau gekachelten Quergang mit den Jugendstilornamenten, der zum großen Treppenhaus und rechter Hand zum Saal 500 führte. Veronika Karst blieb kurz stehen. »Aber heute bin ich auch froh, wenn ich es hinter mir habe. Der schwierige Teil kommt jetzt erst.«

Als die Richter den Saal gesammelt betraten, sah Ruth, wie Eisenrauch ihr neues Outfit mit hochgezogenen Augenbrauen wahrnahm. Er lächelte. Ruth senkte sofort den Kopf, weil sie befürchtete, rot zu werden.

Wie Veronika Karst treffend festgestellt hatte, begann jetzt erst der heikle Teil der Befragung von Aras Demizgül.

Die Richterin erkundigte sich nach dem Verhältnis zu seiner Schwester, das der Angeklagte als sehr harmonisch beschrieb. Das war keine leere Behauptung, denn alle Zeugen – die Freunde von Aras, Valentin, aber auch Deryas Freundinnen – hatten in der Hinsicht dasselbe ausgesagt.

»Mit dem Lebenswandel Ihrer Schwester hatten Sie kein Problem?«, erkundigte sich die Karst.

»Was meinen Sie mit Lebenswandel?« Aras' Gegenfrage hatte einen leicht spöttischen Unterton.

»Nun«, die Richterin war vorsichtig, »sie lebte sehr westlich. Sie war nicht religiös, sie trug kein Kopftuch, sie nahm sich die Freiheiten, die auch ihre deutschen Freundinnen hatten.«

Aras lächelte fein. »So wie unsere ganze Familie.«

Veronika Karst nickte. »Sie kannten Deryas Freund? Valentin Bucherer?«

Aras Demizgül drehte sich zu dem jungen Mann um. »Klar. Er ist okay.«

»Ihre Schwester sollte verheiratet werden. Deshalb war die ganze Familie im Juli in ...«, sie suchte in ihren Aufzeichnungen, »... Akalin Köyü.«

»Das ist richtig.«

»Ihre Schwester war sechzehn. Sie hatte einen gleichaltrigen Freund. Mussten Sie nicht befürchten, dass sie mit ihm Geschlechtsverkehr haben würde?«

Nun war es am Angeklagten, sich seine Antwort gut zu überlegen. Nach einer Pause sagte er: »Sie hatten sich getrennt. Valentin hat mit ihr nach den Ferien Schluss gemacht.«

»Bis zu dem Abend«, die Stimme der Richterin gewann an Schärfe, »an dem Abend des 25. August kamen die beiden wieder zusammen. Derya ging sogar zu Valentin Bucherer nach Hause. Mitten in der Nacht.«

»Das wusste ich aber nicht.«

»Was wäre aus der Hochzeit geworden, wenn Derya ihre Jungfräulichkeit verloren hätte?«

Aras Demizgül schwieg.

»Wissen Sie keine Antwort, oder möchten Sie es uns nicht sagen?«, hakte die Karst nach.

Ruth hielt die Luft an. Im Saal war es totenstill.

»Ich frage Sie noch einmal: Was wäre gewesen, wenn Ihre Schwester mit einem anderen geschlafen hätte, vor der Hochzeit in Anatolien?«

»Es hätte keine Hochzeit gegeben.« Die Antwort kam leise. Aber alle hatten sie gehört.

Veronika Karst betrachtete den jungen Mann. In ihrem Blick lag Wärme. Aber kein Mitleid. »Bitte erzählen Sie uns, warum Derya verheiratet werden sollte.«

Aras sah seine Mutter an, die daraufhin kurz nickte. Auch der Verteidiger nickte seinem Mandanten auffordernd zu.

»Es gibt ein großes Staudammprojekt dort unten. Es ist eine arme Region. Die Leute haben nichts, viele sind in die Städte gezogen. Der Bau des Staudamms bringt Arbeitsplätze. Mein Vater, unsere Familie, gehört einem Stamm an. Die meisten Menschen unseres Clans sind arm, ohne Arbeit. Sie hoffen auf Beschäftigung bei dem Projekt. Damit sie existieren können. Mein Vater hat also Verhandlungen geführt.« Er nahm einen Schluck Wasser, bevor er fortfuhr. »Mit Bozan Kara. Er ist Bauunternehmer. Er bestimmt, wer Arbeit bekommt und wer nicht. Und er hat einen Sohn.«

Im Saal war Bewegung, die Leute flüsterten miteinander, die Journalisten machten eifrig Notizen.

Der junge Angeklagte wusste, dass alle im Saal verstanden hatten, warum die Demizgüls ihre Tochter verheiraten wollten. Und was die Zuschauer darüber dachten. Als könnte er das Geschäft mit dem jungen Mädchen entschuldigen, fügte er hinzu: »Es ist bei uns alte Sitte, dass die Eltern die Kinder verheiraten. So, wie es am besten ist. Für alle.«

»Glauben Sie, es war das Beste für Derya, in Südostanatolien mit einem Mann verheiratet zu werden, den sie nicht kannte? Damit Menschen, die sie ebenfalls nicht kannte, Arbeit bekämen?« Veronika Karst hatte sich vorgebeugt, ihre Stimme war eindringlich, und sie fixierte Aras Demizgül mit ihrem Blick.

Der stolze junge Kurde, der so selbstbewusst aufgetreten war, in seinem frischen weißen Hemd und mit den rosigen Wangen, ließ die Schultern hängen. Sein Blick wurde stumpf, und seine Stimme zitterte. »Ich hatte es eingesehen ... Ich konnte verstehen, warum. Meine Eltern – sie sind auch so zusammengekommen. Und sie lieben sich sehr. Es hätte funktionieren können.«

»Uns liegt Deryas E-Mail-Verkehr vor, ihre Chats aus Facebook und anderen Internetforen, die sie mit ihren Freundinnen geführt hat. Unzählige SMS. Ihre Schwester äußerte darin, sie hasse den Mann, den sie heiraten sollte. Sie hasse die Vorstellung, Berlin verlassen zu müssen. Sie hat mehrmals geschrieben, dass sie Zinar Kara, den Sohn von Bozan Kara, niemals heiraten würde, eher würde sie sterben.«

Totenstille im Gerichtssaal 500 des Landgerichts Moabit. Bis der Angeklagte begann, ganz leise zu schluchzen. Niemand rührte sich, alle blickten auf den großen jungen Mann, dessen Schultern leicht bebten. Aber die Richterin war nicht geneigt, die Befragung abzubrechen. Sie setzte nach. »Angenommen, Derya hätte in der fraglichen Nacht mit Valentin Bucherer – oder meinetwegen einem anderen – Geschlechtsverkehr gehabt. Angenommen, die Hochzeit wäre daraufhin abgesagt worden, weil der Bräutigam hätte feststellen müssen, dass die Braut keine Jungfrau mehr war. Wer hätte daran Schaden genommen? Zu wessen Nachteil wäre das gewesen?«

Aras hob den Kopf. Die Tränen liefen über sein Gesicht, aber er antwortete sehr klar und deutlich. »Unser Stamm. Mein Vater.«

Die Karst nickte. »Dieser Herr Kara hätte seine Arbeit anderweitig verteilt. Und Ihr Vater hätte sein Gesicht verloren. Es stand also einiges auf dem Spiel. Wo ist Ihr Vater heute?«

»Er ist krank.« Wenn es eine Lüge war, war es perfekt gelogen, dachte Ruth. Die Antwort auf die überraschend gestellte Frage war wie aus der Pistole geschossen gekommen, und der Angeklagte sah der Richterin dabei gerade in die Augen.

Die Karst erwiderte den Blick streng. Sie fixierte den jungen Demizgül einige Sekunden, bis sie eine zehnminütige Unterbrechung ankündigte, damit die Richter sich besprechen könnten.

»Nein!« Aras Demizgül war aufgestanden und einen

Schritt auf die Richterempore zugetreten. Die Polizisten im Saal waren sofort in Alarmbereitschaft.

»Bitte, keine Pause. Ich muss etwas sagen.« Es war deutlich, dass der Angeklagte ein dringendes Anliegen hatte, und die Karst nickte ihm ganz leicht zu, als Zeichen, dass er fortfahren dürfe.

»Ich habe meine Schwester nicht ermordet. Ich habe sie über alles geliebt. Und meine Eltern auch. Wir haben einen Fehler gemacht – wir hätten sie nicht verheiraten dürfen. Ich weiß das. Jetzt ist es zu spät. Aber es ist nicht zu spät, den wahren Täter zu fassen.« Er fasste sich an den Hals. Als ob er sich daran erinnerte, wie seine Schwester umgekommen war, dachte Ruth.

Aras Demizgül sprach jetzt wieder mit lauter und selbstbewusster Stimme. »Ich weiß, wer Derya getötet hat.«

Sergul hatte den Brief noch immer zusammengeknüllt in ihrer rechten Hand. Sie lag quer über dem Bett und starrte an die Decke. Sie konnte nicht. Sie konnte nicht hingehen. Sie war außer Stande gewesen, sich dem zu stellen. Die Vorstellung, auf der Wache zu erscheinen und zu erzählen, was geschehen war, brachte sie an den Rand der Verzweiflung. Sie hätte ohnehin ihren Vater darüber informieren müssen, dass das Einschreiben gekommen war und sie zu einem Termin gebeten wurde. Heute, genau genommen vor einer Stunde. Er hätte ihr einen Anwalt zur Seite gestellt und verlangt, dass sie sich dort meldete.

Obwohl er die Sache selber regeln wollte. Sergul mochte sich nicht fragen, was das bedeutete. Die Männer regelten alles untereinander, aber es war besser, man wusste nicht, wie das aussah. Da hielt sie es wie ihre Mutter. Die hatte in den dreißig Jahren Ehe mit Papa Bozan die Augen fest verschlossen gehalten.

Sergul dachte immer wieder daran, wie ihr Vater die Sache mit Navid damals geregelt hatte. Dem Jungen, mit dem sie durchgebrannt war. Sie hatte ihn nie mehr wiedergesehen. Niemand hatte ihn jemals gesehen. Seine Familie war plötzlich weggezogen. Auch diese hatte danach niemand mehr gesehen. Ausgelöscht. Es gab sie nicht mehr.

Als Zinar im letzten Sommer vor ihrer Tür gestanden

hatte, mit den Flugtickets nach Berlin, da hatte sie gewusst, dass das keine gute Idee war. Keine gute Idee, gar keine gute Idee. Keine, keine, keine …

Die Faust um das Papier gekrallt, drehte sich Sergul jetzt auf die Seite und krümmte sich zusammen. »Nur einen Besuch«, hatte Zinar fröhlich gesagt. »Nur einen Besuch, ich will wissen, wie sie lebt.« Damals hatte sie gezögert. Sie hatte alles getan, um Zinar zum Bleiben zu überreden. Schließlich hatte Derya ihr im Sommer, nach dem Fest in Akalin, erzählt, wie Zinar sie im Flur abgefangen und gewürgt hatte. Er hatte sie als Hure beschimpft und sie bedroht.

Sergul kannte ihren Bruder gut genug, um zu wissen, dass dieser Besuch in Berlin nicht gut verlaufen würde. Aber sie hatte schließlich eingewilligt mitzufahren, weil sie gehofft hatte, dass sie ihn kontrollieren konnte. Ihn vor etwas Schlimmem bewahren. Es war ihr nicht gelungen.

Er hatte Schlimmes getan.

Sie hatte ihn nicht bewahrt und auch nicht Derya.

Sie war unfähig gewesen, Derya vor ihm zu retten.

Zwei lange Tage waren sie Derya gefolgt. Sergul wollte sich Derya zu erkennen geben, sich ihr zeigen, sie begrüßen. Aber Zinar hatte sie immer wieder davon abgehalten, er war stark. Er hatte gesagt, er wolle nur noch ein bisschen mehr wissen, aber dann … Dann würde er sich seiner Braut zeigen.

Und er hatte sich ihr gezeigt.

Sergul krümmte sich noch weiter zusammen, ihre Knie berührten die Nase, ihr Magen krampfte, sie begann zu zittern. Sie konnte nicht aufhören, an das Bild zu denken. Sie wollte Derya zu Hilfe kommen, doch sie konnte sich vor

Angst nicht rühren. Derya hatte sich gewehrt. Aber Zinar kannte keine Gnade. Er war schon als kleines Kind immer dabei gewesen, wenn die Männer Ziegen schlachteten. Oder Hühner. Ihr, Sergul, war immer schlecht geworden, aber Zinar, der kaum auf seinen Beinchen stehen konnte, war in den Stall gelaufen und hatte vorfreudig gekreischt. Später, als Junge, hatte er den Job übernehmen dürfen.

Ein Fehler, wie Sergul wusste. Ihr Bruder war nicht ganz richtig im Kopf. Er war langsam. Und dabei böse. Papa hatte gedacht, dass er ihm eine Freude machen konnte, wenn er ihn eine Tätigkeit ausführen ließ, die der dumme kleine Junge gut konnte. Er hatte zu Mama gesagt, es stärke das Selbstbewusstsein von Zinar. Mama hatte kein gutes Gefühl dabei gehabt, wenn ihr Junge in den Stall ging, aber Papa hatte gesagt: »Lass ihn. Er kann das gut. Es gefällt ihm.«

Ja, es gefällt ihm. Sergul hatte gesehen, wie gut es ihm gefiel.

Sie würgte, aber es kam nichts mehr. Sie hatte sich in den letzten Monaten so oft erbrochen, immer wenn das Bild ihres Bruders mit dem Messer vor ihr erschien. Und das war praktisch ständig. Es holte sie ein, wenn sie in einen unruhigen Schlaf gefallen war. Es kam, wenn sie versuchte zu lesen. Es erschien, wenn sie sich mit Freunden traf. Was sie irgendwann nicht mehr tat. So, wie sie alles vermied, was nach Leben aussah. Sie hatte es nicht verdient. Sie hätte sterben sollen, gleich damals, auf der Stelle. Neben Derya.

Anstatt sich von Zinar zu dem Mercedes ziehen zu lassen und zu dem Motel zu fahren, in dem sie wohnten. Am nächsten Tag hatten sie am Flughafen das Auto abgestellt, waren in den Flieger gestiegen und nach Ankara geflogen. Sie hatte jede Sekunde damit gerechnet, dass ihr jemand die Hand auf die Schulter legen und sie verhaften würde. Es war Serguls Hoffnung gewesen.

Aber niemand hatte sie erlöst.

Sergul atmete jetzt konzentriert durch die Nase und versuchte, sich so zu beruhigen. Sie blickte auf ihre rechte Hand, die das Papier umschloss, und löste langsam ihre verkrampften Finger. Dieses Papier war ihre Rettung. Etwas musste passiert sein, da drüben in Deutschland, nachdem sie Deryas deutschem Freund gestanden hatte, dass sie den Mord gesehen hatte. Es hatte lange gedauert, aber jetzt war etwas geschehen, sonst hätte man sie nicht auf die Wache vorgeladen.

Jetzt kamen die Dinge ins Rollen, und es war nicht mehr viel, was sie noch tun musste. Sie würde es aufschreiben, ja, das würde sie tun müssen. Sie wusste nicht, was Papa unternahm, wie er das mit Zinar regelte. Aber sie musste sichergehen. Aras durfte nicht dafür büßen. Aras, der schöne, wunderschöne Aras. Der seine Schwester geliebt hatte, wie ein Bruder seine Schwester lieben musste. Nicht wie Zinar, der seiner Schwester das Schlimmste angetan hatte.

Sergul richtete sich auf. Sie hatte sich alles zurechtgelegt. Das Papier und den Stift. Die Flasche Raki und die Schachteln mit dem Valium. Es würde nicht mehr lange dauern, dann würde sie alles getan haben, was sie tun musste.

Die Verhandlung lief seit eineinhalb Stunden. Die Anspannung im Raum war mit den Händen zu greifen. Eine Woche war es her, dass Aras Demizgül seine Aussage gemacht hatte, eine lange Woche, in der die Richter, der Staatsanwalt und der Verteidiger den Namen, den Aras damals genannt hatte, überprüft hatten. Zinar Kara. Der Verlobte von Derya.

Veronika Karst hatte sich mit ihren Richterkollegen zur Beratung zurückgezogen, und sie hatten in Absprache mit Eisenrauch und Kaimoglu beschlossen, die Verhandlung sofort abzubrechen. Die ermittelnden Beamten sollten versuchen, bis zum folgenden Verhandlungstermin der Aussage nachzugehen – die sich mit dem, was Valentin bereits über Sergul bei der Polizei ausgesagt hatte, deckte.

Eine Woche, in der Ruth Holländer partout nicht in Erfahrung bringen konnte und durfte, was die Ermittlungen zu Tage fördern würden. Wie gerne hätte sie Hannes Eisenrauch angerufen und sich nach dem Stand der Dinge erkundigt. Allein: Sie durfte es nicht tun. Sie hätte es auch nicht gekonnt, denn sie hatte keine Telefonnummer von ihm. Sie wusste nichts – weder, wo er sein Büro hatte, noch wo er wohnte. Sie wusste nur, dass sie schrecklich verliebt war. Und die eine Woche Abstinenz verstärkte dieses Gefühl noch.

Jamila zog sie bereits auf, der Freundin war an dem Fest nicht entgangen, dass Ruth sich einerseits bemüht hatte, Eisenrauch aus dem Weg zu gehen, ihm aber andererseits laufend »heimliche« Blicke zuwarf. Peinlich, dachte Ruth, ich habe mich benommen wie ein liebeskranker Teenie.

Die eine Woche zog sich für Ruth wie Kaugummi. Ihre Gedanken waren entweder mit dem Prozess beschäftigt oder mit dem Mann, der in ihrem Herzen Aufruhr verursacht hatte. Sie war auf der Arbeit nicht bei der Sache. Bei Fernando im Großmarkt kaufte sie einmal viel zu wenig Fisch – Seezunge stand auf der Karte, war aber bereits nach einer halben Stunde ausverkauft. Oder zu viel, so konnten sie noch zwei Tage lang frittierte Sardinen im »La Paysanne« anbieten und mussten den Rest entsorgen. Ruth zählte die Tage und die Stunden, bis sie endlich wieder auf dem Weg in den Gerichtssaal war. Zuvor hatte sie sich in horrende Ausgaben gestürzt, weil sie sich auf Annikas Anraten im Internet mit wenigen Klicks ein neues Outfit zusammengestellt hatte – Bleistiftrock, Wasserfallbluse und lilafarbene Wildlederpumps. Als das Päckchen kam und sie die Rechnung herauszog, wollte sie alles sofort zurückschicken, aber Annika hatte sie genötigt, die Sachen doch wenigstens einmal anzuprobieren …

Derart aufgehübscht, mit rabenschwarzem Gewissen ob der Kosten, die das neue Styling verursacht hatte, war Ruth in den Gerichtssaal gestöckelt. Beim Anblick des Staatsanwalts hatte ihr Herz sofort wild zu pochen angefangen, aber ein zweiter Blick auf Eisenrauch genügte, um ihre Euphorie zu dämpfen. Hier ging es nicht um einen Flirt. Hier ging es um Leben und Tod, rief sie sich in Erinnerung, die Sache war sehr ernst. Augenblicklich konzentrierte sich Ruth auf den Beginn des Verfahrens.

Ein Kriminalbeamter war der Erste, der in den Zeugenstand gerufen und befragt wurde. Er schilderte, wie die deutsche Polizei die türkischen Behörden um Amtshilfe ersucht hatte. Die Kollegen in Ankara hatten auf Grund der

Angaben, die Aras Demizgül gemacht hatte, die Adresse von Sergul Kara in Ankara sowie den Wohnort ihres Bruders Zinar, der bei den Eltern in Akalin Köyü gemeldet war, ausfindig gemacht. Daraufhin hatten beide eine Vorladung auf die nächstgelegenen Polizeireviere bekommen, aber keiner von beiden war erschienen.

Auf Anrufe hatten die Geschwister ebenfalls nicht reagiert. Der Vater, Bozan Kara, hatte daraufhin die Wohnung des Mädchens in Ankara aufbrechen lassen. Tatsächlich fand man Sergul, die versucht hatte, sich mit Alkohol und Tabletten das Leben zu nehmen. Im Moment lag sie im Krankenhaus, lebendig zwar, aber nicht vernehmungsfähig. Immerhin hatte sie einen Brief mit dem Ablauf des Geschehens in der Tatnacht hinterlassen, in welchem sie ihren Bruder Zinar des Mordes an Derya Demizgül beschuldigte.

Dieser wiederum war nicht auffindbar, der besorgte Vater hatte bereits eine Vermisstenanzeige aufgegeben.

Nach diesem Bericht wurde der Zeuge aufgerufen, der damals Aras gesehen haben wollte, wie er mit seiner Schwester im Arm in das Wäldchen gegangen war. Man zeigte ihm ein Bild von Zinar Kara, und Veronika Karst fragte den Zeugen daraufhin, ob er den jungen Mann bereits einmal gesehen hätte.

Der Zeuge starrte auf das Bild. Er überlegte lange. Bis er schließlich zur Richterempore aufsah. In seinen Zügen spiegelte sich die Verunsicherung.

»Das könnte er auch sein«, sagte er schließlich zögerlich.

»Wer könnte es auch sein?«, hakte die Richterin nach.

»Na, der mit dem Mädchen in den Wald gegangen ist.« Der Zeuge blickte erneut auf das Bild. »Die Haare, die Statur – also, der könnte es genauso gewesen sein wie der andere.« Er blickte kurz zu Aras, der aussah, als hätte er aufgehört zu atmen.

Veronika Karst sah den Zeugen sehr nachdenklich an. »Ihnen ist die Bedeutung einer Aussage vor Gericht aber schon klar?«, fragte sie.

Der junge Mann zuckte bedauernd mit den Schultern. »Ja. Sorry, aber die sehen halt auch echt alle gleich aus.« Jetzt sah er der Richterin trotzig in die Augen. »Ich wollte ja nur helfen.«

»Ja«, erwiderte die Karst knapp, »vielen Dank.« Dann schlug sie mit dem hölzernen Hämmerchen auf den Tisch und verkündete, dass sich Richter, Staatsanwalt und Verteidiger zur Beratung zurückziehen würden.

Agenturmeldung der Adalu Ajansi,
Freitagmittag, dreizehn Uhr, über Newsticker

Leiche auf Müllhalde identifiziert

Wie soeben vom örtlichen Polizeiabschnitt von Hasankeyf bestätigt, handelt es sich bei dem heute in den frühen Morgen-
stunden auf der Müllhalde von Hasankeyf gefundenen Toten um
Zinar Kara (23). Der Tote ist der Sohn des örtlichen Bauunter-
nehmers Bozan Kara, der den jungen Mann gestern als vermisst gemeldet hatte. Nun hat der Vater ihn eindeutig identifiziert. Zinar Kara wurde die Kehle durchtrennt, weitere
Hintergründe zur Tat liegen noch im Dunkeln. Die Polizei bittet
die Bevölkerung um Mithilfe.

Als sie das Gebäude verließ und auf die Turmstraße hinaustrat, atmete Ruth auf. Der Bürgersteig vor dem monumentalen Gebäude lag im Schatten, aber wenn sie den Kopf nach rechts drehte, zum Fritz-Schloss-Park, sah sie die Strahlen der matten Februarsonne. Die Straßen waren trocken, unter dem Laub des vergangenen Herbstes streckten die ersten Frühblüher ihre zarten Köpfe aus der Erde. Ruth beschloss, zu Fuß zum Bistro zu laufen, um ein wenig Licht und Luft zu tanken.

Nach den neuesten Ermittlungsergebnissen hatte Staatsanwalt Hannes Eisenrauch in der Beratungspause sofort angeboten, die Anklage gegen Aras Demizgül zurückzuziehen. Es gab keine hinreichende Basis mehr dafür. Die Richter hatten sich nach einer kurzen Absprache einstimmig einverstanden erklärt, der Verteidiger Kaimoglu war ohnehin mehr als glücklich. Man würde sich darauf verlassen, dass der mutmaßliche Täter Zinar Kara nach Deutschland ausgeliefert werden würde, sobald die türkischen Kollegen seiner habhaft wurden. Der Schwester Sergul würde vermutlich eine Anklage wegen unterlassener Hilfeleistung ins Haus stehen.

Die Erleichterung des Angeklagten nach der Verkündigung der Richterin kannte keine Grenze. Aras Demizgül sprang mit einem Satz über die hölzerne Absperrung und umarmte seine Mutter fest und lange. Ruth beobachtete gerührt, dass beide ihre Tränen nicht zurückhielten. Diese waren sicherlich der Freude geschuldet, dass Aras frei war, aber es waren auch Tränen der Trauer um das tote Mädchen. Erneut fiel Ruth auf, dass der Vater Demizgül nicht anwesend war. Die Erkrankung schien dramatischer zu sein. Vielleicht, dachte Ruth, war er seelisch einfach nicht mehr in der Lage gewesen, dem Prozess auch beizuwohnen.

Veronika Karst und die beiden hauptamtlichen Richter hatten sich ebenfalls sehr zufrieden gezeigt mit dem Ausgang des Prozesses. Die Vorsitzende Richterin hatte sich außerdem bei Ernst Hochtobel und Ruth für die engagierte Schöffenarbeit bedankt und die Richterrunde auf ein Glas in die Kantine eingeladen.

Nachdem sie ihren viel zu süßen Sekt hinuntergekippt hatte, war Ruth dann auf ihren neuen Pumps aus dem Landgericht spaziert. Ihr war ein Stein vom Herzen gefallen, dass sich der Bruder nicht als Täter erwiesen hatte, alles andere wäre für sie nicht zu ertragen gewesen.

Nicht zu ertragen waren auch diese Schuhe, dachte Ruth jetzt, als sie an der Ampel stand. Sie drückten und scheuerten, an beiden kleinen Zehen bildeten sich bereits Blasen.

Vor beinahe zwei Monaten hatte sie auf der anderen Straßenseite gestanden, auf dem Weg zu ihrem ersten Verhandlungstag, erinnerte sie sich jetzt, als die Ampel grün wurde. Der silberne Angeber-BMW hatte sie nassgespritzt, und später hatte sich herausgestellt, dass es Hannes Eisenrauch gewesen war, ebenfalls auf dem Weg zur Verhandlung. Ruth seufzte. Nach dem Prozessende hatte sie ihn nicht mehr gesehen. Er war plötzlich verschwunden, und sie war ihren Richterkollegen in die Kantine gefolgt, ohne sich verabschieden zu können. ›Immerhin weiß er, wo er mich findet‹, dachte sie und hoffte, dass er eines Tages erneut vor dem »La Paysanne« stehen und durch die Scheibe blicken würde.

Sie war gerade ein paar Meter in Richtung Alt-Moabit gegangen, als sie eben jenen silberfarbenen BMW auf die Kreuzung an der JVA zufahren sah. Ruth erkannte den grauen Kurzhaarkopf des Staatsanwalts und musste sich sehr zusammennehmen, nicht zu winken. Als die Ampel für die Autofahrer auf Grün schaltete, fuhr der BMW kurz an, bog rechts um die Ecke – und stoppte sofort. Die Autofahrer hinter Eisenrauch hupten empört. Aber dieser ließ sich nicht beirren, öffnete die Fahrertür und hängte seinen Oberkörper heraus. Dabei sah er zu Ruth und winkte ihr zu. Ruth konnte es kaum fassen. Eisenrauch machte ihr gestisch klar, dass er sie ein Stück mitnehmen wollte, und Ruth setzte sich auf ihren unkomfortablen Schuhen in Gang.

Sie rannte, so gut es eben trotz der ungewohnten Absatzhöhe und der Blasen ging, quer über die Straße und erreichte kurz darauf den Wagen. Hannes Eisenrauch hielt ihr von innen die Beifahrertür auf, und sie sprang, ein bisschen außer Atem, hinein. Sie hatte die Wagentür noch nicht hinter sich geschlossen, da hatte sie sich schon geschworen, im Frühling wieder mit dem Joggen anzufangen. Fünfzig Meter im leichten Trab, und sie war völlig außer Atem, wie entsetzlich peinlich war ihr das.

»Darf ich Sie nach Hause fahren?« Eisenrauch lächelte.

»Darf ich du zu dir sagen?«, gab Ruth zurück und zuppelte am Saum ihres engen Rocks. Sie hatte sich einfach so in den tiefen Sitz plumpsen lassen, dabei war der Saum hochgerutscht und gab jetzt ihre nicht ganz schlanken

Knie frei. Sie konnte machen, was sie wollte, damenhafte Eleganz lernte man in ihrem Alter nicht mehr so einfach.

Eisenrauch nickte und gab Gas. »Hannes. Aber da erzähle ich dir nichts Neues.«

»Ruth.«

Der Staatsanwalt nickte wieder. Er fuhr sehr souverän und rasch, bemerkte Ruth. Viel zu rasch. Warum konnte sie nicht ein paar hundert Kilometer weit weg wohnen? Sie wäre gerne ans Ende der Welt mit ihm gefahren.

»Und?«, brach Eisenrauch die verlegene Stille, die sich zwischen ihnen ausgebreitet hatte. »Was sagst du zum Prozess? War dein erster, oder?«

Jetzt war es an Ruth zu nicken. Als der Wagen rechts und dann wieder links abgebogen war, hatte sie seine Frage schon beantwortet. Wie froh sie war, dass Aras nicht der Täter war, aber wie traurig gleichzeitig der ganze Fall. Als Eisenrauch sich durch die Oldenburger schlängelte und schließlich vor ihrem Haus in der zweiten Reihe stoppte, dachte Ruth, wie gerne sie sich noch mit ihm unterhalten hätte. Über Derya und Valentin. Über ihre eigenen Kinder und wie sehr sie mit den Eltern mitgelitten hätte. Aber auch über alles andere, was sie beschäftigte.

»Da wären wir«, unterbrach Hannes Eisenrauch ihre Gedanken und machte den Motor aus.

Ruth stutzte. »Woher weißt du, wo ich wohne?« Jetzt fiel ihr erst auf, dass sie ihm ihre Adresse gar nicht genannt hatte.

»Ich bin Staatsanwalt«, entgegnete er und lächelte. Mit dem Lächeln ging die Sonne auf, aber Ruth wollte lieber noch ein bisschen empört sein, zu sehr befürchtete sie, sich zu verraten.

»Heißt das, du hast ermittelt?«

Der Staatsanwalt lachte. »Das heißt, ich habe das Telefonbuch bemüht. Es gibt nicht viele Ruth Holländers in Berlin.«

Ruth wurde rot, aber bevor sie sich des Bretts vor ihrem Kopf zu sehr schämen konnte, fuhr der Mann neben ihr bereits fort.

»Meine Frau hat mich rausgeschmissen.«

Ruth hob überrascht den Kopf und sah ihn an.

»Sie hat einen anderen. Ganz plötzlich. Wir haben drei Kinder. Sechs, zehn und vierzehn Jahre alt. Ich hab erst im Büro geschlafen. Jetzt habe ich mir ein Zimmer gemietet.«

Ruth hätte ihm liebend gerne einen Finger auf die Lippen gelegt, aber Hannes Eisenrauch wollte sich nicht stoppen lassen. Er war jetzt ernst, und es schien ihm wichtig zu sein, ihr seine private Situation zu erklären.

Eisenrauch blickte ihr direkt in die Augen. »Ich bin noch nicht so weit ... Also für was anderes.«

Ruth wollte im Boden versinken. So offensichtlich waren ihre Gefühle für ihn gewesen, dass er sich genötigt fühlte, ihr seine desaströse Ehesituation zu erklären – es war unendlich peinlich.

»Aber ...«, Eisenrauchs Blick wanderte nun im Auto hin und her, er drehte nervös an seinem Ehering, »... jetzt, wo der Prozess vorbei ist ... können wir uns ja mal wieder treffen. Vielleicht?«

Anstatt zu antworten, begann Ruth zu kichern. Es war nicht so, dass sie kichern wollte, sie konnte nicht anders. Die Anspannung des Prozesstages löste sich, und sie war so erleichtert und glücklich, dass sie sich nicht wirklich unter Kontrolle hatte.

Eisenrauch sah sie verwirrt an. »Äh, war das jetzt blöd?«

»Nein!« Ruth fasste mit ihrer linken Hand an das Revers seines Sakkos und zog ihn leicht zu sich. »Das war alles andere als blöd.« Damit gab sie ihm einen Kuss auf die Wange, die so wunderbar nach seinem Aftershave roch, dass sie am liebsten hineingebissen hätte. Aber sie beherrschte sich, öffnete die Beifahrertür, und nachdem sie ein Bein auf den Bürgersteig gestellt hatte, wandte sie sich zu ihm, grinste breit und sagte: »Wir treffen uns. Unbedingt. Und am liebsten ganz bald.«

Sie wuchtete sich so wenig plump wie möglich aus dem tiefen Sitz, warf die Autotür hinter sich zu und schwebte glücklich in Richtung Hauseingang.

Ein großer Wagen fährt auf der Bergstraße in Richtung Hasankeyf. Oberhalb der historischen Anlagen, in einer Spitz-
kehre mit Parkbucht, bleibt der Wagen stehen. Zwei Männer steigen aus. Sie sind nicht mehr jung, ihre Gesichter
sind ernst, und einer von ihnen trägt einen imposanten
Schnurrbart. Sie stellen sich nebeneinander und blicken
hinunter, dorthin, wo der Illisu-Staudamm die historischen
Stätten überflutet hätte.

Sie schweigen lange. Beide hängen ihren Gedanken
nach. Bis sich der eine Mann, der mit dem Schnurrbart,
nach der Tochter des anderen erkundigt. Es geht schon,
antwortet dieser. Seine Tochter wird sich erholen. Man hat
sie rechtzeitig gefunden, Allah sei Dank. Dann schweigen
sie wieder und blicken hinunter. Erneut ergreift der Mann
mit dem Bart das Wort. Dann wird der Staudamm also gar
nicht gebaut?, erkundigt er sich. Der andere Mann schüttelt
den Kopf. Nein, sagt er. Der Preis dafür war zu hoch.

Mein Dank

geht in erster Linie an den Bundesverband ehrenamtlicher Richterinnen und Richter e.V. Die Vorsitzende des Landesverbandes Berlin und Brandenburg, Bettina Cain, hat mir sofort eine kompetente und interessante Gesprächspartnerin vermittelt: die Laienrichterin Ilona Golisch. Sie hat meine vollkommene Unkenntnis über die Rechte und Pflichten der Schöffen freundlich akzeptiert und mich über die Tätigkeit derselben aufgeklärt. Sie hat mit Begeisterung von diesem nicht immer einfachen, zuweilen belastenden Ehrenamt erzählt und bei mir großen Respekt für alle Männer und Frauen geweckt, die sich dem widmen. Auch wenn ich mich zugunsten der Dramaturgie nicht immer an alle Fakten halten konnte, hoffe ich doch, diese reichhaltigen Informationen pfleglich behandelt zu haben.

Zu Dank verpflichtet bin ich des Weiteren Dr. Tobias Kaehne, der als Richter für die Presse- und Öffentlichkeitsarbeit am Landgericht Moabit verantwortlich zeichnet und trotz der enormen Arbeitsbelastung, die seine Arbeit mit sich bringt, die Zeit gefunden hat, mir meine Fragen erschöpfend zu beantworten. Der Vormittag in den weitverzweigten Räumlichkeiten des historischen Baus hat mich stark beeindruckt und die Phantasie darüber, was diese Säle und Gänge im vergangenen Jahrhundert an Prozessen und Schicksalen erleben durften, sehr befeuert.

Ich danke außerdem meinem guten Freund und Kollegen Peter Schlesselmann, der mir einige Ecken von Moabit gezeigt hat, die ich bislang noch nicht kannte – und ich freue mich schon auf den nächsten Recherche-Spaziergang, den wir bei Fish and Chips in der Arminius-Markthalle beenden werden!

Franziska Wilbrandt verdanke ich die Erkenntnis, dass auch Moabit eine coole Szene hat – diese Quelle werde ich mit Sicherheit noch öfter anzapfen.

Meiner Lektorin Wiebke Bolliger danke ich für die Idee, einen Krimi zu schreiben, in dessen Zentrum eine Schöffin steht. Von alleine wäre ich wohl nicht darauf gekommen, dafür hat mich die Begeisterung nun umso mehr gepackt.

Rebekka Göpfert sei warmherzig gedankt, dass sie sich nicht nur darum kümmert, dass ich diesen und andere Buchverträge bekomme, sondern jedes Mal in die Bresche springt, wenn ich die Nerven verliere, und alles tut, was ich nicht tun möchte. Kurz: dass sie Agentin, Coach, Therapeutin und Freundin in einem ist.

Und wie immer danke ich, last, but not least, meiner wunderbaren Familie, die jedes meiner Projekte mit liebevoller Begeisterung begleitet und mir so über manches Tief und manche Unsicherheit hinweghilft. Ohne euch brächte ich kein Wort zu Papier.

Judith Arendt im April 2013